中公文庫

# 裂壊

## 警視庁失踪課・高城賢吾

堂場瞬一

中央公論新社

目次

裂壊
警視庁失踪課・高城賢吾　5

## 登場人物紹介

高城《たかしろ》賢吾《けんご》……………………失踪人捜査課三方面分室の刑事
阿比留《あびる》真弓《まゆみ》…………………失踪人捜査課三方面分室室長
明神《みょうじん》愛美《めぐみ》…………………失踪人捜査課三方面分室の刑事
法月《のりづき》大智《だいち》……………………同上
醍醐《だいご》塁《るい》………………………同上
森田《もりた》純一《じゅんいち》…………………同上
六条《ろくじょう》舞《まい》……………………同上
小杉《こすぎ》公子《きみこ》……………………失踪人捜査課三方面分室庶務担当
石垣《いしがき》徹《とおる》……………………失踪人捜査課課長

鈴木《すずき》美知《みち》……………………失踪した大学生
広瀬《ひろせ》哲司《てつじ》……………………大学生。美知と付き合っていた
井本《いもと》健太《けんた》……………………美知の元彼
浜岡《はまおか》浩介《こうすけ》……………………連星会構成員
横山《よこやま》英彰《ひであき》……………………連星会構成員
菊池《きくち》大介《だいすけ》……………………自動車修理工場勤務
中川《なかがわ》敏行《としゆき》……………………新聞販売店勤務
鈴木《すずき》孝弘《たかひろ》……………………山梨在住の陶芸家

長野《ながの》威《たけし》……………………警視庁捜査一課の刑事
尾花《おばな》遼子《りょうこ》…………………交通部交通規制課管理官
光村《みつむら》弘道《ひろみち》……………………刑事部参事官

# 裂　壊

## 警視庁失踪課・高城賢吾

# 1

「いやいや、実に久しぶりだな、高城《たかしろ》。一年ぶりか？」

零《こぼ》れんばかりにビールが注がれたグラスに慌《あわ》てて口をつけ、泡を吸いこむ。

「それぐらいにはなりますね。ご無沙汰して申し訳ありません」ビールの苦味を喉《のど》の奥で感じながら私は答えた。決して美味《うま》くない。自分は断じてアルコール依存症ではない、と私は確信している。酒なら何でもよいというわけではないのだから。呑《の》みたいのはウィスキーだけ。私は単に、ウィスキーが好きな男なのだ。

相手のグラスにビールを満たす。小さなグラスから、息も継がずに一気にビールを呑み干す仕草がやけに様になっていた。本来は日本酒党なのだが……グラスの中に吹きこむようにふっと息を吐《は》き、音を立てずに慎重にテーブルに置く。

どうにも落ち着かない。だいたい外で呑むのはそれほど好きではないし、どうしてもという時は、気を抜いても問題ない居酒屋にするのが常だ。それが今夜は、そこそこ高級な料亭の個室で、相手と二人きりである。よく知った、気の置けない相手ではあっても、とても寛《くつろ》げない。相手——警視庁刑事部参事官、光村弘道《みつむらひろみち》。九年前、私がまだ人生を捨てていなかった頃の捜査一課長であり、今でも絶対に頭が上がらない人間の一人だ。

「最近、失踪課《しっそうか》はどうだ」二杯目のビールを半分ほど呑み、光村が私に視線を据える。昔から眼光の鋭い男だったが、それは刑事部のナンバーツーという立場になった現在も変わらない。

「ぼちぼちですね」

「お前さんの言うぼちぼちというのは、どういうレベルだ」光村が鼻を鳴らした。

「ぼちぼちは、ぼちぼちですよ」私はビールを啜《すす》るように呑んだ。「相変わらず、刑事部内でのうちの評判は最低でしょう?」

「それはお前さんの思いこみじゃないのか? 三方面分室は、お前さんが入ってから着々と実績を上げてる」

「スタッフが優秀なんです」私は肩をすくめた。

「卑下《ひげ》するな。回り道したけど、お前さんは俺が思うようなルートに戻って来たんだから」

「光村さんの思ってるルートって、何なんですか」

「然《しか》るべき年齢になれば、然るべき立場に立って下の者を指揮する、ということだ。あんなことがなければ、お前さんは今頃、どこかの課長になっていてもおかしくなかったんだからな」

「まさか」私は苦笑を零した。もちろん私も、それなりの野望を持っていた時期がある。実際、警部の昇任試験に合格したのは、人より随分早かったのだ。あのまま何もなければ――娘の綾奈《あやな》が失踪せず無事に育ってくれれば――光村の言う通り、今頃はどこかの署で課長の椅子《いす》にでも座っていたかもしれない。だが、過去の野望はとうに滅び、決して蘇《よみがえ》ることはない。実際、自分は管理職には向いていないと日々実感しているぐらいだ。失踪課三方面分室のナンバーツー、それが現在の私の立場なのだが、未《いま》だに指示を飛ばすのに躊躇《ちゅうちょ》することもある。

「失踪課で実績を積み上げろ。出世云々《うんぬん》はともかく、実績があるのは悪いことじゃない。お前さんが頑張れば、そのまま困っている人を助けることにつながるんだから」

「それ、コウドウさんの思いこみ――すいません」

「いいよ、コウドウさんでも何でも」光村が苦笑した。周囲の人間が、彼を裏で「コウドウさん」と呼んでいることは、本人も承知している。

「コウドウさんは評価してくれるかもしれませんけど、うちは実質的に相変わらずのお荷物部署じゃないんですか？　刑事部のアリバイ作りのために利用されているだけでしょう」

「実際に何件も事件を解決してるんだ。今やアリバイ作りじゃなくて、立派な実績として認められてるぞ」

「つまり、最初はアリバイ作りだったということは間違いないんですね」

「どうもやりにくいな、お前さんは」光村が苦笑した。凶暴と言ってもいい冷酷な表情が、わずかに緩む。「そんなことより、どうやって三方面分室を立て直したんだ？　後学のために、コツをお聞かせ願いたいね」

「立て直されたんですかね……俺はそうは思ってませんけど」

「自分の仕事ぐらい、冷静に分析しておけ」本来の厳しい目つきが蘇る。「とにかく、お前さんを失踪課に回したのは正解だったと思う。正直言って、あの課をどう運用していくかは悩みの種だったんだ——今でもそうだけどな。だけどお前さんは、あれこれ理屈をこねるよりも先に動いた。結果はきっちり出てるんだから、今後に向けて一つの指針にはなる」

「石垣《いしがき》課長はそうは思っていないようですけどね」

「あいつのことは放っておいていい」光村が鼻を鳴らした。「どうでもいいよ。冒険しない奴には、チャンスは巡《めぐ》ってこないんだから」

一瞬間を空けた後、光村が笑い声を爆発させる。私は心の中で両手を合わせた。光村は部下の不手際に対してよく苦笑を零すのだが、心の底から笑うことなど年に何度もない。それを見たら必ずいいことがあるというのが、彼の下にいた捜査一課員たちの間で流行《はや》った冗談だった。

それが単なる都市伝説に過ぎないことを、私は数日後に思い知った。

三方面分室の庶務担当、小杉公子《こすぎきみこ》が、ずっしりと重そうなフォルダを二冊、私のデスクに積み上げた。

「何ですか」

「何って、査察のチェック事項ですよ」公子が事務的な口調で告げる。

「ちょっと待って下さい」私は立ったまま、上のフォルダを開いた。書類でびっしり埋《う》まっている。厚さ三センチ。思わず顔をしかめ、抗議した。「何でこんなに多いんですか」

「それは石垣課長に聞いて。チェック項目を決めたのは課長なんだから」公子が丸い肩をすくめる。小さく溜息《ためいき》を吐《つ》いてから、右手を拳《こぶし》に丸めて左の肩を叩《たた》いた。「まったく、これだけ整理するの、大変だったのよ。肩が凝《こ》るわ」

「文句は石垣課長に言って下さいよ」やり返しておいてから、私は書類をめくり始めた。

課長査察――まったく馬鹿馬鹿しい形式的なイベントで、年に二回はこれに耐えなければならない。分室が正常に機能しているかどうかを調べるという名目なのだが、とにかく内容が細かいのだ。文房具など備品の消費量から車の走行距離、服装、勤怠記録まで、チェック項目は百近くに及ぶ。溜息を吐いてフォルダを閉じた。

「ちゃんとチェックして下さいね」公子が忠告する。「当日じゃ間に合わないから」

「分かってますよ」

公子が私の全身をじろじろと眺め回した。

「それと当日は、一番ましなスーツを着て、髭《ひげ》をちゃんと剃《そ》ることね」

「室長みたいなこと、言わないで下さい。そもそも査察への対応は、室長の専任事項でしょう」言ってから失踪課の室内を見回す。「金魚鉢」と呼ばれるガラス張りの室長室にも視線を飛ばしたが、無人だった。「だいたい今日、室長はどうしたんですか」

「分からないわ」

「分からない?」分室長の阿比留真弓《あびるまゆみ》は、この部屋を空けていることも多い。暇があれば本庁に出かけ、上層部の人間と顔つなぎをしているのだ。しかし、黙っていなくなることは決してない。私は腕時計を確認した。十時。出勤時刻はとうに過ぎている。「変ですね。遅刻するような人じゃないし、連絡なしもあり得ない」

「そうなのよ」公子が肩の高さで右の掌《てのひら》をひらひらさせた。「さっきから電話もしてるんだけど、つながらないの」

「先にそれを言って下さい」私は持ち重りするフォルダを、自分のデスクに放り出した。

「室長が無断欠勤なんて、尋常じゃないですよ」

「そりゃ、確かに変だぞ」私たちの話を聞いていた法月大智《のりづきだいち》が立ち上がった。「まさか、

乗せ、首を捻《ひね》った。
法月が綺麗《きれい》な銀髪を右手で撫《な》でつけながら、真顔でうなずく。自分のデスクの端に尻を
「オヤジさん、変な冗談はやめて下さい。洒落《しゃれ》になりませんよ」私は顔をしかめた。
失踪したんじゃないだろうな」

「ミイラ取りがミイラになる……確かに洒落にならんわな」

「風邪《かぜ》でも引いたんじゃないですかね」私はわざと軽い調子で言った。私がここへ赴任してきてから、真弓は一度も病欠したことがないのだが。「季節外れのインフルエンザかもしれないし。それだったら電話にも出られないでしょう」

「この時期にインフルエンザ？」法月が疑わしげに目を細める。

「ちょっと行ってみますか」私は立ち上がった。

「どこへ？」

「だから、室長の家へ。死んでたら困りますし」

「それはいいけど、そもそも室長の家ってどこなんだ？」

法月の問いかけに、私は言葉を失った。彼女は極端に私生活を隠すタイプなのだが、分室のナンバーツーである私と、ベテランの法月が住所を知らないのは異常である。私は公子に助けを求めた。

「公子さん、室長の住所、分かりますよね」

「もちろん」公子が自席に戻り、パソコンを操作した。すぐに必要なデータを呼び出す。

「大田《おおた》区《く》北千束《きたせんぞく》」

「ということは、東急大井町《おおいまち》線の北千束か大岡山《おおおかやま》辺《あた》りですか？」

「だと思うわ」

立ち上がり、自席の背後にあるファイルキャビネットから住宅地図を取り出した。当該のページを開き、私のデスクまで運んで来る。東急目黒《めぐろ》線を挟んで、東工大キャンパスの反対側になるようだ。

「コピーをお願いします」

「いいわよ。私も一緒に行きましょうか？」

「ええ、それは助かりますけど……」突然の申し出に、私はかすかな戸惑いを覚えた。基本的に公子は内勤なのだ。

「じゃ、ちょっと準備します」

公子が地図のコピーを取りに行っている間に、彼女のパソコンを覗《のぞ》きこんだ。住所、電話番号、家族構成。標準的な個人データが掲載されている。しかし、私が標準だと考えているもの——家族の欄が空白になっていた。緊急連絡先は失踪課の電話番号。これでは何の役にもたたないではないか。

自分は真弓のことを何も知らないのだ、と改めて思い知る。聞こうとすると、いつも瞬時に分厚く高いバリアを張り巡らしてしまうのだが……彼女のデスクに捜索《ガサ》をかけたい、という強い欲求に襲われた。

それにしても、もしも真弓が失踪していたら――。

まさか。

失踪課で仕事をしていると、人はすぐ姿を消すものだ、と思いこみがちだ。実際、日本では年間十万人近くの人が失踪しているのだが、それは「プチ家出」なども含めた数字である。携帯電話などで連絡が取れるのに、親が大騒ぎして警察に届け出てくるケースなどがそれに当たる。本当に問題視すべき失踪など、全体の数パーセントにも満たないだろう。かといって、失踪人捜査課《しっそうにんそうさか》三方面分室の責任者が行方《ゆくえ》不明になったら、洒落にもならない。この状態で石垣の査察が入ったらどうなるかと考え、私はかすかに身震いした。

大岡山駅の改札を出ると、目の前に東工大の広大なキャンパスが現れる。真弓の家は線路を挟んでその反対側。歩き出すと、私たちはすぐに商店街に呑みこまれた。

「下町っぽい感じですね」

「そうね」あまり外に出ない公子は、珍しそうに左右を見回しながら歩いている。

「この街は、室長のイメージじゃないけどなあ……」

「あら、だったらどんなイメージなの？」公子が悪戯《いたずら》っぽく笑った。

「いや、何というか」私は何かをかき回すように、両手をぐるぐると動かした。「もうちょっと都心に住んでる感じかな、と」

「私は逆に、もっと下町が似合うイメージだと思ってたわ」

「カメレオンみたいな人ですね、室長は」見る人によって変わり、本当の姿は誰にも見えない。

「そうかも……ここみたいね」地図と睨《にら》めっこをしていた公子が立ち止まり、顔を上げる。

私は地図と目の前のマンションを交互に見てから、額に浮かんだ汗を手の甲で拭《ぬぐ》った。湿気が多く蒸し暑い日で、雲が低く垂れこめている。梅雨の最中で、久々に雨が降っていなかったが、この天気もあまり長く持ちそうにない。

「賃貸ですかね」五階建て。それほど大きなマンションではない。ワンフロア辺り四部屋程度だろう、と見当をつける。

「買ったって聞いたわよ」

「家族は？」

「高城さん、本当に知らないの？」公子が怪訝《けげん》そうな表情を浮かべた。

「知りませんよ。向こうが壁を築いてるんだから」

「そんな風に決めつけなくても」公子が目を細くして私を非難した。

「室長は、公子さんとは話すかもしれませんけど、俺のことは何となく避《さ》けてるんですよ。

無理には聞けないでしょう」

「分室のトップとナンバーツーなのよ？　もう少し仲良くしてくれてもいいのに」

「その問題は、後で解決します」私はマンションの出入り口に向かって一歩を踏み出した。エントランスの一角にある受付に歩を進め、背中を丸めてガラスを拳で叩いた。ベージュ色の作業服を着た管理人が窓を開け、愛想のいい笑みを浮かべた。六十歳ぐらいの小柄な男で、胸に「冨永《とみなが》」の名札がある。

「こちらに住んでいる阿比留真弓の同僚です」何故《なぜ》か「警察だ」と名乗る気になれず、曖《あい》昧《まい》な言葉を発してしまった。

「ああ、どうもお世話になります。何か？」冨永の愛想の良さは変わらなかったが、声にわずかな疑念が滲《にじ》んでいた。

「阿比留は、今日はどうしてますか」

「はい？」今度は露骨に疑わしげな表情が浮かんだ。

「出勤してないんですよ」

「そうですか？　今朝は出て行かれましたよ」

「何時頃ですか？」

「六時……六時半頃ですかね。前の道路を掃除している時に見ました」

随分早い。定刻通りに失踪課に着くには、ここを七時半に出れば済むだろう。なのに彼女は自席にいない。少なくとも、インフルエンザで死にかけているのでないことは分かったが、異様な状況に変わりはない。

「何か話はしましたか？」

「いえ」

「朝の挨拶《あいさつ》もしないんですか、阿比留は」

眉《まゆ》をひそめてやったが、冨永は平然としていた。

「阿比留さんは車でしたから。挨拶なんかできませんよ」

「車？」

「ええ。それが何か？」思わず勢いこんで訊《たず》ねてしまった私の声に気圧《けお》されたのか、冨永が座ったまま椅子を後ろにずらせた。このままではいずれ、窓も閉められてしまいそうである。

「車では通勤しないんですよ」

「いや、そんなこと、私に言われても。そちらの事情は分かりませんから」冨永の顔に戸惑いが広がる。

「車は何ですか」

「ボルボです」

「ナンバーは？」

「高城さん」なおも突っこむ私のスーツの袖《そで》を、公子が後ろから引いた。「それは、戻れば分かりますから」

「ああ」振り返ってうなずき、冨永に視線を戻す。「ちょっと部屋を見せてもらうわけにはいきませんか」

「いや、それは……」冨永が下唇を突き出してノーサインを出した。「いくら職場の方でも、ちょっと問題あるんじゃないですか」

「問題はありません」

私は彼の眼前にバッジを突きつけた。途端に冨永の顔が青褪《あおざ》める。管理人なのに、真弓が警察官だということを知らなかったのだろうか。真弓はどこでも自分の正体を隠していたとでもいうのか。しかし、何のために？

彼女に関しては分からないことばかりだ。「もう少し仲良くしてくれてもいいのに」。脳裏に蘇った公子の言葉が、ちくちくと胸を刺す。

豆柴犬、二匹。真弓のデスクに乗った写真の本物を初めて見たが、感動の対面というわけではなかった。二匹とも大人しい犬で、私の顔を見ても尻尾《しっぽ》を振る以上の反応は示さなかったのだ。鳴き出すわけでもなく、ケージの中から、つぶらな瞳でこちらを見上げてくるだけである。犬好きなら、胸がときめくような表情かもしれないが、私は物言わぬ真弓の同居人に興味は持てなかった。餌と水の入る皿は空《から》。公子がドッグフードを見つけ出してきて皿を満たし、水も注ぐ。犬が近づくと、自然に蓋《ふた》が開くタイプらしい。これでしばらくは大丈夫だろう。

部屋をざっと検《あらた》めた後、私と公子は室内で立ち話をした。

「どうしますか」公子が訊ねる。

「難しいところですね。それより室長の家族構成はどうなってるんですか」

「結婚してるわよ、確か」

「この部屋、どう見ても一人暮らしじゃないですか」1LDK。綺麗に整理されているが、生活の匂いは感じられない。そもそも最初に靴箱を見た時に、変だと思っていた。男性用の靴が一足もない。

「そこが分からないんだけど」公子が首を捻った。「とにかく、結婚はしてるはずよ」

「でも、緊急連絡先には、家族の名前がない」

「確かにそうね」公子が視線を泳がせた。「どういうことなのかしら……」

「人事の正式な記録、覗けますかね」

失踪課で保管してある記録は、あくまで緊急連絡用だ。賞罰も含めた真弓の正式な人事記録は、本庁の人事一課——警部以上の人事を担当する——が管理している。

「それは、頼めば何とかなるけど……そこまでプライベートな事情に突っこまなくてもいいんじゃない？」公子が躊躇《ためら》った。「そもそも、まずいわよ」

「何がですか」

「人事にそんな問い合わせをしたら、向こうは何事かと思うでしょう」

「ああ、それはそうだな」唸《うな》りながら、私は腕組みをした。「石垣課長にもばれるだろうし」

「そうしたら、また嫌味を言われるわね……嫌味で済めばいいけど」

課長の石垣は、典型的な事なかれ主義の役人である。本庁の課長クラスともなれば、自分に残された可能性を考え、「何もしないことこそ手柄」という発想に取りつかれてもおかしくはない。特に石垣の場合、その傾向が顕著だ。失踪課の場合、大きな仕事の一つが失踪人のデータ収集・整理であり、こういう地味な仕事を坦々とこなしている以上、ミスはあり得ない。そして石垣は、私たちにそれ以上のことは求めていないのだ。だから私が、一部で「有名な高城の勘」と言われるものに突き動かされて走り出すと、途端に頭から押さえつけようとする。真弓はだいたい、私が動くのを知らんぷりして見ているだけである。しかし彼女の場合、事件になりそうな臭いがすれば、すぐ発破をかけてくる。只乗《ただの》り、という言葉が頭に浮かんだ。

「これは、裏から手を回すしかないですね。うちの分室で室長と一番親しいのは……」心配そうな公子の顔を見ながら、私は首を振った。「公子さんか」

「そうでしょうね」

「その公子さんが知らないとなると、他には誰も知らないだろうな」

「知ってる人はいるかもしれないけど、そういう人を探し出すのが大変そうね」

「かといって、やらないわけにはいかない。公子さん、失踪課から、人事一課のコンピュータをハッキングできないですか？」

「馬鹿言わないで」呆《あき》れたと言いたそうに、公子が肩をすくめた。「そんなことがしたければ、そういう才能のある人を引っ張ってくるのね、室長代理」

渋谷中央《しぶやちゅうおう》署の一角にある分室に、嫌な沈黙が垂れこめる。今のところ、真弓の失踪を裏づける強い証拠はないが、私は次第に疑念を強めていた。本来の出勤時間のだいぶ前に、突然自宅から車で飛び出していったこと。今に至るまで連絡がつかないこと――二つの事実に加え、そもそも真弓は無断で欠勤するような人間ではない、という前提がある。

「どうするんですか」戸惑いを隠そうともせずに、明神愛実《みょうじんめぐみ》が言った。半袖から突き出た、ほっそりとした腕が頼りない。細く艶々《つやつや》した髪に綺麗な輪が浮かんでいる。一見したところでは、とても刑事には見えなかった。

「もちろん、探すんだよ」

「だから、どうやってですか」

「いつも通りの手順でやればいい」

「相手は室長なんですよ。そんなに開けっぴろげにはできないでしょう」

「分かってるよ。取《と》り敢《あ》えず公開捜査はなし、だ」今日はやけに突っかかるな、と思いながら答える。

「どこを当たるか、しっかり指示してもらわないと、どうしようもないじゃないですか」

「あのさ、今日はどうしてそんなに攻撃的なんだ？」

「高城さんこそ、判断力が鈍《にぶ》ってるんじゃないですか」

遠慮なしの言い方に一瞬むっときたが、私は彼女の指摘を全面的に受け入れざるを得なかった。これは非常にデリケートな問題である。普通の失踪人を探すのとは、事情が違うのだ。

沈黙が降り、すぐにそれを切り裂くように電話が鳴った。自席にいた公子がすぐに受話器を取り上げる。丁寧《ていねい》な声で応対し始めたが、すぐに顔をしかめて私に助けを求める。送話口を掌で押さえたまま、「石垣課長」と短く告げた。最悪のタイミングだ……まだばれてはいないはずだと自分に言い聞かせ、回された電話に出る。

「高城です」

「おや？　室長をお願いしたんだが」やや甲高《かんだか》い、神経質そうな声。

「すいません、今日は休んでいます」

「聞いていないな」

「インフルエンザのようです」

「こんな時期に？」石垣の声に疑念が混じった。

「最近のインフルエンザは性質《たち》が悪いですからね。重症みたいですよ。熱が三十九度あるそうです」

「おいおい。査察は木曜日だぞ。大丈夫なのか」

「ご心配なく。準備はちゃんと進めていますし、それまでには室長も復帰するでしょう」

「それならいいが……」

「何かご用でしたか？」

「もちろん、査察の打ち合わせだ」

「打ち合わせたら、査察にならないいんじゃないですか」

「それが分かっているなら、結構だ」石垣がむっとした声で言った。「阿比留室長がいない時に、無茶をしないように」

「ええ、自習ですね」

「何だって？」

「先生がいない教室みたいなものです」

石垣が盛大に溜息を吐いた。

「君のジョークは、どうにも笑えないな」

「失礼しました。練習しておきます……どうぞ、室長のことはご心配なく」

電話を切って、首筋に汗が一筋流れ出すのを感じた。危なかった……課長から真弓への電話は一日に何回ぐらいあるのか。今日、明日ぐらいはインフルエンザで誤魔化せるだろうが、早目に何とかしないと大変なことになる。私は同僚の顔を見回したが、「任せろ」と胸を張る自信に溢《あふ》れた表情は、どこにもなかった。


真弓の個人データは乏しかった。取り敢えず使えそうな情報は、ボルボのナンバーだけである。一世代前のステーション・ワゴンで、色は濃紺。

「警察官がボルボですか」愛美が形の良い眉をひそめる。「高い車ですよね」

「別にいいだろう。私用でどんな車に乗ろうが、問題にはならないよ。賄賂《わいろ》で買ったんじゃない限りは、な」私は彼女の苛立《いらだ》ちを収めようと、気楽な調子で言った。

「室長のイメージじゃないですよね」

「じゃあ、どんな車なら室長のイメージなんだ?」住んでいる場所について公子と同じような会話を交わしたな、と思いながら訊ねる。

「それは……」しばし沈黙した後、愛美が肩をすくめる。所有する車が人のイメージを体現する時代は、とっくに終わったのかもしれない。

「埒《らち》が明かないな」私は髭の浮いた顎《あご》を撫でた。真弓が見たら間違いなく叱責《しっせき》を飛ばすレベルにまで伸びている。

「高城さん？」公子が遠慮がちに声をかけてきた。顔を上げると、両手をきつく握り合わせ、居心地悪そうにもじもじしている。

「何ですか」

「お節介かもしれないけど、私にもお手伝いさせてもらえないかしら」

「それは大歓迎ですけど、何か手があるんですか」

「ハッキング」

私は右の目だけを細くした。公子がハッキング？　先ほどは冗談で言っただけであり、表計算ソフトでデータを入力する以上の複雑な作業が彼女にできるとも思えなかった。

「本気ですか？」

「ああ、ハッキングっていっても、人力よ」

「人力でハッキング？」

「直接人事に行って覗いてみればいいでしょう。私があそこの端末を操作しても、それほど不自然じゃないはずよ」

「ちょっと待って下さい。何考えてるんですか」私は立ち上がり、正面から彼女に対峙《たいじ》した。無茶はさせたくない。公子は三方面分室で唯一と言っていい、常識的な人間なのだ。

「大丈夫よ。本庁の端末で、誰がどのデータを引っ張り出したかまでは、一々確認してないはずだし」

「できるんですか？」

「伊達《だて》に長く警察にいないから。査察の関係だって言い訳すれば、何とかなるでしょう」

公子が丸顔に柔らかい笑みを浮かべたが、唇の端がわずかに引《ひ》き攣《つ》っているのを私は見逃さなかった。

「任せていいんですね？」

「あれこれ言ってる間に動いた方が早いわよ」

「……その通りですね。じゃあ、お願いします」

「了解」

公子がすっと頭を下げ、部屋を出て行った。私に声をかける前に、既《すで》にバッグを肩からぶら下げていたのだ、と気づく。私が止めても、本庁に行くつもりだったのだろう。

「公子さん、ちょっと気合が入り過ぎじゃないですか」彼女の背中を見送った愛美が言った。

「心配してるんだよ。この分室で本気で室長を心配してるのは、公子さんぐらいかもしれないな」

「高城さんは心配じゃないんですか？」

「まあ、何だ……何て言うか……心配だってことにしておこうか」

真弓との関係を上手《うま》く説明するのは難しい。三歳年上の女性の上司。娘が行方不明になって以来、八年間も酒だけを友に生きてきた私を失踪課に引っ張ってきたのは彼女である。まともな仕事に引き戻してくれた恩人ではあるのだが、事あるごとに突《つ》き合う間柄でもあった。それは往々にして、「率直な意見交換」の域を超えてしまう。致命的な亀裂はまだ入っていないと信じたかったが、向こうがどう思っているかは分からない。

「まずいですよね」

「何が」

「私たち、室長のこと、何も知らないじゃないですか」

「ああ」

「普段どんな生活をしてるのか、どんな人とつき合ってるのか、家族は……」そこまで言って、愛美が唇を閉じた。

「どうした？」

「結婚してるんですよね」

「そう聞いてるよ」

「でも、マンションは一人暮らし？」

「そう見えた」

「どういうことなんでしょう」

「旦那が単身赴任してるんじゃないかな」自分の言葉の虚《うつ》ろさを意識しながら言った。もともとあのマンションに家族で住んでいたのか？　それにしては狭過ぎる。

「お子さんは？」

「分からない」

「しっかりして下さい、高城さん」愛美が薄い唇を尖《とが》らせた。「ここのナンバーツーなんですよ」

「分かってる」

分かっていない。俺にどうしろと言うんだ。

愛美をその場に残し、室長室に足を踏み入れる。デスクの奥に回りこんで、椅子に腰を下ろした。官給品のノートパソコン。彼女の出身大学のロゴが入ったマグカップ、二つのフォトフレーム。一つには、先ほど彼女の家で対面した二匹の豆柴犬が写っている。あいつら、ちゃんと餌を食べてるかな……もう一枚の写真は、ぶかぶかのTシャツにカーゴパンツというラフな格好のせいで、一見少年のように見えるティーンエージャーの女の子だ。青いベースボールキャップからはみ出た髪は、肩にまで達している。東京ドームで撮った写真のようで、背景には不自然に青々とした人工芝のグラウンドが写りこんでいた。何故か不機嫌そうで、唇の片側が皮肉っぽく持ち上がっている。好きでもない野球見物に、無理矢理連れて来られた感じだ。

君は誰なんだ？　室長の娘さん？　私は以前、まったく偶然にこの写真を見てしまったことがある。だが真弓は基本的に、私たちがこの部屋に立ち入る時には、写真が目に入らないように気を遣っていた様子だった。それが自分だけの宝物であり、人に見せると魔力が消えてしまうとでもいうように。

目の前の電話が鳴る。真弓か？　手を伸ばして一瞬躊躇っている間に、電話は切れてしまった。チャンスを逸《いっ》したか——悔いる間もなく、醍醐塁《だいごるい》が室長室に飛びこんで来る。百八十センチを越える長身は、いつものように猫背になっていた。

「どうした」

「相談に来た人が」

こんな時に……私は腰を上げた。二つの案件を抱えこむことになるのだろうか。失踪課には戦力として計算できない人間もいるというのに。

# 2

目の前の青年は線が細く、いかにも頼りなさそうに見えた。Tシャツから突き出た腕にはほとんど筋肉がなく、今にも泣き出しそうな情けない表情には、精神的な脆《もろ》さが浮き出ている。視線をあちこちに彷徨《さまよ》わせ、私たちと決して目を合わせようとしないのも、自信のなさの現れだ。醍醐を同席させたのは失敗だった、と悔いる。この男は人並み外れて体が大きく、ごつごつとした顔立ちなので、威圧感は相当なものである。「面談室」と呼ばれる部屋は、柔らかい雰囲気《ふんいき》を保つように真弓が什器類《じゅうきるい》を揃《そろ》えたのだが、それも青年の緊張を解《ほぐ》す役には立っていないようだった。

「お名前から伺《うかが》います」醍醐がノートパソコン上で所定の書類を呼び出したのを確認してから、私は切り出した。

「広瀬《ひろせ》……広瀬哲司《てつじ》です」

醍醐が字の説明を求めると、広瀬が一層緊張して顔を強張《こわば》らせる。それでも手続きは踏んでおかねばならないわけで、私は住所、連絡先などを矢継ぎ早に質問した。

「それで、行方不明になったのは？」

「僕の……その、恋人なんですけど」

「お名前は」

「鈴木美知《すずきみち》です」

鈴木美知の住所と電話番号の確認。書類の基礎データが埋まったところで、状況確認を始めた。

「連絡がつかないんですね？」

「ええ」だからここに来たんだ、とでも言いたげに、広瀬が不満そうに唇を歪《ゆが》める。

「いつから」

「おかしいと思ったのは今朝です」

「最後に会ったのは？」

「一昨日です」

「ちょっと性急過ぎないかな」一昨日、つまり土曜日に最後に会って、今日は月曜日……

私はボールペンをデスクに放り出した。彼の方まで転がってしまいそうになるのを、慌てて手を伸ばして押さえる。「行方不明になったって信じる理由はあるんだろうか」

「電話の電源が入っていないんです。それに部屋の様子がおかしかったから」

話が一段深くなる。私は声の調子を落とした。

「どういうことですか」

「鍵がかかっていなくて、中も荒らされたというか……誰かが家探《やさが》ししたというか……彼女、綺麗好きなんです。いつも部屋には塵《ちり》一つ落ちてなくて、だから、その……」語尾があやふやになり、広瀬がうつむいた。肩が震える。泣き出すのではないかと心配になったが、顔を上げた時には、まだ目は乾いていた。

「鍵がかかっていなかった……あなたは合鍵を持っていますか？」

「ええ」

「最後に電話なりメールなりで連絡を取ったのはいつですか」

「一昨日……土曜日の夜に会う前です。その後は連絡がつきません」

何かあったとしたら、土曜日の夜から月曜の朝にかけてか――拉致《らち》、という言葉が頭に浮かぶ。

「彼女の写真はありますか？」

「それが、ないんです」

広瀬が唇を噛《か》んだ。珍しい。携帯電話にカメラ機能がつくようになってから、写真を撮る行為は何ら特別なものではなくなっているはずなのに。とにかく写真がないとなると、手配も面倒だ。

「何でまた」

「写真に撮られるのが嫌いだって言って。そういう人、いるでしょう？」広瀬がすがるように言った。

「まあ、そうですね……鈴木さんは一人暮らしなんですね」

「ええ」

「実家は？」

「……知らないんです」

「ちょっと待って」私はボールペンを握る手に力を入れた。本気で心配している広瀬の様子と、彼のもたらす曖昧な情報。どうにもちぐはぐだ。「あなたたち、つき合ってどれぐらいになるんですか」

「半年……」広瀬が指を折って数え始めた。「半年ちょっとですね」

「半年つき合っていて、彼女の実家も知らない？」

自分でも気づかぬうちに声が高くなっていた。広瀬が両肩をがっくりと落とす。どうやら今の質問が、彼の細い心をへし折ってしまったようだ。

「すいません……」

「いや、責めてるわけじゃないんだ」慌てて言い訳する。「一夜限りの関係とかなら、そういうことでもおかしくはない。でもあなたは、彼女がいなくなったと思って、心配してここに相談に来るぐらい仲がいいんでしょう？　だったら実家のこととか、家族のこととか、当然知っていると思ったんですよ」

「話したがらないんですよ、彼女」広瀬が溜息を吐いた。「聞こうとしたことはあるんです。でも、露骨に嫌そうな顔をするから、聞けなくなっちゃうんですよ」

「機嫌を損ねると怖いからね、女性は」

私の軽口に、広瀬の表情がわずかに緩んだ。それでもまだ、目は笑っていない。

「知られたくない過去でもあったのかな」犯歴については調べれば分かる。だがその過去が家族に関することであったら……まずは家族を割り出さなくては。大学——彼女は広瀬の大学の同級生だった——に確認するしかないだろう。以前、ある事件で大学の内部を引《ひ》っ掻《か》き回さざるを得なくなった時の煩《わずら》わしさを思い出す。あの連中は過剰にガードが固く、どうでもいいような話でさえ、上の決裁を取らないと喋《しゃべ》れない、という態度に終始した。家を調べれば何とかなるのではないか、と希望をつなぐ。実家の場所が分かるような手がかりがあるかもしれない。

「彼女、訛《なま》りはなかったかな」

「訛り？」広瀬が目を見開く。

「出身地が分かるような訛りだよ。関西方面だったとか、東北の人らしいとか」

「そういうのはありません。たぶん、元々東京の人じゃないかな」

「どうしてそう思う？」

「詳しいんですよ、東京に。僕は岐阜《ぎふ》の出身なんで、東京のことはよく分からないんですけど、彼女はどこへ行くにも地図も見ませんからね」

「徹底的に東京を歩き回ったのかもしれないよ」私も同じようなことをしていた。何らかの興奮が得られるのは間違いない。大学に入って、世田谷《せたがや》の西の外れで一人暮らしを始めた私が、平井《ひらい》や向島《むこうじま》など、二十三区の反対側の街を今でもよく知っているのはそのせいである。今考えれば、あの辺りには面白いところなどほとんどないのだが、若い地方出身者の目には、東京はどこを切り取っても特別な街に見えた。

「そういう感じじゃないんです。路地裏にあるようなカフェやレストランに行く時でも、迷わず歩いて行くんですから」

「なるほど」

「それに、地下鉄の路線図も完全に頭に入っているみたいです」

「だったら確かに、東京の人かもしれないな。地方出身者には、東京の地下鉄は迷路みたいなものだ。俺も未だに迷うよ」鉄道ファンの中でも、地下鉄に特化したファンなら別だろうが。

「そうなんです」広瀬が勢いづいた。「だから、東京の出身じゃないかって思ったんです」

「でも、家族のことは話さないんだ」

「ええ」一転、しゅんとした表情。背中も丸まってしまう。

「家族との間に、何かあったのかもしれないな」美知は大学三年生で、広瀬と同じ二十一歳。二十一年生きていれば、家族との間に修復し難い軋轢《あつれき》が生じてもおかしくはない。

「どう……なるんでしょう」広瀬が腿《もも》の間に両手を挟みこんで背中を丸めた。

「もちろん、調べますよ」家が荒らされているというのが気になる。「事件性があるかどうかは分からないけど、手遅れにならないうちにね」

「手遅れ……」

広瀬の顔から瞬時に血の気が引いた。同情しながら、私は淡々と今後の捜査方針を説明した。まず、家を調べる。大学にも人をやって、実家の住所を割り出す。友人たちから聞き込みを進める。広瀬は一々うなずいていたが、私の話が本当に頭に入っているかどうかは分からなかった。


「本当にやるんですか」広瀬を送り出して分室に戻って来た醍醐が、囁《ささや》き声《ごえ》で訊ねた。

「どう考えてもおかしいだろう。部屋が荒らされていたっていう話がどこまで本当かは分からないけど、只事じゃないぜ。まず、そこから調べないと」

「だけど、室長の件もあるんですよ。手が足りません」

「分かってる。ひとまず、二班に分かれて調べよう。お前はオヤジさんと森田《もりた》と一緒に、鈴木美知の件を当たってくれ。室長の件は俺と明神で何とかする」

「分かりました——だけど、二人で大丈夫なんですか」
「明神は計算できるから」
醍醐が、自席で髪をくるくると指で回している六条舞《ろくじょうまい》に目をやった。
「六条は……計算外なんですね」
「留守番の人間も必要だからな」私は肩をすくめた。ちょっとした残業をさせるのに、あ
りとあらゆる手を使わなくてはならない人間——それが舞である。緊急時には、そんなこ
とをしている暇はない。あてにしない方がよほど気が楽だ。
「じゃあ、現場でさっきの青年と落ち合います」
「頼む。慎重にな。必要があると思ったら、鑑識の出動を要請してくれ」
「出動を要請するのは……」醍醐が私の顔を凝視した。「この場合、高城さんじゃないん
ですか？　室長がいないんですから」
「分かってるけど、ここで大人しく電話番をしているわけにはいかないんだ」面倒なこと
になりそうだ。鈴木美知の自宅はりんかい線の大井町駅近くである。所轄《しょかつ》の鑑識に出ても
らうにしろ、本部の出動を要請するにしろ、電話一本では済まない。「とにかく余計なこ
とは気にしないで、徹底的に調べてくれ。俺は外へ出てる可能性が高いから、連絡は携帯
の方に頼む。鑑識に出てもらう必要があったら、俺の方で何とか調整する」
「分かりました」醍醐が法月と森田とともに出て行くのを見送ってから腰を下ろそうとし

た瞬間、目の前の電話が鳴った。普段は暇なのに、今日に限って腰を下ろす暇もないぐらい忙しいってわけか……皮肉に考えながら受話器を取る。公子だった。

「ごめん、高城さん」

「駄目でしたか」期待してもいなかったのだが、自分で思っていた以上にがっくりきた。

「たまたま端末が全部塞《ふさ》がってて、頼める知り合いもいなかったのよ。もう一回、時間を置いてやり直してみましょうか？」

「いや」私は即断した。「あまり居座っても疑われるでしょう。残念ですけど、引き上げて下さい。知らん振りをしてね」

「了解……だけど」

「いいんです。また別の手を考えましょう。すぐに戻ってもらえますか？　もう一件相談があって、そっちにオヤジさんと醍醐たちを回しましたから、ここを守る人手が足りないんです」

「分かりました」

電話を切り、煙草《たばこ》を取り出してくわえた。もちろん火は点《つ》けないが、隣席の愛美が鋭い視線を飛ばしてくる。私はしばしばこの部屋に泊まりこむのだが、そういう時に煙草を吸っているのは、全員にばれている。禁煙の捜査車輛の中でも。紫煙の香りは、案外長く一か所に留まるものだ。煙草をパッケージに戻し、「公子さん、駄目だったらしい」と愛美に告げた。

「仕方ないですね。とにかく、当たれるところから当たりましょう」愛美が早くもバッグを取り上げた。

「もう一回、マンションだな」

「そうですね」相槌《あいづち》を打つ愛美の顔は暗かった。隣同士の顔も名前も知らないのが東京の集合住宅の常であるし、あのマンションが例外とも思えない。結局もう一度、あの何も知らない管理人に突っこんでみるしかないのだな、と私も暗い気分になった。


管理人の冨永は、「清掃中」の札を掲《かか》げたまま、管理人室から消えていた。マンションの中を一通り見てみたのだが、どこにも姿は見あたらない。仕方なく、愛美と手分けしてドアをノックし始めた。全部で二十二戸。真弓の部屋を除いた二十一戸をノックし終えるのに、さして時間はかからなかった。二十一戸のうち、十九戸が不在だったから。残る二戸では住人に会えたが、三〇一号室に住んでいるのが「阿比留真弓」という人間だということは二人とも知らなかった。珍しい苗字だから、ふとした拍子《ひょうし》に郵便受けを見れば、気づきそうなものだが。

エントランスで愛美と落ち合った。互いに報告することもないと分かってがっくりきた瞬間、駐車場に通じるドアが開いて、冨永が姿を現した。両手にブラシとバケツを持ち、作業服は泥で少し汚れている。相変わらず愛想笑いを浮かべ、「ああ、先ほどはどうも」と声をかけてきた。

「阿比留は戻っていないようですか？」

「車はありませんね」

「顔も見ていない？」

「ええ、午後はずっと駐車場の掃除をしていましたけど、車は戻っていませんね」

「そうですか……ちょっとお話を伺えませんか？」

「構いませんが」冨永の顔に怪訝そうな色が過《よぎ》った。「私はただの住みこみの管理人ですから、詳しいことは何も知りませんよ」

「それでも構いません」私は管理人室を覗きこんだ。ガラス窓から見る限りでは、小さなテーブルが押しつけて置かれ、その後ろにロッカーや各種の警報機器などが並んでいる。座って話をするスペースはなさそうだった。

「じゃあ、そちらでよければ」

冨永が、エントランスの一角にある一人がけのソファを指差した。向かい合って二つ置かれているので、面と向かって話をするにはいいだろうが……人の出入りが気になる。

「いいですよ」この際、あまり贅沢《ぜいたく》は言っていられない。声を小さくすればいいだけの話だ。

「ちょっとお待ち下さい」冨永が、ブラシとバケツを少し高く上げた。「こいつを片づけますので」

ひょっこりと頭を下げ、管理人室に引っこむ。すぐに戻って来たが、左手に折《お》り畳《たた》み式の椅子を、右手にノートを持っていた。ソファの正面に椅子を広げて座り、膝《ひざ》の上でノートを広げる。私はソファに腰を下ろしたが、座面が低く、膝を折り畳む格好になってしまった。

「ここは分譲なんですね」無難な質問から切り出した。

「ええ。四年前にできたばかりです」

「阿比留は最初からこちらに？」

「そうですね」指を舐《な》めながら、冨永がノートをめくる。すぐに目当てのページ——表紙のすぐ裏——を探し当てた。「三年半になりますか。十二月一日にこちらに入居されてます」

「一人で？」

「そうですよ」冨永が生真面目な顔で言い、ノートを閉じた。達筆で「業務日誌」と書きこんであるのが見える。

「ここは単身者向けなんですか？」

「部屋によっては、ご家族で住まわれてる方もいらっしゃいます。２ＬＤＫの部屋も幾つかありますから」

真弓の部屋は1LDKで、しかもLDKはそれほど広くない。やはり、二人以上で暮らすには無理があるだろう。

「阿比留は、ここで問題を起こすようなことはありませんでしたか」

「いや、まさか」冨永が目を見開く。「何でまた、そんなことを言われるんですか」

「いや、特に理由はありませんけど……阿比留が警察に勤めていたことは、当然ご存じですよね」

「ええ」冨永が首を折るようにうなずく。

「本当に一人なんですね」

「そうですけど」冨永が不満気に唇を尖らせる。「何か疑うようなことでもあるんですか？私の説明では不足ですか？」

「そういうわけじゃないんですが……阿比留は結婚してるんですよ」

「まさか」冨永が、言葉を破裂させるように否定した。「お一人ですよ。誰かと一緒のところなんか、見たこともありません」

私は思わず愛美と顔を見合わせた。やはり単身赴任？　様々な矛盾があるのは分かっていても、それが一番自然な解釈に思えてくる。

「ここへ来る前はどこにいたか、ご存じですか」

「いやあ、そこまでは」

「緊急連絡先は控《ひか》えてありますよね」

「ええと」また指を舐めて、冨永がページをめくる。「二つあるな。この電話番号は……」

冨永が告げた番号は、警視庁の代表だった。勤務先は捜査一課と伝えていたようだが、直通番号は伏せたのだろう。

「その後で一度変更されてますね」

「この番号じゃないですか？」三方面分室の番号を告げる。

「そうそう、その通りです」こんなことでも役に立てて嬉《うれ》しいのだろうか、冨永が柔らかい笑みを浮かべてうなずいた。

頭の中で事実関係を整理してみる。真弓が失踪課三方面分室の室長として異動してきたのは二年前。その前は捜査一課勤務だった。つまり、今よりもずっと多忙だった時代に、このマンションを買ったことになる。もしかしたら、「逆単身赴任」とでも呼ぶべき生活なのではないか、と想像した。家族の住む家は郊外か、あるいは他県にあるので、平日は時間を節約するために、都心部に家を用意したとか。いや、それも不自然だ。大岡山は警視庁の最寄り駅である桜田門《さくらだもん》や霞ケ関《かすみがせき》へのアクセスがよくない。それに、何も部屋を買う必要はないのではないか。都心での仮の宿なら、ワンルームマンションでも借りれば済む話である。

私の質問が途切れたタイミングを見計らったように、愛美が切り出した。

「荷物はどうですか？　同じ苗字の方から、つまり家族から荷物が届くようなことはありませんか」

「そこまでは分からないんですよね。ご本人が不在の場合、荷物は宅配ロッカーに入ることになってますから。こちらではそもそも、関知していないんです」

宅配ロッカーを管理する会社に聞いても無駄だろう。宅配業者は……個別の荷物の配達記録を、いつまで保管しているか。

「一つ、基本的なことをお伺いしていいですか」愛美が食い下がった。

「どうぞ」冨永が愛想の良さを復活させる。「分かることでしたら」

「阿比留の本名は何でしょう」

「はい？」

「夫婦別姓――ではないですけど、仕事の場では『阿比留』なんです。もしかしたら、仕事のために旧姓を通しているだけではないかと思うんですが」

「それは――」冨永がぽっかりと口を開けた。「あの、こういうことは申し上げにくいんですけど、そんなことは当然分かっていらっしゃるんじゃないんですか？　会社――職場で分からないことが、ここで分かるわけがありませんよ。実際、私の手元には『阿比留』さんとしかありませんから」

私も愛美も口籠《くちごも》ってしまった。まさか、極秘に探さねばならないから人事には確認できないのだ、などとは打ち明けられない。普段よりずっと厄介な捜索になる、と実感することになった。


「最悪ですね」車へ戻ってドアを閉めた途端、愛美が零した。

「最悪だ」同調しながら私はエンジンキーを捻った。スカイラインのエンジンに火が入ったが、気持ちは沈滞したままである。内輪の人間を調べるのがこんなに大変なことだとは思わなかった。「仕方ないな。役所に突っこむか」

「大丈夫ですかね。最近、煩《うるさ》いですよ」

「煩かろうが何だろうが、やるしかないんだ」

「だけど、変ですよね」

「何が」

私は地図を広げ、大田区役所の位置を確認した。JR蒲田《かまた》駅の東口。環七《かんなな》をずっと東へ行って、第一京浜に出るルートか……午後早い時間だからまだ混んでいないだろう、と期待をかけて車を出す。住民票の提出に素直に応じてもらえる保証はないから、何としても業務終了まである程度余裕を持って到着したい。一旦東急目黒線の南側の道路に出て、環七の北千束五差路を目指した。助手席に小柄な体を押しこめた愛美は、短く切り揃えた爪をいじっている。考え事をしている時の癖だ。

「阿比留っていう苗字は珍しいですよね」

「多くはないだろうな」

「元々ご主人の苗字なんでしょうか」

「分からない」

「室長の本名だとしたら、ご主人が婿入りしたとか？」

「分からない」同じ台詞《せりふ》を繰《く》り返《かえ》しているうちに、次第に情けない気分になってきた。

「事実婚ですかね」

「それはないだろう」

「仕事の都合で別姓を名乗るのも、警察ではあまり聞きませんよね」

「ああ」

「結局、分からないことだらけなんですね。変だと思いませんか？　室長が私生活に人を立ち入らせないようにしていたのは間違いないけど、どうしてそこまでしなければならなかったんでしょう。納得できません」

「住民票を見てみれば、何かが分かるさ」

「素直に出してくれれば、ですね」愛美が小さく溜息を吐く。「捜査のため」といっても、最近は個人情報保護法を盾《たて》にとって、協力してくれないところも多い。

突っこんでみなければ分からない。それはどんな捜査でも同じだと思いながら、私は重い疲労感が早くも腹の底に蓄積していくのを感じていた。

大田区役所は案外協力的で、私たちは真弓の本名が「鈴木」だという情報を得た。同時に、あの住所に住民票を置いているのが彼女一人だということも分かった。彼女自身が世帯主であり、他の家族の名前や居場所については不明。本籍は栃木《とちぎ》県になっていたが、これはおそらく夫の出身地だろう。該当の自治体に電話を突っこんでみたが、「電話では照会に応じられない」の一点張りで拒否された。否定ではないのが救いだったが。

「一歩前進、とも言えないか」失踪課に戻って、私はまず愚痴《ぐち》を零した。煮詰まったコーヒーをカップに注ぎ、きつい苦味で苛立ちを抑えようとする。上手くいかなかった。

「仕方ないですよ」珍しく、慰めるような口調で愛美が言った。私のカップを覗きこんで首を振る。眠気覚ましのコーヒーは断念したようだ。新しく淹《い》れ直《なお》す気力も湧かないらしい。

「やっぱり、警視庁の中で誰かに聴くしかないんじゃないかしら」公子が割りこんできた。

「知っている人間は、当然いるでしょうから」

「そのためには、こっちの事情を話さないと駄目でしょうね。何も聞かず、黙って情報を流してくれる人はいないでしょう」私は反論した。「室長と個人的に親しい人を俺たちが知っているならともかく、今は正式なデータに頼るしかありませんよ」

「考えないと、ね……」公子が拳で自分の頭を小突いた。まるで真弓の失踪の責任は自分にある、とでもいうように。

「明神、もう一回役所に電話してくれないか」

「栃木の方ですね」

「ああ。駄目もとで頼む」時に明神は、私よりもきつく突っこむことがあるのだが、それが何がしかの効果をもたらすこともある。

愛美が電話に取りつくのを見て自席に腰を下ろすと、途端に携帯が鳴った。ディスプレイに「醍醐」の名前が浮かんでいる。

「やっぱり、部屋の様子はおかしいですね」醍醐が最初に結論を口にした。

「拉致か」

「いや、広瀬さんが言っていた通りで、家探しされた感じです」

「本人が失踪した後で、誰かが部屋に入った、という感じなんだな」

「そうですね」

「鍵をこじ開けた形跡は？」

「それはないですね。鍵をかけないで出て行ったか、合鍵を持った人間が入ったか……」

「実家の方の手がかりはどうだ」

「特にないんですよ。いろいろ探してるんですが」

「そうか……この件、赤丸をつけておくしかないな」事件が想定される特異事案。「聞き込みはどうだった？」

「残念ながら。特に変なことはなかったようです。そもそも近所づき合いは皆無なんですけどね」

「そこ、普通のマンションなのか？」

「ええ。学生専用というわけじゃないですね」

最近は、学生寮の人気も再燃しているということだが……無意識のうちにデスクの引き出しを開け、頭痛薬が入っているのを確認した。今は頭が痛いわけではないが、手元にあるのが分かればわずかに気持ちが落ち着く。アルコールと頭痛薬は、私にとって精神安定剤でもあるのだ。

「分かった。引き続き現場を頼む。鑑識さんにも出てもらおう。そっちは俺から頼んでおく。大学の方にはまだ手が回らないな？」

「ええ。すいません。こっちでちょっと時間を食ってしまって」

「まだ時間はあるな」私は手首を捻って時刻を確認した。「すぐに大学の方に回ってくれないか？　学生課でもどこでも、情報を確認できるところに突っこんでくれ。鑑識の立ち会いは、一人いれば十分だろう」

「分かりました。じゃあ、大学の方は俺とオヤジさんで回ります。森田を現場に残しますから」

一瞬躊躇してから、「そうしてくれ」と指示した。醍醐は迫力ある体形と風貌のせいで、初対面の人間を怯《おび》えさせてしまうことも多い。しかし今は、彼の押しの強さが必要かもしれない。ソフトな対応が得意な法月と一緒なら、バランスも取れるだろう。鑑識に立ち会うぐらいなら、森田に任せておいても大丈夫なはずだ。

すぐに鑑識の出動を要請する。私がその電話を切るのと同時に、愛美が受話器を置いた。眉間に刻まれた皺《しわ》と裏腹に、ことさらゆっくりした仕草であり、苛立ちを無理矢理押し隠しているのは容易に分かった。

「駄目か」

「ええ。やっぱり直接行かないと無理ですね。行けば何とかなると思いますけど」

「明日の午前中、行けるか？」

「大丈夫ですけど……ちょっと調べてみます」愛美がノートパソコンの画面を開き、経路を調べた。「二時間近くかかりますよ。随分遠いんですね」

「仕方ない。明日の朝、直行してくれ。現地で落ち合おう」

「ちょっと、高城さん、ここを空っぽにするつもりですか」公子がクレームをつけた。

「そうか……それはまずいですね」真弓がいない以上、突発的な事態には私が対応するしかない。「明神、一人で大丈夫か？」

「もちろんです」愛美がむっとして声を低くした。

「じゃあ、そっちは任せた」

うなずいた明神が何か言おうとしたが、公子が発した「あ」という言葉に口を閉ざしてしまう。

「どうしました、公子さん」

「一人、話を聴けるかもしれない人がいるわ」

「俺の知ってる人ですか？」

「どうかしら……私は話をつなげるかもしれないけど」

「公子さんの顔見知り？」

「顔見知りではないけど、何回か電話で話したことはあるわ。連絡してみますか？」

「お願いします。でも、何者なんですか」

「尾花遼子《おばなりょうこ》さん。知らない？」

「ちょっと待って下さい。どこかで聞いたような名前だけど……」私は掌を広げてこめかみを揉《も》んだ。「もしかしたら、交通部の尾花さんですか？」

「そう。何度か室長への電話をつないだことがあるわ。その時に話したこともあるけど、確か同期だったはずよ」

真弓の新人時代、女性警察官はまだそれほど多くなかったはずだ。ましてや入庁して二十五年以上も経った今、生き残っているのは本当に少数のはずである。まず、結婚という壁を乗り越えて警察で働き続けるのが大変だからだ。それ故、ある程度以上の年齢の女性は、どうしても目立つ。私も尾花遼子と直接の面識はなかったが、名前だけはどこかで見た記憶があった。

「交通規制課の管理官ですね」明神がすっと話に割って入った。

「じゃあ、摑《つか》まるはずだ。あそこは割と暇な部署だから」完全に行政部署と言っていい。メインの仕事は信号や標識の管理なのだ。

「電話してみましょう」公子が傍《かたわ》らの受話器を取り上げた。

「ちょっと待って」

私は手を上げ、彼女の動きを制した。公子が怪訝そうな表情を浮かべ、受話器を肩に押しつける。

「尾花さんは信用できる人なのかな」

「ああ」公子の顔に暗い影が浮かんだ。「このことを秘密にしておけるかどうか、ね？」

「ええ」

「分かりません」公子があっさりと認めた。「口が堅いかどうかまでは、何とも言えませんね。私はちょっと話したことがあるだけだから。ここはギャンブルね」

今のところ、真弓の失踪は表沙汰にはなっていない。だが、分室の人間以外に伝われば、いずれ多くの人が知ることになる。人の口に戸は立てられないわけで、いずれ公然の事実になってしまうだろう。そのリスクを犯すべきかどうか……愛美が明日栃木に飛んでも、確実に情報が取れる保証はない。時には公的な書類よりも、人の記憶の方が当てになることもある。

「その賭け、乗りましょう」

「分かりました」真剣な表情で公子がうなずく。「私も同行していいですか」

「いや、悪いですよ」

「こういう時ぐらい、役に立ちたいから」

冗談じゃない、普段から十分過ぎるくらい、役に立っている。分室ナンバーツーの地位に伴う雑務をサボりがちな私を、黙ってサポートしてくれているのだから。

「じゃあ、公子さんはすぐに、尾花さんに連絡を取って下さい。明神はここで待機してくれないか？　醍醐たちとの連絡係を頼む。尾花さんから話が出てくるかは分からないから、明日の出張はあるものと思ってくれ」

「分かりました」

愛美の表情が引き締まる。公子は改めて受話器を耳に当て、番号をプッシュし始めた。その途端、「あれ？」という舞の耳障りな高い声が私の耳に突き刺さった。何事だ？　彼女には、査察に向けて備品のチェックを指示しておいたのだが……見ると舞は、拳銃《けんじゅう》の保管ロッカーの前にしゃがみこんでいる。開け放した扉から、ずらりと並んだ拳銃が見えたが……一つ足りない。

「どうした、六条」

「室長の拳銃がありませんよ」呑気《のんき》な声で舞が報告する。私は、彼女の後頭部を張り飛ばしてやりたいという衝動を抑えるのに必死だった。この状況の深刻さが理解できないのか？

3

表参道《おもてさんどう》駅で銀座《ぎんざ》線から千代田《ちよだ》線に乗り換え、がらがらのシートに腰を下ろした瞬間、公子が口を開いた。

「室長、今朝は分室に来たんじゃないですか？　署内で確認できないかしら」

「そんなこと、大声で聞いて回れませんよ」

公子が無言でうなずく。毎日仕事を終える時に、責任者である真弓が銃を確認する決まりになっている。先週末、金曜日は異常がなかったはずだ。とすると公子が言う通りで、今朝一度出勤した真弓が銃を持ち出したとしか考えられない。いや、もしかしたら金曜日の深夜、あるいは週末には既に持ち出していたのかもしれない。管理者がそんなことをしても、チェックする人間などいない——そんなことは、今はどうでもいい。彼女を見つけないと、査察で大問題になるのだ。拳銃の紛失は、不祥事としては最悪である。

「まずいですね」

「まずいですよ」公子がうつむき、組んだ両手を見下ろした。年齢なり——真弓と同い年だ——に皺の寄った手に、苦渋が滲み出る。何か言いたそうに私の顔を見たが、言葉は出てこなかった。いつも元気で、かつ細かく気配りのできる女性なのだが、今日ばかりは様子が違う。

地下鉄の霞ヶ関駅は官庁街の真ん中にあるが、桜田濠に面した警視庁までは、かなり距離がある。特に千代田線を降りると、警視庁に最も近いA2出口まで辿《たど》り着《つ》くのに、構内を延々と歩いていかなければならない。ただし今日、私たちの向かう先はA2出口ではなかった。C1出口から外へ出て、日比谷《ひびや》公園を目指す。警視庁の中でこの話をするわけにはいかないから、公子がかなり強引に、外で会う約束を取りつけたのだ。それで遼子は、ある程度事情を悟っただろう——尋常な用件ではない、と。

地下鉄に乗っている間に、雨が降り出していた。短い距離であっても、傘を開かざるを得ない鬱陶《うっとう》しい雨。小走りで歩道を歩き、霞門のすぐ側にある喫茶店に入る。六時までしか開いていないので、話が長引くようだったら場所を変えなければならない。

「何だか落ち着かないわね」公子が椅子の上で尻をもぞもぞとさせた。

「こういうところを利用する人って、どんな人なんでしょうね」軽く応じながら、私は店内を見渡した。午後から夕方の喫茶店と言えば、外回りをサボって居眠りしているサラリーマンの姿ぐらいしか思い浮かばないのだが……閉店間近なこの時間には、私たち以外にほとんど客はいなかった。

「あの人じゃない？」公子がすっと背筋を伸ばす。出入り口を向いている彼女の視線を追うと、背の高い女性が大股でこちらに向かって来るのが見えた。閉じた傘から、雨滴が細い糸のように垂れ落ちている。窓の外に目を転じると、私たちが歩いて来た時よりもずっと雨が強くなっていた。細く降る梅雨時の雨らしくなく、夏場のゲリラ豪雨《ごうう》のような様子である。

「どうも、お待たせしました」よく通るメゾソプラノだった。真弓も背が高いが、それに劣らぬ長身で、背筋が綺麗に伸びている。耳を覆う程度の長さの髪が雨で湿《しめ》り、ぺったりと頭蓋に張りついてしまっていた。化粧っ気はほとんどなく、形の良い唇に僅かに紅を引いているだけだった。

「すいません、わざわざこんなところまで」私は立ち上がり、頭を下げた。彼女の上等そうな麻の上着は、湿気のせいでしわくちゃになってしまっている。「雨、ひどくなったみたいですね」

「梅雨だから仕方ないわ」

どことなくぎこちない挨拶を終え、私たちは席についた。それぞれコーヒーを頼み終えたところで、話の切り出し方を探る。しかし私が言葉を見つける前に、遼子が先に話し始めた。

「真弓のことね」

「ええ」

「いったい何事?」

私は公子と顔を見合わせた。遼子がどういう人間なのか、私たちはまったく知らない。どこまで打ち明けていいか、ここへ来る途中で話し合ったのだが、結局結論は出ないままだった。しかし説明を曖昧にしたままでは、彼女も腹を割って話してはくれないだろう。

私は覚悟を決め、事実を告げた。

「行方不明です。それに失踪課の拳銃が一丁、なくなっています」

「ちょっと——」遼子が身を乗り出した。「この件、上に報告は?」

「失踪課の分室長が行方不明になったら、洒落にならないでしょう」

「報告しないで探す気?」

「そのつもりです」

遼子が腕を組み、椅子に背を押しつけた。

「高城さん」

「はい？」

「あなたの評判はいろいろ聞いてるけど、今回も独断専行でいくつもりなの？」

「上に知られたくないんです。失踪課にはいろいろ難しい事情もありまして」

「隠したまま動いて後でばれたら、もっと大変なことになるわよ」

「それぐらいは分かってます。でも、室長の名誉のためには、極秘のままで動きたいんです」

「あらあら」深刻な状況を面白がるような色が、彼女の目に浮かんだ。「真弓も随分部下の受けがいいわね」

「それもありますけど、何かあったら我々にも降りかかりますから。それだけは避けたい。そうでなくても失踪課は、細いロープにぶら下がっているようなものなんです」

「失踪課の話はいろいろ聞いてるけど、そんなにまずい状況なの？」

私は肩をすくめ、答えを保留した。刑事部の盲腸。「ちゃんと人探しをしました」と都民に対して言い訳するための組織。様々な揶揄《やゆ》が浴びせかけられるが、どれもそれなりに当たっている。何か失敗をしでかせば、組織改編を理由に消滅する可能性も捨てきれない。

そして今回が本物の、最大の危機であるのは明らかだった。

「とにかく、一刻も早く室長を見つけなければなりません。ところが、ですね——」

「あなたたちは真弓のことを何一つ知らない、と」

「ええ」部外者に指摘されると、何故かむっとする。

「仕方ないわね。真弓は私生活を完全に隠そうとしていたから。仕事と私生活を切り離すつもりだったのよ」

「どういうことなんですか？ 人にばれてまずい私生活なんて、ちょっと想像もつかないな。だいたい警察官なんて、私生活はあってないようなものでしょう」特に刑事は。一度事件に取りかかれば、自分の時間などなくなってしまう。

「そうね。でも真弓は、今まで上手くやってきたわ」

遼子は相当深いところまで知っている、と確信した。後はどれだけ引き出せるかだ。

「室長の部屋に行ってみました」

「ああ、大岡山のマンションね」遼子がハンドバッグから煙草を取り出し、流れるような動作で火を点けた。私は自分の煙草に火を点けるのも忘れ、言葉を重ねた。

「明らかに一人暮らしの部屋です。結婚してないんですか」

「してるわよ」

「だったらどうして一人暮らしなんですか」

「そこを話すと長くなるし、そもそも私には話す権利がないと思うわ。真弓が自分の意思で隠していることなんだから」

「行方を探すためには、家族から話を聴かなくてはいけません」私は口調を強めた。「どうしても知る必要があります」

「それでも話せないわね」

「室長の命に係わるようなことでも？」

「そういうこと」円を描くように灰皿に煙草を押しつけながら、遼子が煙草の先端を丸くした。「別に、彼女に頼まれたわけじゃないわよ。あくまで私の判断。それは、こういう状況でも変わりません」

「室長は銃を持ち出しているんですよ？　尋常じゃないでしょう」銃、というところで声を落とした。

「そうね。普通ならあり得ない。銃を勝手《かって》に持ち出したら処分の対象になるし、真弓がそんなことを知らないわけがない」

「だったら――」

「彼女の夫の名前は鈴木孝弘《すずきたかひろ》」

　言ってから、遼子がすっと息を呑んだ。かなり覚悟のいる告白だったのだ、と私は悟った。突然出て来た名前に、「ええ」と相槌を打ちながら緊張感を高める。

「今は山梨《やまなし》に住んでるはずよ」

「山梨のどこに？」

遼子が肩をすくめる。「そこまでは」とぼかしたが、嘘をついているのではなく、本当に知らないのだろうと判断した。おそらく真弓は、数少ない友人にも全てを話していたわけではないのだろう。

「単身赴任ですか？　別居ですか」

「そこは言えないわね」天を仰いで煙草の煙を噴き出す。「もうかなり、危ないところまで話してるのよ。私、真弓に殺されたくないから」

「室長が阿比留の名前を使っているのは……」

「仕事の上では、結婚しても同じ名前を使う方が都合がいいのよ」

「警察では珍しいですよね」

「そういうこと、男性には分かりにくいでしょう」

「いや、分かります」反論してから、嫌な想い出が蘇った。

「そう？」遼子が目を細める。

「別れた妻は、ずっと結婚前の姓を名乗ってましたからね」

「ああ、弁護士だったわね」

娘が行方不明になった時、仲間たちは正規の形であれボランティアであれ、捜索を手伝ってくれた。当然、私のプライバシーなどは、その時に完全に暴かれてしまっている。妻――元妻が弁護士だということも、周知の事実だ。

「だから、女性が結婚した後も元の姓を使い続けることに関しては、理解しているつもりです」

「まあ、でも、警察は古い組織だから」遼子が自分に言い聞かせるようにうなずいた。「そもそも結婚したら仕事は辞めるのが普通だったのよ、私たちぐらいの世代は。真弓は周りの圧力に負けずに頑張ったんだから、褒《ほ》めてあげて欲しいわね。彼女の後に続く後輩たちに範を垂れたのよ」

「その結果が別居ですか?」

「きついこと、言わないの」遼子が苦笑した。すぐに真顔に戻り、灰皿に煙草を押しつける。「別居なのかどうか、私の口からは何も言えないわ」

「どうしても?」

「どうしても。子どもみたいなこと、言わないの」

遼子がすぐに新しい煙草に火を点ける。彼女の言い方の方が、よほど子どもじみて聞こえた。

「室長が隠し事をしていたことだけは、間違いないようですね」

「何でもかんでも喋るべきじゃないのよ――自分の身を守るためには多少の嘘も許される、

と私は思うわ」

「隠し事じゃなくて嘘、ですか」

遼子が拳の中に咳払《せきばら》いをした。

「それは言葉のあや。あまり細かいところに突っこまないで」

「失礼」煙草に火を点ける。きつい味わいが、ぼやけた思考をクリアにしてくれた。「室長とはよくお会いになるんですか」

「定例会みたいなものね。月に一度ぐらいのペースで会うわ」

「最近、様子はどうでしたか」

「特に変わりないと思うけど。逆にあなたたちの目から見てどうだった？」

言葉に詰まった。真弓はほとんど表情を変えることがない。話せば、怒っているか焦っているかぐらいは分かるのだが、最近はどうだったか……比較的暇で、坦々と毎日が流れているだけだった。毎日の業務の話以外、ろくに会話を交わした記憶もない。どう考えても、先週末から今朝にかけて、何かがあったとしか考えられなかった。

「変化はないですね。少なくとも、俺には分からない」

「私が最後に真弓に会ったのは……」遼子がバッグから手帳を取り出した。「先月の二十五日」

「一か月前じゃないですか。そろそろ今月の定例会を開くタイミングだったんじゃないいんですか」

「そんなの、前から決めておくことじゃないから。いつもどっちかが電話して、いきなり決まるだけよ」

「そうですか。我々は山梨に行った方がいいんでしょうね？」

「そうは言ってないわ」煙の向こうで遼子の言葉が霞む。「真弓の旦那さんは山梨にいるはず。それだけの話よ」

「それだけって……」

「私はそれ以上知らないいし、仮に知っていても言えないわ」遼子がまだ長い煙草を揉み消し、立ち上がる。結局コーヒーには手をつけていなかった。「何かあったら教えてくれる？いざとなったら、私も動けるかもしれないから。交通部の人間には、やれることは限られているけど」

「車の手配はどうですか」

「それをやったら、大袈裟《おおげさ》になるわよ。真弓の車、四年落ちぐらいのボルボじゃなかったかしら」

「ええ」

「手配すれば公になるわよ。あなたたちも、それは避けたいんでしょう？」

「裏から手を回すとか、そういうことはできないんですか」交通部の人間なら、車を調べるのは得意中の得意のはずだ。

「交通部の仕事に表も裏もないのよ。刑事部と違ってね」

「もう少し協力してくれてもいいんじゃないですか。室長はあなたの友だちでしょう」

私の非難を、彼女はさらりと受け流した。ひらひらと手を振り、こちらの緊張感を破砕するような緩い笑みを浮かべる。

「私も全て知っているわけじゃないし、何でもかんでも打ち明けるわけにはいかないのよ」

同じような台詞の繰り返し。苛立った私は立ち上がり、彼女と正対した。

「どうしても話してくれないんですね」

「もう十分話したと思うけど」遼子が肩をすくめる。「あなたが評判通りの有能な人だったら、これだけの情報で十分でしょう」

「せめて、もう一つ」私は顔の前で人差し指を立てた。「室長のご両親は、もう亡くなっていますよね」

「ええ」

「ご主人の家族はどうですか？　実家は栃木なんでしょう？」

「そうきたか……」遼子が困った、とでも言いたげに唇を緩める。「あなたが摑んだ事実まで否定するわけにはいかないわね。彼女の現在の本籍地は、ご主人の出身地の栃木。それは分かってるわけね」

「ええ」

「ご両親は、まだご健在なはずよ」

「訪ねる価値はある？」

「無駄を怖がったら、刑事の仕事はやっていけないんじゃないの？　交通部で行政的な仕事をやっている私が言うことじゃないかもしれないけど」

「分かりました。どうもすいません」頭を下げてから、一言つけ加える。「この件はどうか、内密でお願いします」

「あら」突然、尊大な表情が過った。「私の口が堅いことは、十分に分かったと思うけど」

「彼女、まだ話すわね」私が勘定を済ませると、公子が断言した。

「どうしてそう思います？」

「神経質になってたわ。というより、室長を本気で心配してるんでしょうね。煙草を吸ってる時、手が震えてたから。きっと、話すタイミングを見計らっているんだと思います」

「ええ」公子の観察眼の鋭さに驚きながら、私は相槌を打った。

「自分にできることには限界がある、と思ってるんじゃないかしら。あくまで交通部の人ですからね。刑事の真似事はできない、と自己規制してたのかもしれないわ」

「確かにこれは、俺たちの仕事ですけどね」財布を尻ポケットに滑りこませながら、私は認めた。外を覗くと、少しだけ雨脚が弱まっている。

「そうね。あの人にしても、プロの腕を拝見、というところなんでしょう」

「そういうことなら、お見せするしかないですね」私は小さな溜息を吐《つ》きながら言った。

「ほら、そんなだらしない溜息、吐かない。室長を助けられるとしたら、あなたしかいないんだから。しっかりしなさいよ、高城警部」小柄な公子が、思い切り私の背中を叩いた。息が詰まるほどの強さだったが、その痛みは私の背筋と気持ちを少しだけしゃっきりとさせた。


　鈴木孝弘という男を割り出すには、もうワンクッション必要だった。山梨県内にいるという曖昧な情報だけでは、動きようがない。せめて市町村まで分かれば、所轄に確認して住所を割り出すこともできるのだが。結局、栃木にある実家を当たるしかないようだ。愛美が電話番号を調べてみたが、電話帳に記載はない。所轄に確認してみたが、こちらのチェックも外れていた。

「明日まで待たないで、これから行ってみますか？　本籍地にご主人のご両親が住んでいるのが分かったんだから、何とか摑まえられるでしょう」愛美はやる気満々だった。

「そうだな。俺が行く」

「私じゃないんですか」愛美が自分の鼻を指差した。彼女の普通の表情――不満たっぷりだった。「向こうへは私が行くことになってましたよね」

「それは、明日だったら、の話。誰かがここに残って連絡役をしなくちゃいけない。オヤジさんや醍醐たちもまだ帰ってこないし」

「それこそ高城さんの仕事じゃないんですか。今は室長代理でしょう」

「勝手に辞令を出さないでくれよ」私は頭を掻いた。「それに室長代理なら、仕事の割り振りを決定する権利があると思うけど」

「管理職が自分で飛び回ってたら、仕事になりませんよ」

「君なら十分、ここで司令塔の役目を果たせる」

「ちょっと、お二人さん」公子が割りこんできた。「こんなところで口喧嘩《くちげんか》してる余裕があるの？　二人で行ってくればいいじゃない。ここは私が引き受けるから」

「しかし、ですね」事務職員である公子の勤務時間はとうに終わっている。

「しかしも何もないでしょう。こんな時なのよ？　総力戦でやらないと」

「すいません」素直に頭を下げる。彼女の心遣いが身に染みた。公子にも思うところがあるのかもしれない。部下との間には常に一線を画す真弓と一番近しい人間は自分だ、という自負もあるのだろう。だからこそ、自分にも一定の責任がある、と。私は失踪課の室内をぐるりと見回した。案の定、舞は姿を消している。

「六条は？」ずっと留守番をしていた愛美に訊ねる。

「帰りましたよ、定時に」白けた口調で愛美が告げる。「何にもないみたいに」

「それは――」

「止めるべきだったって言うんですか？　そういう面倒な仕事、押しつけないで下さい。だいたい、あの人に何か期待しても無駄ですよ。今は非常時ですよ？　普通は何も言わなくても残るものでしょう」

「雨が降ってるから、早く帰ったんだろうな」彼女なら、定時に帰るためにはどんなことでも言い訳にするはずだ。

「高城さん」愛美が冷たい視線を向けてくる。「下らないんですけど」

ぴりぴりした雰囲気は、電話の音で打ち破られた。愛美の顔に視線を据えたまま、受話器を取り上げる。醍醐だった。

「すいません、遅くなりました」

「どうだった、大学の方は」

「ええ、非常に穏便に――」

「本当に？」

「オス」少しむっとした声で、醍醐がいつもの口癖で答えた。「だいたい自分は、そんなに人を怒らせることはありませんよ。少なくとも高城さんよりは」

「ああ、分かった、分かった」目の前にいない相手に向かって手を振る。「それで、結果は？」

「申し訳ありません」醍醐が途端に元気をなくした。「口が堅くて……」

「個人情報は明かせないっていうわけか」

「そうなんです。はっきり事件と決まったわけでもないからって」

「そういうことを言っているうちに、手遅れになるんだよ」私は舌打ちをしたが、すぐに後悔した。これでは醍醐を叱責しているも同然である。「とにかく、大学当局からは情報が出てこないんだな」

「ええ。すいません」

「だったら、鉄砲を撃ちまくるしかない。大学の中を回って、彼女の知り合いを探してくれ。手当たり次第でいい。広瀬君には家族のことを話していないかもしれないけど、友だちには打ち明けている可能性もある」

「分かりました」

醍醐が溜息を漏《も》らした。少しばかり無茶な指示だった、と悔いる。美知の通う大学は、学生数が数万人に達するマンモス大学である。その中から、彼女の親しい友人を探し出すのにどれだけ時間がかかるか……しかし今のところ、力業で行くしかない。

「室長の方はどうなんですか」

「ご主人は山梨に住んでいるらしい」

「初耳ですね」

「俺もだよ。ただ、山梨というだけで正確な住所が分からないから、これからご主人の実家の方に当たってみるつもりだ」

「何かあった時、連絡はどうしますか」

「俺の携帯か、分室の方に。公子さんが居残ってくれるから」

「そうですか」醍醐の口調が暗くなった。「公子さんも心配でしょうね」

「ああ。いつまでも心配させておくわけにはいかないぞ。早く見つけないと」

「他から応援を頼んだらどうです？　一方面からでも、八方面からでも」

失踪課には三つの分室がある。二十三区を南北に分けて担当する一方面分室と三方面分室、それに多摩《たま》地区の所轄である八方面分室だ。他の分室のメンバーとも当然顔見知りだが……今はまずい。一番避けなければならないのは、情報の拡散である。他の分室に協力を仰ぎながら、石垣に事実を隠し続けるのは不可能だ。

「それはやめておこう。石垣課長にばれたら最悪だからな。できる限り俺たちでやる」

「オス」

電話を切り、愛美に目を向ける。既に上着を着て大き目のトートバッグを肩にかけ、指先で車のキーをぶらぶらさせている。出撃準備完了、だ。

「飯抜きになりそうだな」壁の時計を確認して、私は上着に袖を通した。

「ご心配なく」愛美が自信ありげな表情を浮かべ、バッグの中からコンビニエンスストアの袋を引っぱり出した。「遅くなるのは分かってましたから」

「明神、君は本当にいい刑事になったたな」

「高城さんの教育のおかげですね。常に食事のことばかり考えてますよ」

「それが大事な基本なんだ」

「ほらほら」公子が両手を叩き合わせる。「食事のことぐらいで褒め合ってる場合じゃないでしょう。さっさと行く！」

彼女の声に背中を押され、私たちは分室を飛び出した。


首都高から東北自動車道に入り、栃木インターチェンジまで約一時間。夜の渋滞には巻きこまれずに済み、午後七時半に栃木市へ到着した。ＪＲ両毛線《りょうもう》と東武線《とうぶ》が交錯し、東北道の栃木インターチェンジも間近い交通の要所だが、駅周辺以外は田舎《いなか》の雰囲気が色濃い。当該の住所は市の北部、消防本部に近い住宅地にあったが、まだそれほど遅い時間でもないのにほとんど闇に包まれ、人の姿は見えなかった。

「随分寂しいところですね」愛美が感想を漏らす。

「北関東の街は、どこでもこんな感じだよ」

答えながら、私は車を降りた。霧雨が街を覆っているせいで、さらに闇が濃くなっているようだった。愛美が傘も差さず、雨を切り裂くような早足で歩き始める。すぐに追いついたが、彼女は私を完全に無視していた。そういえば車の中でもずっとこの調子である。

「一つ、聞いていいか」

「何ですか」前方を見据えたまま、言葉を吐き出す。

「何で怒ってるんだ」

「室長が勝手過ぎるからです」愛美がいきなり立ち止まり、体を捻って私と正対した。大きな目は細くなり、額には皺が寄っている。「三方面分室の責任者ですよ？　それがいきなり、馘《くび》になってもおかしくないようなことをしているんです。あまりにも無責任だと思いませんか」

「そうだな」私は歩調を緩めず歩き続けた。愛美が慌てて追いかけてくる。

「それだけですか？　私たちにはあれこれ細かいことを言って締めつけてくるのに、自分は銃……」ふっと言葉を切る。いくら人気《ひとけ》がないとはいえ、誰に聞かれているか、分かったものではない。

「これで室長を苛《いじ》める材料ができたと思えばいいじゃないか」

「冗談言ってる場合じゃありませんよ」

「あの室長が、何の理由もなくこんなことをすると思うか？　あり得ない。よほどのことなんだよ」

「だから許すんですか」

「許すもクソもない。まず本人を見つけて話を聞かないと、何も言えないだろう。それに文句を言ってる暇があるなら、一刻も早く探さないと。査察が迫ってるんだぜ」三日後の木曜日、午後三時。それまでに真弓が——あるいは銃が見つからなかった場合、どうなるか。想像したくもなかった。

「査察のために室長を探すんですか」

「見つからなければ、俺も君もやばいことになるんだぞ。警察は、連帯責任が大好きな組織だから。石垣課長が何を言ってくるか、想像もしたくない」

「だけど、石垣課長だって詰め腹を切らされることになるんですよ」

「あの人のことだから、自分の保身のためには何か手を考えるだろう。それより、俺たちがどうなるかだな……三方面分室のスタッフが総入れ替えになるかもしれない。そうなったら俺たちは、島嶼部《とうしょぶ》の署で、のんびり余生を過ごすことになるぞ。俺は構わないけど、君は困るだろう」

「困るのは高城さんも一緒でしょう。せっかく……」愛美が言葉を呑んだが、何を言いたかったかは分かる。

せっかくまともな生活が戻ってきたのに。

　そう、失踪課に赴任してきてから、私は少しずつ日常を取り戻している。娘の失踪という非日常的な出来事で失った八年間を乗り越え、普通に仕事ができるまでになったのだ。酒との折り合いだけは、ついているとは言えなかったが。

「とにかく議論は後だ。誰のためでもいい。室長を見つけないと、全員が損をするんだから……あの家じゃないか」

　私は足を止めた。愛美が地図と目の前の家をつき合わせる。生垣に囲まれた小さな一戸建てで、窓に一つだけ灯《あか》りが灯っているのが見えた。そこを人影が過る。私は愛美と顔を見合わせた。

「いるな」

「行きましょう」怒りを瞬時に前向きの力に転化させたのか、愛美が力強くうなずく。少し湿った彼女の髪は、乏しい街灯の光の下でも艶々と輝いていた。まるで髪の手入れに自分の時間のほとんどを費やせる、十代の少女のように。

## 4

私たちと対面した鈴木孝弘の母親、美鈴《みすず》は、困惑を隠せない様子だった。玄関先で正座したまま応対してくれたが、言葉がはっきりと実を結ばない。

「息子さんと結婚している真弓さんのことで、お話を伺いたいんです」

できるだけソフトな雰囲気を作るために、その場は愛美に任せたのだが、彼女の質問に対しても首を捻るばかりで、きちんとした返事が出てこない。年の頃、七十歳を超えたぐらい。染めた髪は大部分が茶色だが、所々に白が混じって、小動物のように見えた。小太りというより、もう少し体重が多いだろう。ストレッチの効いたジーンズのせいで、下半身の太さがことさら目立っている。

「私たちの上司なんですが」愛美が畳みかける。

「そう言われましても……」困り切ったように首を傾《かし》げる。

「息子さんは今、山梨に住んでいると聞きました。住所を教えていただきたいんです。どうしてもお話を伺いたいんです」

「それは……困ります」

「どうして困るんですか」愛美が一歩前に出た。肩が緊張で上がっている。「これは捜査なんです。ご協力いただけない理由は何ですか」

「明神」私は低く声をかけ、彼女の横に立った。二人が並んでも十分余裕がある広さの玄関である。できるだけ穏やかな顔を作って——無精髭《ぶしょうひげ》は失敗だったと悔いながら——美鈴に話しかけた。「真弓さんとは、最近連絡を取りましたか」

「答えないといけないんですか」

「答えていただきたいんですが」

　このままでは堂々巡りになると予想し、私は一気に核心を突いた。

「二人は離婚したんですか」

「いいえ」驚いたように美鈴が顔を上げる。「何でそんな話になるんですか」

「一緒に住んでいないですよね?」

「それは……」美鈴が色のない唇を噛んだ。「二人のプライベートな問題です。他人様に申し上げるわけにはいきません」

「どうしても息子さんにお話を伺わなくてはならないんです。とても大事なことなんですよ。電話番号だけでも構いませんから、教えてもらえませんか」

「できません」

「どうしてですか」

「誰にも言わないようにと言われていますから」

「息子さんから？」

美鈴が首を振ったが、否定には見えなかった。この状況に対処できず、反射的な動きを見せただけだろう。

「どうして居場所を教えてはいけないんですか。息子さんが誰かから――何かから逃げているとか？」

「まさか」むっとした口調で美鈴が否定する。「うちの息子を何だと思ってるんですか」

「それが分からないから、ここを訪ねて来たんです」

「そちらの都合ばかりを言われても困ります。息子に怒られますから」

「こっちはもっと困ります」最悪だ、と意識しながら、つい言ってしまった。感情的に言葉をぶつけ合っても、何も生まれはしない。

「もういいだろう」

家の奥から野太い声が響いた。そちらに顔を向けると、やけに体の大きな男が、足音高く玄関に突撃してくるところだった。おそらく美鈴の夫だろうが、この年代――やはり七十代だろう――の人間にしては背が高い。横幅も身長に見劣りしないだけあったが、贅肉《ぜいにく》という感じではなく、今でも一日数時間のトレーニングを重ねているように見える。濃紺のジャージの上下という格好で、さすがに腹の辺りは少し丸く突き出ていたが、肩や腕は筋肉の固まりだ。頭は禿《は》げ上《あ》がり、両耳の周囲には白髪が綿のように渦を巻いているが、肉体の若々しさを損ねるものではない。

「だけど、お父さん……」正座したまま振り返った美鈴が、不満そうに抗議する。

「こういうのはおかしい。いつまでも続くわけがない。だいたい俺は、隠すのは無理だと最初から言っていたんだ」

「でも、孝弘が」

「あの馬鹿のことは関係ない。そもそもあいつがしっかりしていないから、こういうことになるんだろうが。まったく、だらしない話だ」怒りのためか、男の頭頂部は赤く染まっていた。

「失礼ですが、孝弘さんのお父さんですか」

二人の口論が延々と続きそうだったので、私は割りこんだ。

「ああ」発した声は鋭かったが、私に向ける視線はどことなく悲しげだった。

「警視庁失踪課の高城と言います。息子さんの……」

「分かってる。話は奥で聞いていた。あんなでかい声で話していたら、聞こえないはずがないだろうが……息子は甲府《こうふ》に住んでいる」

「甲府」

うなずきながら繰り返す。愛美は私の横で手帳を広げ、男が告げた詳しい住所を殴《なぐ》り書《が》きした。

「会いに行くのか」

「ええ」

「いったい何があったんだね、真弓さんに」

真弓さん。柔らかい言い方に、家族は崩壊したわけではない、という印象を私は抱いた。簡単に事情を説明——当然銃の話は省く——しているうちに、父親の頭頂部はさらに赤みを増した。

「だから早く決着をつけておけと言ったんだ。まったく……」誰に向けてでもなく、怒りを吐き出す。

「何の決着ですか」

「それは馬鹿息子から直接聞いてくれ。それと、あいつに会ったら、『お前がだらしないからこんなことになる』と言っておいてくれないか。俺たちが言っても、聞く耳を持たんのだ」

吐き捨て、父親が踵《きびす》を返す。一度だけ振り返り、「バアさん、塩だ」と低い口調で言った。美鈴がまた戸惑いの表情を浮かべ、夫と私たちを交互に見る。

塩、か。聞き込み先から叩き出されたことは一度や二度ではない。しかし「塩」と言われたのは初体験だな、とぼんやりと考えた。いったい私たちは、彼らにとってどれほど縁起の悪い話を持ってきてしまったのだろう。


失踪課には戻らず、そのまま山梨に転進することにした。一晩を無駄にせず、明日の早朝から動くために。東北道から首都高を経由して中央道《ちゅうおうどう》と、約二百キロを一気に走りきった後遺症は、背中の痛みと空腹だった。深夜、甲府駅前のビジネスホテルに落ち着いた時には、二人ともげっそり疲れ、口を開くのも億劫《おっくう》になっていた。

「朝六時スタートにしよう」ぼやけ始めた目で腕時計を見つめながら、私は言葉を押し出した。今すぐベッドに体を投げ出せば、何とか十分な睡眠が取れる。

「了解です。ロビーで？」

「ああ」

しかし、腹が減った。寝る前に必要な酒もない。愛美が用意してくれたコンビニエンスストアの握り飯を一つ食べたきりで、胃は先ほどからしきりに不平を訴えていたし、緊張で脳が悲鳴を上げそうだった。駅前なので、近くにコンビニエンスストアも居酒屋もあるが、外に出て睡眠時間が削られるのも嫌だった。仕方ない。部屋の冷蔵庫を漁《あさ》るか……ナッツでもあられでも何でも構わない。ウィスキーのミニボトルと乾き物で空腹を誤魔化し、とにかく寝てしまおう。

チェックインを終えてエレベーターに向かった途端、携帯電話が鳴り出した。醍醐。手を振って、愛美を先に部屋へ行かせようとしたが、彼女は疲れた表情で首を振り、その場に立ち止まった。結局二人揃って、近くのソファに腰を下ろす。

「今まで粘ってたのか？」

「ええ……すいません、いい手がかりは摑めてません」醍醐の声は疲れきっていた。

「そうか。遅くまで大変だったな」彼の疲労が、電話を通して私にも伝染した。「彼女、人づき合いのいい方じゃないのかもしれない」

「そうかもしれませんね。広瀬君は『東京の人じゃないか』って言ってましたけど……」

「その可能性はあるけど、それだけじゃ、何のヒントにもならない」

「そうですね」

「鑑識の方は？」

「ルミ反の結果は陰性です。少なくとも、あの部屋で流血騒ぎはなかったようですね」

「盗まれているものは？」

「ないと思います。現金が残ってましたよ。机の引き出しに、長財布に入った一万円。預金通帳も判子も無事でした」

「だったらやっぱり、強盗じゃないだろうな。金目当てだったら、そんな分かりやすいところにある現金を見逃すはずがない」

「ええ。美知さんの失踪と、ここが荒らされていたことは、直接関係ないんじゃないですか？　美知さんがいなくなった後、泥棒が入って……」

「話を複雑にしないでくれ。それじゃ、財布が手つかずだった理由が説明できない」

「オス」

私はやんわりと額を揉んだ。いつもの頭痛とは少し勝手が違う、前頭部全体を広く覆う鈍い痛みが、先ほどから襲ってきている。手持ちの頭痛薬は効くだろうか、とぼんやりと考えた。

「高城さん、今、山梨ですよね？」

「ああ、やっとホテルに入ったところだ。さすがに栃木から山梨まで一気に運転してくると疲れるな」

「大丈夫なんですか？　腰にきてるでしょう」

「何とか無事だよ」四十六歳。体を心配されるような年になったのか、と考えるとうんざりする。「明日は朝イチで動き出すから。そっちも引き続き、手がかりを当たってくれ。大学の方は絶望的か？」

「ええ。これ以上無理してこじれても困りますよね」

お前が変な圧力をかけてこじらせたんじゃないか？　その疑問を何とか呑みこみ、「明日も頼む」と激励した。醍醐が疲れた声で「オス」とだけ言って電話を切る。彼がこれほど元気をなくすのも珍しい。

「向こうも駄目ですか」愛美が小さく溜息を吐く。両手を組み合わせ、前へ突き出して背中の緊張を解した。肩がわなわなと震え、耳が少しだけ赤くなる。結構効きそうだ。後で試してみよう。

「残念ながら」

「心配ですよね、二十一歳だと……まだ子どもだし」

「まあな」

「あ」愛美が突然顔を上げた。

「どうした」

「免許証はどうなんでしょう。免許を持っていれば、本籍や住所が分かるんじゃないですか？　少なくともヒントにはなると思いますけど」

「とっくに調べたよ。鈴木美知の名前で登録はない。免許は取ってないんだな」

「そうですか……」愛美が顔を上げ、人差し指で顎を擦《こす》った。「何だか今夜は、頭が働きませんね」

「仕方ない。俺たちが直接調べてるわけじゃないし、腹も減ってるからな」

「じゃあ、ラーメンでもいきますか？」愛美の顔がぱっと明るくなった。

「おいおい」私はわざとらしく腕時計を覗きこんだ。「やめておこうよ。もうこんな時間だぜ」

「空腹で眠れなかったら、明日の業務に支障を来します。ラーメンぐらい、いいんですよ」

「君と違って俺は、食べたら食べただけ、体重にはね返ってくるんだ」呻《うめ》き声《ごえ》を上げながら、私は立ち上がった。腰に鈍い痛みが張りつき、足には痺《しび》れたような感覚がある。これは……エコノミークラス症候群だ。

「いいから、行きましょう。エネルギー補給は必要ですよ」

食べようと決めた途端に、愛美は急に元気を取り戻したようだった。二十代というのはこんなに元気なのか……はるか昔に過ぎ去った時代に思いを馳せ、私はワイシャツの上から腹を撫で回した。


トンコツをベースに醬油《しょうゆ》味で仕上げたラーメンは、食べ終えた途端、胃にずしんと衝撃をもたらした。部屋へ戻ってペットボトルのお茶を流しこんでも、口の中に残った脂《あぶら》っぽい感じが消えない。やはり調子に乗り過ぎたか……。

愛美の部屋は隣で、テレビの音がかすかに聞こえていた。シャワーで濡《ぬ》れた髪を乱暴に擦りながら冷蔵庫を開ける。予想通り、ウィスキーのミニボトルが入っていた。コップに注ぎ、口に含んでぐるりと回した。それでようやく、ラーメンの脂っぽさが洗い流される。

やはりアルコールは万能薬だ。胃がぽっと暖まると同時に、重たい気分さえ薄れていく。好みの「角」ではなくジョニーウォーカーの「赤」だが、これも悪くなかった。いつも自宅では角しか呑まないのだが、これからはいろいろな種類を試してみよう。他に金を使う機会があるわけでもなし、様々なウィスキーを集めて気分に応じて呑むのは、立派な趣味になるはずだ。

酒呑みは、呑む理由を百万でも見つけられる。全世界の酒呑みが、その時間を前向きなことに使えば、恒久的な世界平和ぐらい、とうに実現できていただろう。

バスタオルを枕の上に敷いて、ベッドに寝転がる。両手をだらりと体の脇に置き、天井を見上げた。かすかに脳を侵食するアルコールの霞の向こうに、娘の綾奈の姿が見えた。白い提灯袖《ちょうちんそで》のブラウスに、膝丈よりだいぶ短いデニムのスカート。傘を差している。お前がいるところは雨なのか。

――寝てる場合じゃないわよ、パパ。

――勘弁してくれ。今日は疲れてるんだ。

――でも、急いで。時間がないのは分かってるでしょう。

――分かってるよ。

娘の説教を振り払うように、顔の前で手を振ってみる。何度か掌が往復しても、綾奈の姿は薄れなかった。

――どうしてそんなに急がなくちゃいけないんだ。

――だって時間がないでしょう。

――それは分かってるって。だけど、室長はそんなに追い詰められているのか。

――当たり前じゃない。銃を持ってるのよ？　普通、そんなこと、する？

――確かに、あり得ないな。だけど、こんな時間にどうしろって言うんだ。

――電話するとか、いろいろすることはあるでしょう？　パパは優秀な刑事なんだから、考えて。

電話はとうに調べていた。甲府市内の電話帳に、鈴木孝弘の名前で登録はない。最近は電話帳に名前を載せない人も多いのだ。所轄署にも確認してみたが、巡回連絡カードのチェックから漏れている。外勤の連中がサボっているからこんなことになるのだ、とむっとしたが、これも協力を拒否されたらどうしようもない。無理強いはできないのだ。

――とにかく、明日からだ。朝一番で動くからさ。

――だけど、ね。

綾奈がふっくらとした頰《ほお》を膨《ふく》らませる。子どもっぽい仕草だが、その顔に浮かんでいるのは本物の不安だった。

――パパは、室長さんのことを本気で心配してるんだよね。

――そりゃあ、上司だからな。何かあったら、俺たちにも火の粉が降りかかる。

——そうじゃないでしょ？　本当に心配だから、一生懸命探してるんだよね。

「まさか」思わず声に出して言ってしまった。

——俺にとっては天敵なんだぜ。

——それって、思いこみじゃない？

——生意気言うな。

綾奈がふっと笑った。邪気のない笑顔だったが、消え去る寸前にまた心配そうな表情を浮かべる。若いのに心配し過ぎなんじゃないか？　そう言おうとしたが、綾奈は既に姿を消していた。そこから突き抜けたとでもいうように、部屋の壁がわずかに揺らいでいる。


父親に教えられた鈴木孝弘の家は、甲府の市街地から遠く離れた温泉街にあった。人気のない、のんびりとした景色が小雨に煙る中、市営駐車場に車を停めて歩き出す。愛美は傘を差そうとせず、ベージュのジャケットの肩の辺りが次第に黒くなり始めた。

「ここ、ですね」駐車場から十分ほど歩いて、目当ての家に辿り着いた。山小屋風の作りの家で、周囲に民家はない。車を置いてきたのは正解だった。家の前の道路は車のすれ違いも難しそうな狭さで、停めておいたら他の車の邪魔になるだろう。もっとも、車が頻繁《ひんぱん》に通るような道でもなかったが。上《のぼ》りつめてきたきつい坂道を見下ろす。山の中、というほどでもないし、近くに家もあるが、何故か人里離れた一軒家という感じがする。蒸し暑い天候と軽い運動のせいで、私の額には汗が浮かび始めていた。

周辺を見て回る。すぐ裏は山で、梅雨の恩恵を受けて青々と茂った葉が、屋根の上に影を作っている。家の裏手で、白い煙が細くたなびいていた。

「何でしょうね」愛美が鼻をひくつかせた。何かが焼けているような——しかし、火事の臭いではない。

「何だろうな」私も首を捻った。煙が人工的なものなら、鈴木は既に起きていることになる。朝六時半。早起きの人間なら、一日の活動を始めていてもおかしくはない。

「とにかく行ってみよう」

愛美がうなずき、先に立って歩き出す。山小屋風とはいっても、それはあくまで外見だけの話で、家はまだ新しかった。愛美がインタフォンを鳴らすと、澄んだ呼び出し音が返ってくる。彼女はしばらく、中腰の姿勢を保って相手の反応を待っていた。インタフォンには小さなレンズもついているので、向こうからはこちらの顔も見えているだろう。自分が行かなくてよかった、と胸を撫で下ろした。二日目に入った無精髭は、我ながら見苦しいだけである。

インタフォンに返事はなく、いきなり玄関のドアが開いた。現れたのは、上下グレイのジャージ姿の男。家でジャージでいるとだらしない感じがするものだが、この男からはそういう印象を受けなかった。トレーニング、ないし作業のためのウエア、という感じである。胸に縫いつけられた小さなマークが、真弓のマグカップと同じものだと私は気づいた。大学の同級生か。鈴木は玄関の庇《ひさし》の下に立ち、愛美の顔と空を交互に眺めた。雨が鬱陶しくて仕方がない様子である。

「警視庁失踪課の明神と申します」愛美が声を張り上げた。庭があるせいで、鈴木との間は五メートルほど離れている。

「ああ」かすれた声で鈴木が言い、小さく、ほとんど分からない程度にうなずく。

「鈴木孝弘さんですね？」

「ええ」今度はもう少しはっきりとした声と首肯。

「阿比留真弓室長のご主人の鈴木孝弘さんでよろしいですね」

愛美の念押しに、鈴木が何故か力なく首を横に振った。だが次の瞬間には、何かに気づいたようにはっと目を見開き、思い切り首を縦に振る。愛美が後ろを振り向き、ちらりと私を見やった。私は目を細めてうなずいただけで、そのまま続けるよう、無言で指示する。

「入ってよろしいでしょうか」愛美が木製の門扉《もんぴ》に手をかける。「お話を伺いたいんです――室長のことで」

鈴木が小さな溜息を吐いた。何か言いたそうだったが、抵抗する気力はないようだった。一瞬間を置いて、愛美が門扉を開け、敷地内に足を踏み入れる。途端に、激しい犬の吠え声が襲ってきた。彼女の背後から覗きこむと、玄関脇の犬小屋の中で、小さいが端整な顔をした柴犬が、愛美に向かって吠え立てているのだった。犬嫌いの愛美は固まっている。この犬を小さくしたら、真弓が飼っている豆柴犬になるだろう。

夫婦の絆《きずな》を一つだけ見つけた、と思った。一つでもあれば、ましな夫婦と言えるのではないだろうか。


通された部屋には炉が切ってあった。本当に囲炉裏として使うわけではなく、あくまで気分を出すための道具のようだったが。自在鉤《じざいかぎ》がかかっているわけでもなく、敷き詰められた灰も単なる飾りのようだった。ニスを塗った炉辺には、所々に焼け焦げがある。吸っている途中はここに置いて、煙草を消す時は灰に突っこむのだろう。何となく味のあるやり方だ、と気持ちが和む。

鈴木は熱いお茶を出してくれた。渋い紺色の湯呑み。分厚く丸い手触りが手に優しい。茶は薫り高く、その熱さでかえって汗が引くようだった。

私の正面に座った鈴木が煙草をくわえる。起き抜け最初の一本というわけではないようで、いかにも美味そうにくゆらせる。しかし煙の向こうに見える目は、不安と不満で一杯だった。

「枯れた男」というのが、鈴木に対する私の第一印象だった。ほっそりとした体形。少し白いものが混じった髪。薄い唇と細い目のせいで、顔全体が放つ印象は鋭いものだ。指先だけを見れば、実年齢よりもかなり年長に見える。細い指なのだが関節部分は節くれ立って荒れ、長年手仕事を続けているのは明らかだった。

どこか遠くで、目覚まし時計のような電子音がした。胡坐《あぐら》というより蓮華坐《れんげざ》を組んでいた鈴木がゆっくり立ち上がり、「ちょっと失礼します」と頭を下げる。私も軽く会釈して、彼の背中を見送った。生まれてこのかた一度も「焦る」という感情を抱いたことがないのではないかと思えるほど、超然とした態度だった。

立ち上がり、室内をぶらぶらと見て歩く。リビングルームというべきか、あるいは……二十畳ほどもある広い部屋は、一角が少しだけ高くなって畳が敷かれており――私たちが座っていた場所だ――そこに炉が切られている。他のスペースには目立った家具はなく、窓のところに陶器が幾つか、取り敢えずといった感じで並んでいるだけだった。陶器が魔除けになって、窓から邪気が入りこむのを妨害している――突然、そんな想像に捕われた。窓に近づくと、家の側を流れる小川をすぐ近くに見下ろすことができた。白く靄《もや》がかかり、墨絵のような光景である。柿《かき》が一個だけなっていたら、完璧《かんぺき》なアクセントになる。枯れた人間なら、こういう環境を好むだろう。

この部屋は一種のギャラリーなのだ、とようやく気づいた。壁の一部には棚がしつらえられており、そこにもやはり陶器がディスプレイされている。それぞれの間は十分開いており、売るための展示ではなく、ただ見せるためだけなのだ、と分かった。一際目立つのが、高さ五十センチほどもある青銅色の花瓶。百合の花が無造作に挿してあって、それが花瓶の色と対比を成していた。花瓶の色が濃いので、これも墨絵の世界に見える。

「陶芸家なんですかね」いつの間にか背後に回りこんでいた愛美が囁いた。

「ああ。趣味で集めたものを置いてあるわけじゃないだろう……見ろよ」私は小さなテーブルに置かれた、葉書大のパンフレットを手に取った。「鈴木孝弘作品展　陽光Ⅲ」とある。同じタイトルで三回目、か。アマチュアの域を超えている。場所は甲府駅前のギャラリーだった。普段は山に籠っていて、展示をする時は里に下りていくということか。鈴木孝弘という名前の陶芸家に聞き覚えはないかと思ったが、そもそも陶芸家の名前を一人も知らないことにすぐ気づいた。

「何か……意外な感じです」

「何が」

「室長のご主人が陶芸をやっているのが」

「しかも、それで生計を立てているみたいだな」

私たちのひそひそ話は、鈴木の足音で自動的に終了になった。

「失礼しました。窯《かま》の面倒を見てやらなければならないので」

「陶芸をやっていらっしゃるんですね」

「ええ」

「素人目《しろうとめ》ですけど、素朴でいい感じですね」

「基本的に田舎者ですから」皮肉っぽく言って、鈴木が身を屈《かが》め、窓際に置いた碗を取り上げる。優しい丸みを帯びた直径十センチほどの小さなもので、茶色に所々濁った赤が混じった複雑な色合いだった。「どうしてもこういう素朴なものしか作れないんですよ。陶芸は考えてやるものじゃないですしね。手先が作るんです。理屈で作った器は、味気なくなる」

この話は長くなりそうだと思い、私はすぐに話題を切り替えた。

「奥さんの——阿比留真弓さんのことで伺いたいことがあります」

鈴木の手に力が入った。手の中の碗を握りつぶすのではないかと思えるほどで、手の甲に筋が浮いたが、突然ふっと力を抜く。碗を棚に戻して炉の方へ歩き出した。

「申し上げることはあまり——ほとんどありませんね」感情の感じられない口調。

「一緒に住んでいないんですね」私も炉端に座りながら訊ねた。

「ご覧の通りで」

一筋縄ではいかない、という感触を得て、最初に爆弾を落とすことにした。

「室長が行方不明です」

「そうですか」

爆弾、不発。他人事《ひとごと》のように冷たい口調で言った鈴木が、茶を一口啜る。演技ではないようだった。

「行方不明なんですよ？　心配じゃないんですか」

「そういう段階は過ぎました」

「どういう意味ですか」

鈴木が上体をわずかに倒して、湯呑みを置く。茶の湯の心得がありそうな所作だった。唇が触れたところを摘《つま》むように拭い、腿に両手を置いて私の顔を正面から見詰める。

「別居されてるんですよね。それも本格的な——本格的という言い方もおかしいかもしれませんが、東京と甲府に分かれての別居です。もうお互いに心配する必要もない、ということですか」

「そういうことになるでしょうね、普通の人の感覚では」ぴんと伸びた背筋。ゆっくりと吐き出される言葉に揺らぎはなかった。他人の事情を説明するような口調である。

「いつからなんですか」

「それを申し上げる必要がありますか？」

「室長の行方に関する手がかりが必要なんです」

「私の個人的な事情を説明しても、手がかりになるとは思えませんが——彼女なら、そういう無駄なことはしないでしょうね」

三人称の「彼女」に、鈴木と真弓の距離が透けて見えた。真弓に夫のことを訊ねたら、同じ反応を示すのだろうか。

「室長だったらどんな風に聴きますか」

「それは、あなたたちの方がご存じでしょう。彼女の仕事は、私には関係ない」鈴木が肩をすくめる。

「何でもいいんです。室長の行きそうな場所、訪ねそうな人……最近どんな様子だったか、教えてもらえると助かります」

「最近の様子、ね」馬鹿にしたように、鈴木が目を細める。「それを私に聴くのは筋違いですね。一緒に住んでいないいんだから、何も分かりません」

「ここにはお一人なんですか」

「ええ。ご覧の通りで」広い室内をぐるりと見回す。「一人では持て余しますけど、仕方ないですね」

「お子さんは？」

「そういうプライベートなことは……」

「話の流れですよ」私は軽い笑みを浮かべてやった。鈴木の仮面に罅《ひび》を入れることすらできなかったが。

「娘がいますけどね」溜息と一緒に言葉を押し出す。「三年前、大学進学で東京へ出て行きました」

「娘さんのお名前は？」

「申し上げたくありません。関係ないと思います」眉根を寄せながら、鈴木が腕組みをする。「あの、一々突っこまないでいただきたいんですが」

「失礼しました」一応頭を下げたが、彼のあまりにも頑《かたく》なな態度が、そろそろ鼻につき始めていた。「こういうことはあまり表沙汰にしたくないんですが……室長は拳銃を持ち出しています」

「高城さん！」

愛美が小さく鋭い声で警告を飛ばす。鈴木は腕を解《ほど》き、ゆっくりと腿に手を置いた。彼の仮面に一太刀を浴びせた、と確信する。

「このことは内密にしていただきたいんですが、銃を持ち出すというのは、よほどのことです。何かあってからでは遅いんですよ」

「彼女は、骨の髄まで刑事だからね」淡々とした口調で鈴木が言った。「刑事というのがどういう職業なのか、私は本当には理解していないと思いますけど、彼女は普通の女性とは違う。普通の妻、普通の母親とは……」

「別居の原因はそれですか」

「それは言いたくないですね」柔らかく拒絶してうつむく。

「ところで、陶芸は昔からやっておられるんですか」

急に話題が変わったせいか、鈴木がすっと顔を上げた。

「甲府駅前で個展をされるんですよね」私はパンフレットを乗せたデスクに向かって顎をしゃくった。「個展をされるぐらいだから、これを商売にしていらっしゃるんでしょう？　陶芸家と刑事というのは、夫婦の組み合わせとして珍しいと思いますが」

突然、鈴木が声を上げて笑う。屈託のない笑い声であり、それまでの警戒するような態度は完全に消えていた。

「いやいや、何とか食っていけるようになったのはここ数年ですよ。それまではほとんど趣味のようなものでしたから」

「でも、本格的じゃないですか。窯もお持ちなんだから」

「東京では無理ですからね。この辺は土もいいし、遊ぶ場所もないから集中できる。陶芸のためにはいい環境ですよ」

「そのためにわざわざ、こちらへ引っ越してきたんですか」

「ええ」

「娘さんと二人で」

鈴木がまた警戒心を露《あらわ》にした。拳をきつく握ると、目を細めて私を睨みつける。湯呑みに手を伸ばそうとして引っこめ、新しい煙草に火を点けた。手がかすかに震えているのを私は見逃さなかった。

「陶芸のために別居したんですか」

「参ったな……あなたもしつこい人だ」頭を掻き、苦笑を漏らした。それまでと打って変わって、年齢よりもずっと若く見える仕草と表情だった。「私は元々銀行マンだったんですよ。彼女とは大学の同級生で、卒業してすぐ結婚して……でも段々すれ違いが大きくなりましてね。私も忙しかったんですけど、彼女は私に輪をかけて多忙だった。私の方は、バブルが弾《はじ》けた後、急に暇になりましてね。その頃、昔から好きだった陶芸を本格的に始めたんですよ。つまり、仕事を放り出して趣味に走ったわけですね。実際は趣味程度では済まなかったけど。段々こっちの方が大事になって、銀行の中では出世レースから外れて。ところが彼女は、一直線に仕事に突き進んだ。生活のリズムがずれてくるのは当然です」

「それであなたは、家庭ではなく趣味を選んだ。今はもう、趣味じゃないわけですけどね」

「お陰さまで」最初に会った時の丁寧な態度が蘇った。「何とか食べていけるようにはなりました。ありがたいことにこの商売は、長く続けていけますから、元気なうちはやっていくと思いますよ」

「それで室長なんですが……」

「それは分かりません」鈴木の顔が再び強張った。「もう、四年も離れ離れなんですから」

「四年」私はうなずき、先を促した。「あなたが東京から甲府へ引っ越したのが四年前なんですね？　東京ではどちらに住んでいたんですか」

「中野です。家族で住んでいたマンションですけどね」

「室長は、そこは引き払ったようですね」

「ああ、そういう風に聞いています。どこかにマンションを買ったとか」

「聞いているだけですか？　知っているのではなく？」

「そう突っこまないで下さい。そういうものですよ、一緒に住んでいない夫婦というのは」

何かがずれている。しかし、具体的にどこがおかしいのかは、指摘できなかった。

「私にはよく分かりません」

「そうでしょうね。男には分からないことかもしれない。そちらの刑事さんの方が理解できるかもしれませんよ」

「私ですか？」突然話を振られ、愛美が背筋を伸ばした。「分かりかねます。結婚してませんし」

「いずれ分かるでしょう。結婚しても仕事は続けるんですか？」

「予定にないことを聞かれても、答えられません」愛美の表情が硬くなる。

「失礼」鈴木が咳払いした。「とにかく、その辺の事情は私の口からは申し上げられません。彼女に直接訊いたらどうでしょうか」

「見つかったら訊きますよ。でも、今のところ、何も手がかりはないんです」

「それは残念ですね」鈴木が肩をすくめた。

「何とも思わないんですか」

「何年も離れて暮らしていて、ほとんど連絡も取り合っていなければ、こんなものですよ。お互いに別の人生を選んだんだから」

「理解できません」

「無理に理解する必要はないんじゃないですか」鈴木が弱々しい笑みを浮かべた。「他人の人生を理解することなんて、絶対にできませんよ。人は結局、自分一人の人生しか背負えないんじゃないでしょうか。たとえ夫婦であっても」

「それは少し寂しくないですか」私自身は、背負おうとして失敗した。娘の綾奈が失踪した後、妻の人生を支えようとして拒絶され、アルコールに逃げ……だからこそ、鈴木の淡々とし過ぎた態度が癇《かん》に障《さわ》る。

「もしも連絡があったら、電話していただけますか」突破口は開けそうにない。私は名刺を渡して腰を上げた。ずっと胡坐をかいていたので足が少し痺れている。何の躊躇もなくすっと立ち上がった愛美に恨めしい視線を送ったが、当然のようにあっさり無視された。彼女も他人の事情を背負わないようにしているのかもしれない。

# 5

「何なんですか、あの夫婦は」愛美が憤慨した口調で吐き捨て、ハンドルを握る手に力を入れた。

「俺に聞くなよ。俺は結婚に失敗してる人間なんだぜ？　夫婦関係について何か言う資格はない」

「だけど……」

「一つだけ言えることがあるとすれば、あれは事実離婚だな」

「何ですか、それ」

「事実婚の反対」

「意味、分からないんですけど」愛美がワイパーを作動させた。温泉街に霧のように降り注ぐ雨はフロントガラスから拭い去られ、視界はクリアになったが、捜査の見通しは依然として白い闇に沈んでいる。

「実質的には離婚したも同然だけど、籍は抜いていないっていう意味だよ」

「ああ」愛美が鼻を鳴らした。「悪しき習慣のせいですかね」

「おそらく」

離婚したら人事評定に悪影響が出る——昔から、警察の中で当然のように言われていることである。実際私も、離婚した先輩や同僚が出世ルートから外れていくのを、何度か目にした。例えば、所轄の刑事課係長から捜査二課の管理官に栄転するのが既定路線になっていたのに、離婚した直後に異動が凍結され、別の所轄の刑事課に横滑りしていった先輩がいる。当時の階級は警部で、本庁の管理官になるに伴って警視に昇任する予定だったのだが、流れた。

警視の階級は、昇任試験で手に入るものではない。警部になってからの年数と実績で昇任が決まるわけで、上層部の覚えがめでたくない人間は、警部のままでずっと据えおかれることも少なくない。この先輩の場合も、私生活に問題あり、と見なされたのだろう。自分の家庭を律することもできないような人間に治安を任せておけるかという、乱暴な理屈である。

女性としてはまだ稀有《けう》な警視の地位にまで上がってきた真弓は、失踪課分室長という地位では満足していない。狙《ねら》いはもっと上、もっと脚光の当たる部署。離婚したことが明るみに出れば、上層部はいい顔をしないはずだ。いくら実績を積み重ねても、印象が悪ければ出世は頭打ちになってしまう。

「馬鹿ですよね、それ」私の説明を愛美があっさり斬り捨てた。

「馬鹿だな。だけど、こういう考え方があるのは分かるだろう？」

「私、仕事を間違ったかもしれません」

「今ならやり直せるかもしれないけど、そんな気、ないだろう？」

愛美が小さく舌を突き出した。少し前屈みになり、ハンドルを握る手に力を入れる。

「別居していても離婚はしてないということなら、万が一ばれても、何とか言い逃れできるんじゃないかな。ご主人は、陶芸のために山梨に住んでいると言えば、ある種の単身赴任だと理解されるかもしれない。特殊な事情だけど、仕事のための別居ということになればーー」

「高城さんが言うように事実離婚だとしたら、そう簡単にはいかないですよ。すぐに実態はばれます」

「いや、そうでもないだろう。知っている人間に口封じをしてしまえば……」遼子は知っているはずだが、ほとんど事情を明かしてくれなかった。

「隠しておけないかもしれませんよ。もしもこのまま室長が見つからなかったら、他の部署も捜索に乗り出すでしょう？　そうなったら、必ず表沙汰になります。それに室長、敵も少なくないから……」愛美が拳を唇に押し当てた。

「確かにな。あちこちに恩を売ってるけど、そういうやり方が気に食わない人も多いだろう」

「どうするんですか、これから」

「東京へ戻ろう」結局手がかりはほとんどなかった……日付を跨《また》いで費やした時間が全て無駄になったことに、強烈な徒労感を覚える。不意に、昨夜《ゆうべ》のウィスキーの味が舌と喉に蘇った。昨日呑んだジョニーウォーカー。いつもの「角」とは違う上品な味わいだったが、その楽しい記憶では、不快感は消せなかった。やはり私には、角の荒々しい味わいが必要なのだろう。ところが舌の記憶などいい加減なもので、毎日のように呑んでいる角の味が、今日はどうしても思い出せない。ジョニーウォーカーに洗い流されてしまったのだろうか。

「子どもさんの名前、聞き損じましたね」

「ああ。子どもさん、大学生か……東京に住んでるなら、室長と接触してるかもしれないな」

「もう一回行きますか?」

「いや」私は唇を舐めた。「あまりしつこくしても、な。取り敢えず顔はつながったし、最後は笑顔で別れたから、このままいい印象を与えたままにしておこう」

「高城さん、今回は甘いですね」

「俺だって、嫌われ者にはなりたくない」

もしかしたら鈴木は、娘とも絶縁しているのかもしれない。そして娘が母親側についていているとしたら……あまり事情を語りたがらないのも当然だ。

百の家庭には百通りの事情がある。愛美はまだそういう当たり前のことを実感できないのだろう。私はと言えば、鈴木にかすかな同情を覚えてもいた。自分自身の夫婦生活を思い出す。私は刑事。妻は弁護士。互いに法の世界で生きながら、正反対の立ち位置にいたといっていい。妻の主な仕事は企業関係の法務相談だったが、時には刑事事件の弁護を引き受けることもあり、そういう時にはまったく正反対の立場になったわけだ。しかも弁護士の仕事は忙しい。そこまで仕事に精力を使わなくても……と口論になったことも、一度や二度ではなかった。

携帯電話が鳴り出し、私の思考は寸断された。失踪課の番号が浮かんでいる。

「お早うございます」少し疲れた声で公子が話しかけた。

「ああ、お疲れ様です」まだ八時過ぎ、始業時刻はもう少し先である。「随分早いんですね」

「こんな時だから。醍醐君たちももう動いてますよ」

「昨夜話を聞きましたけど、進展はないようですね」

「皆、げっそりしてたわ。それで、室長の方はどうなんですか」

「ご主人には会えましたよ」面談の様子を細かく説明する。公子の方が警察での生活が長い分、愛美よりも素直に私の「事実離婚説」を受け入れた。

「それはあり得る話ね」深い溜息。「だけどそれ、相当しんどい生活だったはずよ。ずっと隠し通しておけると思ったのかしら」

「綱渡りみたいな毎日だったんじゃないかな。室長、時々ぴりぴりしてましたよね？　こういうことが原因だったかもしれない」

「考えられますね。でも、手がかりにはならない……」

「痛いところ、突かないで下さい。上手くいかなかったのは自分でも分かってます」

「ごめんなさい。私もちょっと神経質になってるから」

「分かりますよ」

「それで、これからは？」

「一度そっちへ戻ります。査察の準備もしておかないといけないし」

「それはこっちでも、できるだけやっておきます」

「すいません、よろしくお願いします。そうだ、全員を集めておいてもらえませんか？　一度、捜査状況の擦り合わせをしたいんです」

「了解」

礼を言って電話を切った途端、愛美が車を路肩に寄せた。急ブレーキをかけたので私の体は弾み、シートベルトが腹に食いこんだ。

「何だよ、いきなり」

「やっぱり戻りましょう。娘さんからも話を聴かないと。それが捜査の常道です。とにかく、室長の件は急ぐんですよ」

「おいおい――」

「高城さんは悪者になること、ありませんよ。私が聴きますから。子どもさん、東京にいるんですよ？　割り出して会いに行きましょう」

「分かったよ」私は溜息を吐いた。「ただし、無理はしないように。彼とはいい関係を保っておきたいんだ」

「何のために？」

「同病相哀れむ、かもしれないな」


クソ、どうかしていた。私は何度もハンドルに拳を叩きつけ、その都度愛美に渋い顔をされた。

鈴木美知。鈴木と真弓の娘。そして昨日、行方不明だと届け出があった女性。

「何で気づかなかったんだろう」

「仕方ないでしょう」呆れたように、愛美が助手席で肩をすくめる。「さっきまで娘さんの名前も割れてなかったんですから」

鈴木の取り乱しようを思い出すと、まだ心が痛む。真弓との間に感情的なつながりがないのは明らかだが、血を分けた娘はまた別なのだろう。狼狽《ろうばい》して湯呑みを取り落とし、美知に電話しようとして短縮ダイヤルのボタンすら押し間違え、つながらないと諦《あきら》めた途端、自分の携帯電話を壁に叩きつけた。プロ野球選手にスカウトしたくなるような勢いであり、携帯電話は修復不可能なまでに砕け散った。

「何かありますね」

「分かってる」訳知り顔で告げる愛美の口調すら気に食わない。二人が同一人物だというヒントは、どこかにあったはずだ。それを見逃していた自分が許せない。

「高城さんだって万能じゃないんですよ」急に慰めるような口調になって、愛美が言った。

「何だよ、それ」

「何でもかんでも『高城の勘』で分かるわけじゃないでしょう」

「今回は、勘は関係ない。どこかに必ずヒントがあったはずなんだ。クソ、こんな基本を見逃すなんて、どうかしてた」

「どうして美知さんは、自分の家族のことを恋人にも話さなかったんでしょうね」愛美がいきなり話題を変える。本当に疑問に思っているのか、私の落ちこみを救おうとしているのかは分からなかった。

「話すほどのこともないと思ったんじゃないか？　両親は離婚しないまま、ずっと別居している。複雑な事情だぜ。簡単な説明で分かることじゃないから、話すのも面倒だったたんだろう。もしかしたら、広瀬さんのことをそれほど重視していなかっただけかもしれないけど。男女の間で温度差があるのは、珍しい話じゃないよ」

片手でハンドルを操りながら、スーツの胸ポケットに入れた美知の写真を取り出す。一年ほど前、自宅へ帰った際に撮った写真ということで、しゃがみこんで柴犬の頭に手を置いているポーズだった。真弓のデスクに乗っている写真に比べると、ぐっと女性らしさが増している。長くした髪は後ろで一つに束ね、形のいい耳を露にしていた。細くすっきり尖った顎は真弓譲りか。細い目つきが与える印象は穏やかで、これは父親の血を受け継いだように見える。

「室長、娘さんと一緒にいるんでしょうか」

「分からない」

「拳銃を持ち出すほどのことですよ？　家族の問題ぐらいしか考えられないでしょう」

「それにしたってやり過ぎだ」

「でも、自分一人で何とかしようとしたのは理解できますよね。別居の事実……実質的に離婚している事実は隠したいんですから。誰かに応援を求めたら、そういうことが明るみに出るでしょう」

「俺たちは嗅《か》ぎ出《だ》したけどな」私は鼻を鳴らした。「ずいぶん舐められたもんだよ。室長、俺たちの力を低く見てるんだろう」

「もしかしたら室長は、SOSを発していたかもしれないじゃないですか」

「ひがまないで下さい。みっともないですよ」愛美がぴしゃりと言った。

「この状況のどこが？」ハンドルを握ったまま、私は肩をすくめた。

「説明する暇もない、だけど私たちなら、状況を察して助けてくれるかもしれないって思っているかもしれません」

「だとしたら、とんでもないひねくれ者だな。助けて欲しいなら、最初からそう言えばいいのに。電話一本ぐらいかけられるだろう」

「同じ立場だったら、高城さん、言えますか？　警視庁の中では、女性の方が立場が弱いんですよ」

「分かってる」

分かってないでしょう、と言いたげに愛美が眉をひそめる。性差の問題は、こういう職場では絶対に乗り越えられない壁なのかもしれない。

ひねくれ者、か。真弓を「真っ当で素直な性格」と評する人間はいないだろう。己の欲望に忠実に、そのためには優先順位の低い物を犠牲《ぎせい》にするのも厭《いと》わない。低い優先順位――彼女にとっては家族、か。

「母と娘がほぼ同時期にいなくなった。どう思う」

私は前方を直視したまま愛美に訊ねた。覆面パトカーのスカイラインは山梨と東京の県境にさしかかっている。この辺りはいつものことだが、車の流れが悪い。苛立ちが胃の底から溢れ出してきたが、議論をするにはいいタイミングだった。

「娘さんに何かあって、室長が助けに向かった」

「何だ」私は気の抜けた声を出してしまった。

「同じことを考えてるんじゃ、議論にならないよ」

「議論したいんですか、それとも室長を見つけたいんですか？」愛美がぴしゃりと言った。相変わらず言い方がきつい。法月曰《いわ》く、最も嫁にしたくないタイプ。その印象が変わることは今後もないだろう。

「分かった。美知さんが何かトラブルに巻きこまれた。室長はそれを知って、自ら助けに向かった。だけど、拳銃が必要なほどの状況って何だ？」

「力の均衡みたいなものじゃないですか」

「何だい、それ」

「相手もそれなりに武装している可能性があるでしょう。相手が銃を持っているなら、こっちも銃で対応せざるを得ません。相手が核兵器を持てば、こっちも同じ威力、同じ数の核兵器を持つ。あるいは上回るまでエスカレートする」

「君、大学で何を専攻してたんだ？」

「国際政治ですけど、何か？」

「いや」そんなことを勉強して、どうして刑事になんかなったんだ。疑問が口を突いて出そうになったが、そういう私も大学の専攻は、今の仕事とは何の関係もない。「相手が銃を持ってる、と考えてるんだな」

「そうじゃなければ、規則違反を承知の上で銃は持ち出さないでしょう」

「今のところ、どこかで銃が使われたというニュースは流れてないみたいだな」

「ありがたいこと……なんでしょうね」愛美の声には力がなかった。ちらりと横を見ると、両手を腿の間に挟みこみ、がっくりと肩を落としている。ふっと顔を上げて、軽い口調で疑問を口にした。「室長、そこまで娘さんを大事に思ってるんですかね」

「当然だよ。自分で産んだ子だぜ？」別れた妻を思い出す。綾奈が行方不明になった後の、半狂乱とも言える日々。あれはまさに、自分の腹を痛めて産んだが故の、強烈な感情の奔流だった。

「女性がみんな、自分の子どもを何よりも大事だと考えているわけじゃないですよ。そんな風に考えているとしたら、高城さん、単純ですね」

「何だかずいぶん突っかかるな、今回は」

「すいません」突っかかってくる割には、やけに素直に謝る。普通はここでもう一度突っこみを入れてくるのだが、今日の愛美はどこかバランスが崩れていた。「私自身、分からなくなってるんだと思います。室長は……仕事だけの人だと思ってました。家庭のイメージがないのは、今回いろいろ調べて当然だと思いますけど、娘さんがいて、ちゃんと家族で暮らしていた時期もあったんでしょう？　それが想像できないんですよ」

「右に同じ、だな」

「何なんでしょうね。室長の方から家族の絆を切ったようなものだって、鈴木さんも言ってましたけど」

「一方的な言い分かもしれないぜ。男と女のことでは、双方の見解が一致する方が珍しい」

「でも、少なくとも鈴木さんは、私たちに事情を話してくれています。それを信じるとすれば、室長は、娘さんにも興味はないんじゃないですか。娘さんだって、室長を母親と思っていないかもしれない」

悲惨《ひさん》な話だが、それは事実だろう。二度目の短い面会での、鈴木の話を思い出す。彼は具体的な表現を避けたが、言葉を信じるとすれば、母娘の断絶は深刻である。その理由については口を濁したが。

「娘は——美知は頑張ったんです。何とか親子の絆を取り戻そうと、いろいろ努力しました。母親と娘ですしね……友だちの家庭を見て、母娘は仲がいいのが当たり前だと思っていたようなんですが……家族が壊れそうになった時も、娘だけは最後まで私たちの間を取り持とうとしました。私は正直、心が揺らいだんです。まだ十代の娘を悲しませるわけにはいかない。別居するにしても離婚するにしても、もう少し待った方がいいんじゃないかって。でも彼女は、自分の考えを変えませんでした。そうです。別居は彼女の意思だったんです。もちろん私のわがままもありましたけど」

ひどく抽象的な説明。とうとう鈴木は、真弓を一度も名前で呼ばなかったな、と思い出す。名前は不思議な力を秘めている、とでも考えているのかもしれない。それを口に出すことで、封じこめていた思いや記憶が奔流となって蘇る、とか。

八王子《はちおうじ》インターの案内板が見えた途端、急に車がスムーズに流れ出した。私はアクセルを踏む足に力を入れ、追い越し車線に車を入れた。サイレンを鳴らし、前方を行く車を蹴《け》散《ち》らして早く失踪課に戻りたい、という欲望を辛うじて押さえつける。

「どっちも手がかりなし、ですね」

「ああ」

「リンクしてるんでしょうか」

「リンクしてないと、仕事が二倍になる」

「鈴木さん、まだ喋ってないことが絶対にありますよね。もう少し突っこんでおくべきだったんじゃないですか」

「ああ。だけど今はもう一人、突っこめる人間がいるよ」

「もしかしたら昨日の……尾花さんですか？」

「正解」私はハンドルを軽く拳で叩いた。「あの人もまだ何か隠してる。こっちも情報を手に入れたんだから、もう一度ぶつかってみよう。いつまでものらりくらりさせてはおかないさ」

失踪課に戻ると、部屋がどんよりとした雰囲気に包まれているのを感じ取った。ここは所轄の交通課などと同じく、一般人の出入りが頻繁な部署である。そのため外部との区切りになるのは背の低いカウンターだけで、開放的な作りになっているのだが、まるで見えない壁が張り巡らされたように、室内には淀《よど》んだ空気が閉じこめられていた。法月が溜息を吐き、醍醐は動物園の熊のようにうろうろと歩き回る。舞はつまらなそうに髪を指で巻いていた。森田は一人緊張して、背筋をぴんと伸ばしたまま椅子に張りついている。最悪の雰囲気を打ち破るために、何か言わなくてはならない。だがこの場で迂闊《うかつ》なことを話して、外の人間に聞かれるのは嫌だった。

「掃除するぞ」

私は声を張り上げた。隣席の愛美が疑わしげな視線を投げるのを無視して続けた。

「査察の基本は整理整頓だ。普段やらないところを、今のうちに整理しておこう。まず、面談室からだ。公子さん、ちょっと電話番をお願いできますか」

公子が無言でうなずく。立ち上がった法月を先頭に、私たちはぞろぞろと面談室に向かった。普段から公子がきちんと掃除しているので、面談室には塵一つ落ちていない。相談に来る人に出す飲み物用のカップも、新品のように綺麗だ。デスクが一つに椅子が四つ。森田と醍醐が立ったままで、残る四人は席についた。しかし、このデスクに四人が同時に座ることはほとんどないし、体の大きい醍醐が立ったままなので、部屋が狭く感じられる。空気も悪い。私は外に目を向けた。駐車場に面しており、その一角の喫煙スペースが見える。交通課の連中が美味そうに煙草を吸っていた。ニコチンへの渇望を何とか押し殺しながら、私は切り出した。

「昨日からいろいろ分かってきたことがある。明神」

促され、愛美が鈴木と真弓の関係、真弓と美知の関係について短く説明した。口笛を吹くように舞が唇を尖らせ、どこか嬉しそうにしている。彼女がゴシップ好きだ、ということを忘れていた。現状を頭に叩きこむために、脅《おど》しをかける。

「室長に何かあったら、俺たちは全員馘だからな」

「えぇー」舞が顔を歪めた。「関係ないじゃないですか」

「そうもいかないんだ。どこにもばれないうちに、何としても室長を探し出さないとまずい。それから、この件は一切口外しないように。失踪課の中で話をするのも避けたい。どうしても打ち合わせする必要がある時は、この部屋を使おう。それで、これからの方針なんだが……醍醐」

「オス」醍醐が一歩前に進み出る。法月を背中から押《お》し潰《つぶ》すような格好になった。

「昨日と同様、美知さんの交友関係を徹底して洗ってくれ。例の恋人、広瀬さんの周囲も調べるように」

「オス」

「オヤジさんと森田、六条も醍醐をサポートしてくれ」

「私もですか？」舞が形の良い鼻に人差し指を当てた。

「たまには足を使えよ。とにかく人手が足りないんだ」

「お前さんは、室長の方だな」法月が確認する。

「ええ」

「失踪課が空っぽになるぞ」

「公子さんがいれば、空っぽじゃないですよ」

「だけど、相談したい人が来たらどうする」

「その都度判断します。だから、状況によっては、現場を放り出してこっちへ戻って来る可能性があることも、頭に入れておいて下さい」

「やっぱり、一人置いておいた方がいいんじゃないか」法月が異議を唱えた。

「はい、じゃ、私が」舞が嬉しそうに右手を上げる。

「駄目」私は即座に彼女の申し出を却下した。「とにかく少しでも情報を集めよう。その

ために は人手が必要だ。時間もない。今日は……火曜日。明後日《あさって》の午後三時が査察だから、それまでには何とかしないと。それと、外に対しては、室長は季節外れのインフルエンザということで通す。下手《へた》なことは言わないように」

「了解」法月がテーブルに両手をついて立ち上がる。「お家の一大事だからな。ここは一致団結、何とかしようじゃないか」

「すいません」法月に向かって頭を下げたが、心の中では全員が対象だった。

「さ、行こうぜ。高城にも恥をかかせないようにしないと」

「俺はどうでもいいんです」

「室長代理の初仕事に失敗は許されないよ……あ、こういう言い方は変か」にやりと笑い、法月が面談室を出て行った。醍醐、森田、舞の順でそれに続く。愛美は動こうとしない。私の隣から正面に座り直し、両手を組み合わせてテーブルの上に置く。

「六条さんを現場に行かせる意味はあるんですか」

「何か問題でも？」

「無駄な配置だと思います。考え直して下さい」

「管理職は俺だぜ」

「急に態度が変わるんですね。どう考えても足手まといですよ」愛美が鼻に皺を寄せる。

「やらせてみないと分からないだろう。そもそもあいつは、ろくに聞き込みをしたこともないんだから。これがいい勉強になるよ。もしかしたら、聞き込みに天才的な才能を発揮するかもしれない」

「あり得ないですね」愛美が首を傾げる。

「ここで書類仕事をしていても、戦力としては計算できない。外で聞き込みをすれば、もしかしたら何か引っ張ってくるかもしれない——偶然でも何でもいいんだ」

「私が大学の方を回りましょうか？　一応最年少ですから。学生さんとも年齢が近いし」

「君、拝命してからどれぐらいになる？」

「六年ですけど」愛美の顔に怪訝そうな表情が浮かんだ。「それが何か？」

「二十八か……二十二歳と二十八歳。四十一歳と四十七歳。同じ六歳の差でも、意味が全然違うんだぜ。学生と社会人は、一歳違うだけでまったく別の世界に生きているようなものだ。つまり——」

「誰がやっても同じ、ということですね」

「その通り。とにかく、今までの流れがある。俺たちはこのまま室長を探した方が、効率がいい」

「六条さんを自分で引き受けたくないんでしょう」

私は愛美の顔をじっと見据えた。彼女が焦《じ》れて目を逸《そ》らす前に、こちらで視線を外す。

「その件については、ノーコメント」

「高城さんよりは法月さんの方が、六条さんを上手く使いこなすでしょうね」

「そう、俺は管理職失格なんだよ」

「そうかもしれないけど、仕事はちゃんとして下さいね」

「好きなことなら死ぬまでやるさ」好きなこと、と言った瞬間に、くすぐったい感触が全身を襲った。


「そう、そこまで分かったの」

昨日と同じ日比谷公園の喫茶店。今日は梅雨の晴れ間で陽光が射しこんでいる。夏のように気温が上がり、私たちは三人とも冷たい飲み物を頼んでいた。私はワイシャツの襟元に人差し指を突っこんで引っ張った。ネクタイが緩み、少しだけ楽になる。それを見て、遼子がかすかに笑った。

「何か？」煙草に火を点けながら鋭い視線を送ったが、あっさりとすかされた。

「その髭、何とかならないの？」

「昨夜は遠出してましたからね。剃ってる暇がなかったんです」

「真弓がしょっちゅう零してるわよ。管理職がだらしない格好をしていて困るって」

「肌が弱いんで剃刀《かみそり》負けするんですよ」私は頬から顎にかけてをざらりと撫でた。既に髭は伸び過ぎて柔らかくなっている。まったく、髭ぐらいで一々文句を言われたくない。暴力団を彷彿《ほうふつ》させるような丸坊主姿の刑事の方が、よほど問題ではないか。

「面倒なだけでしょう？」

「まあ、そういうことにしておきましょう」こんな問題で遼子と突き合っても意味はない。素直に認め、山梨での聞き込みの成果を手短に説明した。最後に「あなたが最初から教えてくれていれば、何の問題もなかったんですよ。半日無駄にしました」と愚痴をつけ加える。

「こっちだって、何でも喋れるわけじゃないわ。本当に思い当たる節があるなら喋るけど、実際、何もないんだから。あなたたちは今の段階では、真弓のプライバシーを引っ掻き回してるだけでしょう」

「そういう言い方はないんじゃないですか」愛美がすかさず反論した。

「そうかりかりしないの。可愛い顔が台無しよ」遼子があっさりと愛美の攻撃を退けた。

「どうしてそんなにのんびりしていられるんですか」愛美がなおも嚙みつく。

「私が慌てて動き出したらどうなると思う？　刑事部とは全然関係ない私がばたばたし始めたら、周りは変に思うでしょう。こうやって仕事を抜け出してくるだけでも大変なのよ。妙な動きがあればすぐに、表沙汰になるでしょう。それは、あなたたちも避けたいと思うけど」

愛美が唇を嚙み、言葉を呑みこんだ。目の前に漂い出す私の煙草の煙を、乱暴に腕を振って払いのける。遼子はその様を面白そうに見ていた。同期、職場は違えど競うようにキャリアを積んできたであろう遼子と真弓の差を、私は肌で感じていた。何というか、遼子の方がずっと余裕がある。本人が「行政のような仕事」と言っていたぐらいで、胃がきりきりするようなことはないのだろうが、それにしても真弓とは随分違う。この二人の会話に共通点はあるのだろうか。

「もっと積極的に協力してもらえないんですか」

「無理。自分たちで何とかして。私は表立って動きたくないの。真弓が見つかった後、立場が悪くなるようなことはしたくないから」

「見つかると思っているんですか」

「見つけなさいよ」急に遼子の口調が厳しくなる。「あなたたち、プロでしょう？　こういう時こそ実力を見せつけて、『刑事部の盲腸』なんていう悪評を払拭《ふっしょく》したら？」

「それは刑事部の問題で、交通部の尾花さんに言われる筋合いはありません」愛美が挑みかかるように言った。

「あらあら」遼子が相好を崩した。「私が今、誰を思い出したか分かる？　あなた、若い頃の真弓にそっくりだわ。あなたの年には、真弓はたぶんもう結婚していたと思うけど。今、何歳？」

「二十八です」

「真弓が二十八歳の時には、もう美知ちゃんが生まれてたわね。そういう違いはあるけど、よく似てるわ」

「よして下さい」愛美が迷惑そうに顔の前で手を振った。「そんなこと言われても、別に嬉しくも何ともありません」

遼子が喉を見せて大声で笑った。笑みを貼りつけたまま両手を組み合わせ、顎を乗せる。そのまま首を回して、私の顔を見た。

「こういう意地っ張りなところがそっくりなのよ。それに免じて、一つ昔話をしましょうか」

6

「真弓はね、焦ってたわ」

「今でも焦ってますよ」私は話を合わせた。「梯子《はしご》を外されたと思ってるんでしょうね」

「それは間違いないわね。女性が刑事部で管理職として頑張るには、まだまだ障害は多いから。でも今の話じゃなくて、もっと昔の話。美知ちゃんを産んだ頃のことよ」

けど」

「どういうことですか？」

「真弓はね、本当は子どもなんか欲しくなかったの。結婚はしたけど、自分の時間を全てキャリアのために使いたかったのね。だけど子どもが生まれて、時間をどんどん吸い取られて……子どもを産むと、前後二年近くは身動きが取れないのよ。今は少しは働きやすくなってるけど、それでも不便なことに変わりはないわ。あなたにもそのうち分かると思うけど」

愛美に視線を向ける。愛美は相変わらず、挑みかかるような目つきを崩さなかった。

「でも、生まれれば、子どもは可愛いものですよ」

「普通は、ね」遼子が首を振り、アイスコーヒーに手を伸ばした。氷がグラスに当たり、からん、と涼しげな音を立てる。「でも真弓は、そういう気持ちを押し殺した。見ていて痛々しいぐらいだったけど……子どもが可愛くないわけはないのよ。でも、できるだけ距離を置こうと努力したわ」

「そんな……」愛美の目に暗い影が宿った。「ひど過ぎますよ。不自然です」

「そう。私もそう思うわ。無理しなくていいのにって何回も言ったんだけど。まずいことに——まずいっていう言い方も変だけど——その頃たまたま、旦那さんの方は仕事が暇になっちゃってね」

「その話は聞きました」私は話を合わせた。「銀行にお勤めだったんですよね？　バブル崩壊で、仕事が極端に少なくなった時期だったとか」

「そう。旦那さんは真弓と違って子煩悩な人なの。時間もできたから、真弓の代わりにほとんどの家事を引き受けて。特に料理が得意でね。パスタなんか、本格的なのよ……真弓は心苦しく思うと同時に感謝もしていたけど、そういう気持ちよりも、仕事にかける情熱の方が大きかったのね」

「その辺がきっかけになって、別居に至るわけですか」私はアイスコーヒーにガムシロップをたっぷり加えた。普段はブラックで飲むのだが、今日はばてていた。少し甘さが欲しい、と体が訴えている。

「まだまだ、そこまでいくには長い物語があったんだけど……短くまとめてしまえばそういうことになるわね。普通の家庭と反対かもしれない。奥さんが忙し過ぎて家のことをしない、旦那さんはそれに不満を募らせる。板挟みになった子どもが一番迷惑よね」

「美知さんもそうだったんですか？」

「あの子は強かったの」遼子が煙草を灰皿に押しつけた。既に三本、吸殻が転がっている。

「自分が何とかできるんじゃないかって思ったのね。家族を再生させたいと頑張ったのよ」

「どんな風に」鈴木も同じようなことを言っていた。具体的な事情には言及しようとしなかったが。

「あの子が中学生から高校生にかけての頃だったかしらね」遼子は私の質問に対して、微妙にずれた答えを返してきた。「普通、自分のことで精一杯の年頃よね。家族なんか、鬱陶しいだけでしょう。それをあの子は、何とか両親を仲直りさせよう……というよりも、真弓の目を自分に向けさせようと頑張ったの」

「あなたは、私の質問に答えてませんよ」

私は煙草の煙越しに鋭い視線を送ったが、やはり無視された。彼女の考える「情報提供」は、私のそれとはだいぶ定義が違うようだ。遼子が力なく首を振って続ける。

「でも結果的には、それが上手くいかずに家族は崩壊した。美知ちゃんも、後悔しているでしょうね。もしかしたら、時間が経つのを黙って待っていた方がよかったかもしれない。人の努力じゃなくて、時の流れが物事を解決してくれることも少なくないわよね」

「あなたが、下らないホームドラマが好きなのはよく分かりました。ありがちな筋書きですよね」

私の皮肉に、遼子が眼差《まなざ》しを鋭くする。手探りで新しい煙草を引き抜いて火を点けた。

「抽象的に話をされても困ります。事態が混乱するだけですよ。警察学校で最初に『報告は具体的に、箇条書きにするように』と教わりませんでしたか？」

「あなたと私じゃ、時代が違うんじゃない？」

「たかだか三年ですよ。カリキュラムが劇的に変わるわけがない。それよりも、室長と娘さんの間に何があったのか、教えて下さい」

「その必要があるの？　今回の件に関係あるかどうか、分からないでしょう」

「こういうことですか」私は煙草を灰皿に置き、両手を組み合わせた。「室長は、母親として自然な感情を圧殺していた。娘さんが危ない目に遭《あ》おうが死のうが、気持ちを動かされることはないと？」

「逆かもね」遼子が耳の上の毛を人差し指一本で後ろへ流した。「美知ちゃんの方で、真弓を頼りたがらないかも」

「どういうことですか」眉をひそめて意味を問う。

「美知ちゃんにとって、家族を崩壊させた張本人は真弓だから」

「そうかもしれませんけど、今でも完全に絶縁しているというんですか？　仮にも母娘なんですよ」

「高城さん、あなた、人間観察が甘いわ」遼子が鼻を鳴らす。「母親と娘の関係は、感情的にこじれると、どうにもならなくなるのよ。考えてごらんなさい。あの頃、そう、美知ちゃんが山梨へ越して行った頃、彼女は十六……十七歳だったのよ。普通は、父親が鬱陶しい年齢じゃない。それなのに美知ちゃんは母親ではなく、父親との生活を選んだ。よほどのことだと思わない？」

「いい加減にしませんか」私は両手をきつく握り合わせた。「知っているなら話して下さい。あなたの情報が、室長の居所につながる可能性もあるんです」

「残念だけど、実際に何があったかは、私も知らないの。表面的な事実を知ってるだけでね。真弓も、あの頃のことについては何も話さないのよね。私なりに考えていることはあるけど、いい加減な想像では話したくないわ」

「想像だろうが何だろうが——」

「駄目なものは駄目」ぴしゃりと言い切って、遼子が煙草を灰皿に押しつけた。「真弓の人生を調べてご覧なさい。簡単に調べられる部分だけでいいから。そこから推測できることもあるはずよ」

「あなたは何も知らないんですか」

「推測できることはあるけど、推測で物は言いたくないわね。あなたたち刑事部の人と違って、交通部の人間は推理はしないの。ひたすら事実を積み重ねるだけ。あなたたちも、まずは真弓の年表を作ることから始めたらいいんじゃないかしら」

「それじゃまるで授業だ。捜査じゃない」

大袈裟に首を振ってやったが、遼子は何の反応も示さなかった。突然音もなく椅子を引き、立ち上がる。伝票を見下ろし、「これはそっち持ちでね」とさらりと言った。

「尾花さん」愛美が立ち上がり、立ち去りかけた遼子の背中に声をかける。遼子が二歩歩みを進めて立ち止まり、ゆっくりと振り返った。

「私なら理解できることですか？」

「あなたは母親じゃない。真弓の気持ちを理解するのは——」

「室長じゃなくて、美知さんの方です。娘の気持ちとして」

遼子が愛美の全身を舐めるように見やった。

「あなたはあなた。他人の気持ちを理解できるわけがない」

愛美の体が強張るのが分かった。拳の震えを抑えるために、腿に強く押しつけている。

彼女の緊張に気づいたのだろうか、遼子が不意に柔らかい声を出した。

「理解できなくても、想像するぐらいはできるでしょうね。いい刑事の条件は、想像力が豊かなことじゃない？　高城さん、あなたは警察学校でそう習わなかった？」

「時代が違うんじゃないですか」

彼女の謎《なぞ》めいた態度には苛立ちを覚えたが、この程度の切り返ししか思い浮かばない。もちろん、遼子が張り巡らしたバリアには、毛筋ほどの傷もつけられなかった。

チームの組み換えをした。愛美と舞を組ませ、改めて真弓の部屋へ行かせる。愛美は露骨に嫌そうな表情を浮かべたが、ここは女性の視点で見て欲しい、と説得して呑ませた——ついでに、豆柴犬の水と餌を補給しておくよう指示する。犬が苦手な愛美は、さらに不機嫌になった。私は法月と失踪課に籠り、遼子の言う「年表」作成に取りかかった。

「とはいっても、俺たちは何も知らないんだよなあ」腕組みをし、耳の上にボールペンを乗せて首を捻りながら、法月が漏らした。

「そうなんですよ。情けない話です」私はデスクに置いたA4用紙を見下ろした。たった二行。二年前に失踪課三方面分室室長に赴任。この時は警視への昇進とセットだった。その前は捜査一課の係長。捜査一課への異動は四年前だったはずだが、それ以前の経歴が分からない。真弓は自分のことをほとんど口にしないから仕方ないのだが……。

「何だな、職場での無駄口も結構役に立つもんだよな」法月がほとんど白いままの紙を見ながら言った。「あれこれ話しているうちに、その人の経歴や人となりが分かってくる。しかしそもそも、尾花遼子が喋ってくれれば済む話なのにな」

「彼女は非協力的です」持って回ったあの言い方を思い出すと、未だに頭にくる。

「確かにねえ、何をもったいぶってるんだろうか」法月が唇を尖らせ、自席で書類を整理していた公子に声をかけた。「公子さん、室長は一課の前はどこにいたのかね」

「中野東《なかのひがし》署じゃなかったかしら」自信なさそうに公子が言った。「生活安全課の少年係長だったことは知っているけど、所轄がどこだったかは、はっきり覚えてません」

「なるほど」私はサインペンを手に取り、「捜査一課」の下に「中野東署?」と書きこんだ。正式な記録も調べられない状態では、このクエスチョンマークを取ることすらできない。顔を挙げ、公子に疑問を投げかけた。「尾花さん以外に、室長と親しくて秘密を守れる人はいませんかね」

「どうかしら……例えば長野《ながの》さんとか？」

「まさか」私の同期の長野威《たけし》は、捜査一課における「生きた伝説」の一人である。現在は強行班の係長として辣腕《らつわん》を振るっているが、大きな事件になると他人の仕事まで分捕っていく、という悪評を取っている。部下に対しては厳しく、二十四時間三百六十五日、事件のことしか考えていない。「事件を栄養にして太った男」と揶揄されるほどなのだ。しかも警視庁至上主義者で、他県警を馬鹿にしきっており、外にも敵は多い。ここ五年ほどはずっと捜査一課に居座っており、真弓とも同じ部屋にいた時期がある。無類の噂好きだから、私たちが知らない彼女の事情を知っていても不思議ではない。だが噂好きであるが故に、こちらが持ちかけた極秘の話を誰かに漏らしてしまう恐れもある。私は取り敢えず、長野を候補から外した。

「一芝居打つかい？」法月の顔に緩い笑みが浮かんだ。

「芝居？」私は眉をひそめてやった。時々法月は、公判維持を考えれば絶対に避けるべき、すれすれの手を使う。

「公子さん、ちょいとお願いできるかな」法月が作戦を伝授した。素朴というか、あまりにも間抜けな手法に思えたが、相手に怪しまれずに済ませるには、これが一番だろう。少なくとも「中野東署」の後に書いたクエスチョンマークは消せるはずだ。

「やってみますか」公子が小さな溜息を漏らした。一瞬躊躇してから受話器を取り上げ、電話のプッシュボタンを九回押す。内線電話ではなく、ゼロ発信で、中野東署へかけたのだ。

「斎藤《さいとう》と申します。生活安全課をお願いできますでしょうか」

待たされること五秒。相手が出たタイミングで身を乗り出すようにして話し始める。

「斎藤と申します。お忙しいところ申し訳ありません。阿比留真弓さんはいらっしゃいますでしょうか。はい、少年係長の阿比留さん……え？　異動された？　はい、ああ、そうなんですか、そんなに前に……いえ、以前お世話になりまして、ご挨拶させていただこうと思って電話したんですが、それはどうもすいませんでした。どちらに異動されたんですか？　ええ、はい、捜査一課ですね。それで、今はどちらにいらっしゃるんでしょうか。失踪課？　はあ、渋谷中央署ですか。そちらにかければいいんですね？　分かりました。どうもお手数をおかけしました」

受話器をやけに慎重に置き、公子がふっと肩の力を抜いた。ゆっくりと私の顔を見て、「一課の前は間違いなく中野東署にいました」と告げる。私はクエスチョンマークを、勢いよくサインペンで塗り潰した。

「こういう風にやっていけば、何とか遡れるんじゃないかな」にやにやしながら法月が言った。

「笑ってる場合じゃありませんよ。それに、手間がかかって仕方がない」首を振り、サインペンをデスクに転がした。

「一歩一歩やるのが刑事の基本だ」訳知り顔で言い、法月が受話器を取り上げた。

「どこに電話するんですか」

「ちょいと知り合いにな……お前さん、逆査定って知ってるか？」

「ああ」私は顔をしかめた。「だけどそれは、一種の都市伝説じゃないんですか」

「おいおい、しっかりしてくれよ」法月が受話器を戻した。「火のない所に煙は立たないんだぜ」

「本当なんですか？」

「もちろん。だって俺が査定官なんだから」

「……参ったな」

「逆査定」とはこういう噂だ。典型的な上意下達《じょういかたつ》の警察組織では、Aという人間の「上司としての評判」を、Aの上司Bが正確に知る術《すべ》が限られている。そのために、各部署に上司を査定してその上司に報告する役割を負わされた人間がいる、というものだ。これ以上出世の望みがないベテランの人間がする仕事、とまことしやかに言われているが、この分室では法月がまさにその立場に当たる。

「安心しろ。お前さんが毎朝酒臭いことも、しょっちゅうこの部屋に泊まりこんでいることも、髭を剃らないことも、上には報告してないから」

「それは上司としての評価というよりも、人間性の問題じゃないですか」

「だからだよ」法月がにやりと笑った。「人間性と、刑事や管理職としての能力は関係ないんだ」

「つまり俺は、人間としては最低だけど、刑事としては問題ないということですか？」

「別にお前さんの人間性が最低だとは言ってない。俺に言わせれば、そういうのは味があるっていうんだ」喉の奥で低く笑ってから、法月が再び受話器を取り上げた。真弓を逆査定するために、彼女のキャリアを確認する。やや無理があるが、「査定」という言葉が絡むと、相手も無下にはできないものだ。公務員にとっては魔法の呪文である。

私も思い切って長野に電話しようかと思ったが、自粛した。そこから噂を広めてしまうわけにはいかない。

一時間後、ほとんど白かった紙が徐々に埋まってきた。
・八年前：真弓、警部に昇任。多摩《たま》東《ひがし》署に少年係長として赴任する。真弓、鈴木四十一歳。美知十三歳。
・五年前：真弓、中野東署の少年係長に横滑り異動。真弓、鈴木四十四歳。美知十六歳。
・四年前：真弓、捜査一課の係長に。真弓、鈴木四十五歳。美知十七歳。家族は完全別居し、鈴木と美知は山梨へ引越し。失踪課発足。
・二年前：真弓、警視に昇任。同時に失踪課三方面分室に異動。真弓、鈴木四十七歳。美知十九歳。

　私と法月は、ひとまず完成した年表を精査し始めた。精査するほど情報が濃いとは言えないが……。

「警部昇任から警視になるまで六年ですか。早い方ですよね」

「だろうな。かなり覚えがめでたいことがあったんじゃないか」

「何か、大手柄みたいなことですか？」私は首を捻った。

「そういう意味で言ったんだけど、どうだろう。あったとしたら一課時代じゃなくて、所轄の係長時代じゃないかな。一課時代に派手な事件を手がけたという話は聞いていない……分からんなあ」法月が悔しそうに言った。

「一つ、思ったんですが」

「何だい？」

「恨みの線は考えられませんかね。室長が犯人の恨みを買っていて、今回の件はその復《ふく》讐《しゅう》だとか」

「そういう話はよく出るけど、実際には犯人が自分を逮捕した刑事に復讐した、なんていうことはないもんだぜ。それに、室長が直接被害を受けているわけじゃないだろう。少なくとも今のところ、そういう話はないよな」

「まあ、そうなんですけど」髭が煩わしい顎をゆっくりと撫でる。「世の中にはいろいろな人間がいますからね」

「あまり固執するなよ」法月が静かにうなずいた。この段階では、あらゆる可能性を排除すべきではないということか……それは分かるが、気持ちは急《せ》く。反射的に壁の時計を見上げた。午後三時。査察までちょうど四十八時間になってしまった。

「室長、いるかな」突然声をかけられ、私は慌てて顔を上げた。渋谷中央署の警務課長、水谷《みずたに》がカウンターからこちらを覗きこんでいる。立ち上がり、無理矢理大きな笑顔を浮かべて彼の下に歩み寄った。

「すいません、インフルエンザらしいんですよ」

「あらら」水谷が心底驚いたような表情を浮かべた。ひょうきんな男で、顔を合わせると必ず笑えない駄洒落を飛ばすのだが、今日はやけに深刻だった。「大変だよな、インフルエンザ。うちの娘も去年、新型にかかって大騒ぎだったんだ。室長も?」

「まだ検査結果は出ないようなんですけどね」最初にインフルエンザと言ってしまったのは失敗だった。不必要に騒ぎが大きくなる。風邪ぐらいにしておけばよかった、と悔やむ。

「室長に何かご用ですか?」

「いや、大したことじゃないんだけどね。来週、恒例の管内検討会議があるんだ。失踪課にも出席してもらおうと思って、そのお誘いだよ」

「伝えておきます」真面目な顔でうなずき、水谷が差し出した書類を受け取った。管内検討会議——所轄管内の様々な情報を交換するために、各課の課長が集まる定例会だ。失踪課も時々呼ばれて、データを提供する。都内でも有数の盛り場を有する署だから、家出人がうろついていることも多いのだ。

「あんたは感染してないだろうね」

「まだ症状が出てないだけかもしれませんよ。室長とは四六時中顔を突き合わせてますからね」

「勘弁してくれよ」カウンターに両手をついていた水谷が、背筋をすっと伸ばして私と距離を置いた。「署内にウイルスをまき散らされたんじゃ、たまらん」

「娘さんがかかったなら、水谷さんは抗体ができてるんじゃないんですか」

「いやいや、新型は突然変異する可能性があるからね。いつ強毒性になるか分からないし、流行の範囲も……」娘が発病した時に仕入れた知識なのか、水谷が延々と説明を始めた。駄洒落が好きなだけではなく、話も長かったのか。どうやって打ち切ろうかと悩み始めた瞬間、背後で電話が鳴る。公子が受け、すぐに私を呼んだ。

「醍醐さん。緊急です」

「ちょっとすいません」私は顔の前で右手を垂直に上げた。「急ぎみたいですから」

「室長が本当に新型インフルエンザだったら、こっちにも言ってくれよ。最新の対策指針、どうなってたかな……」

ぶつぶつつぶやきながら、水谷が去って行った。私はすぐに自席の電話に取りつき、醍醐の声が耳を叩くに任せた。

「やっと美知さんの友だちを見つけました。何人か、数珠繋《じゅずつな》ぎで分かったんですが、彼女はここのところ、何だか様子がおかしかったようです」

「どういうことだ」

「誰かにつけられているような感じがして、気味が悪かったとか。ストーカーですかね」

「おい、それは重要だぞ」私はすっと背筋を伸ばした。「証人は確保してるのか」

「ええ。どうしますか」

「こっちへ連れてこられるか？　俺も直接話を聴いてみたい」

「分かりました。確認してからもう一度電話します」

「頼む」電話を切り、私は右の拳を左手に叩きつけた。手がかり――喜ぶべきものではあったが、今ここで、この動作はまずかった。公子の非難するような視線を浴びながら、私は一つ咳払いをして椅子に腰を落ち着けた。

美知に何か危機が迫っていたのか。真弓は娘を助けようとしたのか。愛美と交わした議論を思い出しながら、私は証人をここへ連れて来るよう指示したのは間違いだった、と早くも悔い始めた。ただ待つだけの時間が惜しい。こちらから出向くべきだったのだ。動いているうちは、悩まなくて済む。

　四時過ぎ、醍醐が一人の女子大生を連れて失踪課に戻って来た。森田は聞き込みを続行中。一人で任せておいて大丈夫だろうか、と一瞬心配になったが、今は彼の身を案じている場合ではない。

　面談室へ案内し、公子に紅茶を用意してもらった。面談室ではコーヒー、紅茶、緑茶と一通り揃っている。真弓は「コーヒーは上等だ」と自慢しているが、紅茶はただのティーパックである。それでも醍醐が連れてきた証人、村田麗華《むらたれいか》は、美味そうに紅茶を飲んだ。ただし、唇を離した途端に笑みが消え、緊張感が蘇る。

　麗華は背が高いが童顔で、高校生と言っても十分通りそうだった。肩まで伸ばした髪は愛美と同じように細く、少し茶色がかっている。びっくりしているように見える大きな目と、ふっくらとした唇が特に目立った。白と灰色のボーダーのカットソーにダメージの効いたスリムなジーンズ、濃紺のハイヒールという格好で、スタイリストが持つような巨大なトートバッグが、隣の椅子を占領している。

「忙しいのに、こんな所まで来てもらって申し訳ないですね」

「いえ」緊張したままだったが、麗華は室内を見回すだけの好奇心は失っていなかった。

「あの……」

「何ですか」

「あまり警察らしくないですね。警察に来たのは初めてですけど」

「刑事ドラマとは違うでしょう？　ここは特別なんだ。取り調べをする部屋じゃないからね」

「何の部屋なんですか」

「相談を受ける場所、かな」時には渋谷中央署の連中に見られずに密談をする場所でもある。「とにかく、緊張しないで楽に話して下さい。あなたは、鈴木美知さんと大学の同級生ですね」

「はい。学部も学科も同じです」

「友だち、と言っていいんだよね」

「ええ」

「美知さんが行方不明になっているのは、そこにいるでかい男に聞いたと思うけど、最近、何か様子がおかしかったそうだね」

「ええ」麗華が一瞬躊躇した。「美知、本当に行方不明なんですか？」

「そのようです」

「まさか……」麗華が唇を嚙んだ。「どうして美知が？」

「それが分からないから、あなたに話を聴きたいんです。最近、誰かにつきまとわれていたという話でしたよね」

「つきまとわれていたというか……ストーカーっていうほど大袈裟な話じゃないんですけど、誰かに見られているような気がするって」

「確かなんですか」

「それは分かりません。自意識過剰だよって、皆で笑ってたんですけどね」

「自意識過剰じゃなくて、本当に誰かに監視されていたのかもしれないね」

麗華の顔から瞬時に血の気が引いた。自分の周囲にストーカーが出現するなど、考えたこともないのだろう。だからこそ、笑い話にしていたわけだろうし。神経質そうに髪を撫でながら、私の顔を凝視する。

「それは、私には分かりません」

「美知さんは、かなり怯えていたのかな」

「怖がるようなタイプじゃありませんよ」

「だったら彼女自身、本当はそれほど気にしてもいなかった？」

「いえ、それは……美知があんな風に気にするなんて珍しいな、と思ったのは覚えてます。だから自意識過剰だと思ったんだし」

「美知さんには恋人がいるね」

「広瀬君」

「彼はどうだろう。二人は上手くいっていたのかな」

「まさか、広瀬君を疑ってるんですか」麗華の唇が震え出した。「仲、いいんですよ。喧嘩したのも見たことがありません」

表向きは熱愛中のカップルに見えても、一皮剝《む》けばどろどろの人間関係、というのも珍しくはない。恋人同士の場合、本人たちが打ち明けない限り、本当のことは分からないものだ。だいたい広瀬が届け出てきたのだって、一種の偽装工作かもしれない。どうせいつかは、美知の失踪はばれる。悲劇の恋人役を演じることで、自分に対する疑いの視線を少しでも薄めようと考えてもおかしくはない。ただし広瀬の場合、そこまで狡猾《こうかつ》な人間とは考えられなかった。おどおどと泳ぐ目、自信無さそうな口元——絶対に嘘がつけないタイプだ。

「例えばだけど、広瀬君とつきあう前に美知さんがつきあっていた男はいないだろうか」

「私は知りませんけど……いてもおかしくないですね。美知、もてるから」

「なるほど」確かに写真を見た限りでは、多くの男性が惹かれそうな顔だ。ああいうほっそりしたタイプが好きな男も多いだろう。「もてるということは、近づいてくる男も多かったんじゃないかな。そういう関係で何かトラブルになったことは？」

「私の知る限りでは、ないです。だって最近、何ていうか……皆、元気ないじゃないですか。思い切ったことをしそうな人なんか、周りにいませんよ」

うなずいたが、彼女の言葉を素直に信用はできなかった。不況、低成長の時代であっても、誰もが牙《きば》を抜かれ、草食動物のように大人しく暮らしているわけではない。肉食獣はいつの世にも存在しており、草食動物が多くなればなるほど、餌が増えたという見方もできる。学外の人間、という可能性も考慮にいれておかねばならないだろう。大学生の生活の中心はキャンパスだが、その外にも世界があるのだ。

「美知さん、アルバイトは？」

「してました。ちょっと変わった所で」

「変わった所？」風俗関係か、と想像した。このことが真弓の耳に入ったら……。

「ギャラリーなんですけど」

「ギャラリー？」

「ええ、青山《あおやま》の。絵画や陶芸なんかの美術品を扱うお店なんですよ。お父さんの紹介だって言ってました」

少し安心して、しばらく麗華の頭から記憶を引っ張り出す作業を続けたが、それ以上の情報は出てこなかった。三十分ほどで放免し、失踪課の大部屋に戻る。愛美と舞はまだ戻っていなかった。ずいぶん時間のかかる捜索《ガサ》だが……入念にやっているのだろうと、前向きに解釈する。

「そのギャラリー、これから当たりますよね」醍醐が確認した。

「ああ。今からでも間に合うかな。ああいうところは、夕方は早いかもしれない」腕時計を見下ろす。間もなく五時だ。「先に電話を入れてくれ。これから行くと予告しておけば、待っててくれるだろう。近いし、できるだけ早く行くからって言ってくれないか」

「分かりました」醍醐が近くの電話の受話器をひったくる。この男が動くと、触れる物全てが壊れてしまうようなイメージがあった。

法月はさらに調査を進め、真弓の経歴をほぼ洗い出していた。先ほどの年表は、黒い部分の面積の方が広くなっている。

「室長も、結構いろいろなことをやってるんですね」

「組織に都合良く使われた、という感じがしないでもないけどなあ」法月が感想を零した。警察官になりたての頃は、交通畑での勤務も経験している。ミニパトに乗って駐車違反の取り締まりをしていたのだろうか。その後刑事部、生活安全部と、あちこちを渡り歩いている。交通畑一筋できた遼子とはずいぶん違うキャリアだ。

「まだ、室長への個人的な恨みが関係していると思うか？」

「その可能性を捨てる理由はないでしょう」

「俺は乗り気じゃないけど、お前さんの指示なら仕方ないな……室長が担当した事件を洗い出してみるか」法月が顎を撫でた。「それほど遡らなくてもいいだろう。十年も二十年も恨みを抱き続けるなんて、不可能だから」

「そうですね」歳月は、あらゆる心の傷にとって最良の特効薬になる。「例えば捜査一課時代、中野東署、その前の多摩東署、この辺りまで調べてみれば十分でしょう」

「そいつは、俺がちょっとやってみるよ」

「あまり無理しないで下さいよ」私は壁の時計にわざとらしく視線を投げた。法月は心臓に持病を抱えており、可能な限り心静かに仕事して欲しかった。

「お前さんが何を考えてるかは分かるけどな」法月が緊張と怒りで強張った表情を浮かべる。「今回は非常事態なんだぞ。ここは無理してでも頑張るべきところなんだ」

「分かってますけど、体は大事にして下さいよ。俺は美知さんのバイト先を訪ねてみますから」

「ああ、こっちは任せてくれ」

法月が顔を上げ、カウンターの方に目を向けた。疲れた顔で愛美と舞が戻って来たところだった。愛美が力なく首を振る。手がかりなし、か。二人に報告を求めたが、やはり実のある話はなかった。ふいにあることを思いつき、メンバーを集めて小声で指示を飛ばす。

「オヤジさん、事件の方はひとまず置いておいて、室長の電話の通話記録、何とかならないでしょうか。携帯は無理かもしれないけど、自宅の方だけでも」

「留守電にメッセージは残ってませんでしたよ」と愛美。

「どこからかかってきたか、どこにかけたかが分かれば、手がかりになるかもしれない。面倒ですけど、オヤジさん、お願いできますか」

「そうだな……」法月が顔をしかめた。彼はあちこちにネタ元を持っているのだが、あまり使いたくない相手もいるらしい。電話の関係は特にその傾向が強いようだ。「やってみるよ、こういう非常時だから」

「俺は醍醐と一緒に、美知さんの件で動く。明神は森田と合流して、彼女の友だちの事情聴取をやってくれないか？　あいつは大学の近くにいるはずだから」

「分かりました」

「担当した事件の方は……」宙に浮いてしまった。法月にこれ以上負担を強《し》いることはできない。自分の考えをまとめながら、これまで調べた真弓の経歴、それに自分の推測を話す。この件はしばらく先送りにするしかないだろう、と思いながら。

「中野東署だったら、知り合いがいますけど」舞が突然割りこんできた。

「何だって？」

「会計の事務の人で」

「君、あそこにいたのか？」

「ええ、ここに来る前に」知らないのか、とでも言いたげに肩をすくめる。

「今でもその人と話は通じるか？」

「大丈夫ですけど、どうするんですか」舞の顔に不満と不安が過った。

「スパイだよ、スパイ」慌てて声を低くする。「これから会いに行ってくれ。中野東署時代に室長が扱った事件について調べて欲しいんだ。室長に恨みを持っている人間がいないかどうか、知りたい」

「えぇー」露骨な不満の表明。同時に、子どものように唇をねじ曲げた。「今日、ヨガなんですけど」

「フラダンスじゃないのか」しばらく前にそんなことを言っていた。習い事がまた一つ増えたのか。

「あれはもうやめました……とにかく、困るんですけど」

「その時間、俺が買った」説教している時間も惜しく、自分でも滅茶苦茶だとしか思えないことを言ってしまった。「今日のレッスン代は俺が出してやる。だからさっさとその人に会いに行ってくれ。室長が失踪していることは絶対に秘密。それと、報告は今晩中に必ず、だ」

「分かりました」怒気を隠そうともせず、舞が部屋を出て行った。

「よく指示に従いましたね」呆れたように愛美が言った。

「六条も、本当は室長のことが好きなんだろう。心配してるんだよ」

「高城さんと同じ、ですか」

「俺？」思わず鼻を指差した。「それはあり得ない。俺は個人的な感情で動いてるわけじゃないよ」

「少し自分を見直した方がいいんじゃないですか」にやにや笑いながら、愛美がバッグを取り上げた。「行ってきます——あの、室長が戻って来ても、今の話は内緒にしておいた方がいいですよね」

「さっさと行け」怒鳴ったが、隣で法月と醍醐がにやけている状態では、何の効果も期待できなかった。

# 7

ギャラリー「彩《さい》」は港区と渋谷区の境の近く、骨董通り沿いにあった。雨雲が低く垂れこめる中、私と醍醐は湿気を押しのけるように早足で歩き続けた。

「この辺って、何だか落ち着きませんね」普段よりずっと早く歩きながら、醍醐が言った。

「何が」

「いや、お洒落で」

それで彼が早足になった理由が分かった。背中がむず痒《がゆ》いような思いを味わっているのだろう。

「もう着いたよ」私は彼の一歩前に出て、店のドアに手をかけた。間口が細長いビルの一階。「Open」の看板はかかっていたが、中に人気は見えない。重いガラス扉を開けると、冷たいエアコンの風が顔を叩いた。それで改めて、びっしりと汗をかいていたのだと意識する。出入り口は狭いが、奥にずっと長い作りだった。

「すいません」声を張り上げると、店の奥から店主らしき男性が出てきた。七十歳ぐらい。瘦身《そうしん》をきちんとダークグレイのスーツに包んでいる。そろそろ襟元が暑苦しくなる季節なのに、えんじ色のネクタイをきっちり締めていた。穏やかな顔つきだが、目には不安の色が宿っている。

「先ほど電話しました、警視庁失踪課の者です」

「ああ、どうぞ、中へ」

指示されるまま、店内に歩を進めた。左側の壁に絵画、右側には棚がしつらえられ、陶磁器が飾ってあった。商品についてのコメントは差し控えよう、と決める。美術は一番分からない世界なのだ。

「今泉《いまいずみ》と申します」

店主がスーツのポケットから名刺を取り出し、丁寧に差し出す。つやつやした白い名刺の表側には、本人の名前と「彩」の店名しか書かれていなかった。

「こちらでアルバイトをしていた鈴木美知さんの関係で、お話を伺いたいんですが」勧められたソファに腰を下ろしながら訊ねる。醍醐は私の背後に陣取った。

「ええ」半ば白《なか》くなった今泉の眉が、きゅっと持ち上がる。「行方不明だと聞きましたが、本当なんですか」

「ええ」

「何とね……驚いたな」

「気づかなかったんですか？」

「ここ二日は来る日ではなかったので」

「この前の週末は勤務でしたか？」

「左様です」

丁寧というにはあまりにも時代がかった言葉遣い。突然、清浄なこのギャラリーの空気を煙草の煙で汚してやりたいという強い衝動に襲われた。

「日曜日、ここを出たのは何時頃でしたか」

「七時に店を閉めたので、その後ですね。七時十分か二十分か、それぐらいです」

型通りの質問を続けた。最後に見た時、何か変わった様子はなかったか。日曜日の仕事の後、誰かと会うと言っていなかったか。最近、態度に変化はなかったか。いずれも「ノー」。質問をたて続けに打ち落とされたので、私は手を変えた。

「美知さんがここで働くようになったきっかけなんですけど、お父さんの関係なんですよね」

「ええ」緊張しきった今泉の顔が、ようやく綻《ほころ》んだ。「鈴木さんとのおつきあいも長いんですよ。彼が陶芸展で初入選してからですから、もう十年以上になります」

まだ夫婦が一緒に暮らしていた頃だ。今泉は、その陶芸展が日本で最も権威のあるものであること、二年に一度しか開かれないもので、プロもアマチュアも等しい立場で参加すること、その「現代部門」で鈴木が入選したことなどを並べ立てた。

「大変なこと……なんですよね？」

私が探るように訊ねると、今泉が苦笑を漏らしながらうなずいた。

「もちろん、大変ですよ。こういう言い方はどうかと思いますけど、プロを差し置いて入選したわけですから、鈴木さんの才能がお分かりでしょう。その頃は銀行にお勤めだったんですけど、私どもの方で作品を置かせていただくようになって。今は山梨に引っ越されましたけど、変わらずおつき合いさせていただいています」

「美知さんはいつ頃から、ここで働いているんですか」

「もう、二年近くになりますか」

美知は今、大学の三年生だ。一年生の時からということになる。

「彼女はどんな人ですか？　仕事ぶりとか、人間性とか……」

「仕事に関しては、非常にきちんとやる人ですね。この業界では接客が重要なんですけど、美知さんの年齢ではそれはまだ難しい。専門知識も必要ですからね。でも、数字には強かったですよ。それで帳簿を任せていました」

「彼女はあくまでアルバイトですよね？　そういう人に帳簿まで任せるのは、あまりにも大胆じゃないですか」

「人を信用するというのは、そういうことなんです」諭すように言って、今泉が深くうなずく。「年齢も性別もキャリアも関係ない。できそうだと思った人間に仕事を任せることで、育てていくんですよ」

ギャラリーのオーナーというよりは、大企業の社長のような口ぶりだった。具体的なことは何も話さず、美辞麗句で相手を納得させようとする——ビジネス誌ならそれで許されるだろうが、警察相手にそうはいかない。

「美知さんは実際に、こちらの経理にも手を貸していたんですね……これまでに何かトラブルは？」

「まさか」にわかに今泉の視線が鋭く尖った。「そんなことは、あるわけがない」

「彼女が帳簿を誤魔化して金を横領していたとか、あるいは」そこまで言っていいものかどうか分からなかったが、一応口にしてみた。刺激すると喋る人間もいる。「あなたが裏帳簿を作るのを手伝っていたとか」

「失礼な」吐き捨て、今泉が立ち上がった。すぐ近くにあるレジのカウンターからコードレスフォンを取り上げると、顔の横で振ってみせる。「こちらは協力しているんですよ。無礼なことを言うなら、然るべき人間に相談します。そのためにこちらは、弁護士に高い金を払っているんですから」

「それは構いませんが、話が終わってからにしていただけますか」

「な――」今泉がぽっかりと口を開けた。自分の脅しに屈しない人間などいるはずがない、とでも信じているのかもしれない。

「確認させて下さい。会計的なトラブルはあったんですか、なかったんですか」

「あるわけないでしょう。うちはまっとうな商売をしているんですよ。何だったら帳簿をご覧になりますか？　隠すことなど、何もない」今泉の顔が蒼白になった。

「だったら最初からそう言っていただければよかったんです」笑みを浮かべてやったが、今泉の目にはどう写っているか、分からなかった。「どうぞ、お座り下さい。もう少し伺いたいことがあります」

今泉が私の顔を凝視したまま、ことさらゆっくりとソファに座った。まだコードレスフォンを手にしていたのに気づき、丸テーブルに時間をかけて置く。

「美知さんが有能で、あなたが信頼していたのは分かりました。あなたから見て、どんな性格の人ですか」

「大人ですね」自分の言葉に納得したようにうなずく。「最近の若い人は――こんな言葉は使いたくないんですが、いつまで経っても子どもですよね。自分の言動に責任が取れないし、何かあるとすぐに内側に引っこんでしまう——これではまともな仕事はできません。でも、美知さんは違いました。二十一歳ですけど、その年齢よりもずっと大人という感じですね」

「どうしてそんな風になったと思われます？」

今泉が眉をひそめ、口を「O」の字の形に開いた。

「私は心理学者でも、美知さんの親戚でもありません。あくまで私どもの大事な作家さんの娘さん、というだけですよ。そんな質問をされても、答えようがありません」

「あなたの人間観察眼を信用しているんですが」

「困りますな、そんなことを言われても」ごぼごぼと音がして、今泉が声を漏らして笑ったのだと気づく。目はまったく笑っていなかったが。「環境……そうとしか言いようがないですね。親御さんの育て方がよろしかったんでしょう。鈴木さんは穏便な、優しい方ですからね。元々銀行にお勤めですから、几帳面《きちょうめん》なところもあるし。そういう性格を受け継がれたんじゃないですか」

「母親の方はどうでしょう」

「母親？」

今泉が首を捻る。それで私は、彼は真弓と面識がないのだと確信した。

「そうです。お会いになったことはないんですか」

「そういえば、ないですね」

「家族ぐるみのつき合いというわけでもなかったんですね」

「ええ」

「でも、娘さんがここで働けるように取り計らった」

「何かおかしいでしょうか」今泉が首を捻る。

「いや、そういうわけじゃないんですが……」私は言葉を濁した。ここであまり真弓の話題を出すわけにはいかない。

「とにかく私としては、何の問題もなかったとしか言いようがありません。しかし、参りましたね。失踪とは……鈴木さんにはどう言えばいいんでしょう」

「私たちの方でもう伝えてありますから。ご心配なく」

「そうですか」ほっと肩の力を抜く。「何かお力になれるといいんですが」

「お話を聞かせていただいただけで、十分助かってますよ」

もう一度笑ってみせる。今度は和睦の証として通じたようで、今泉の全身を覆っていた緊張感は明らかに薄れていた。しかしすぐに、不安が取って代わる。

「何か事件に巻きこまれたんでしょうか」

「今のところは何とも言えません。美知さん、本当に最近、変わった様子はありませんんでしたか」

「いや、特には……」今泉が顎に親指を当てた。「少なくとも日曜日に会った時には、いつもと変わらない様子でしたよ。ただ――」

「ただ、何ですか？」勢いこんで彼の言葉を遮《さえぎ》ったので、今泉がいきなり身を引いた。再び緊張は最高潮に達している。

「最近誰かにつけられているみたいだ、と」

それは十分「変わった様子」だ。曖昧な証言も複数揃うと事実になる。首を振ると、今泉が再び身を固くするのが分かった。

「その話を聞いたのはいつですか？」

「日曜……いや、土曜だったかな。ただ、冗談めかして言っていましたから、私としてはそんなに心配していませんでしたけどね」

本当は、美知はひどく不安だったのではないだろうか。麗華たちにも漏らしているし、バイト先でも同様だ。となると、本当にストーカーがいたのかもしれない。ストーカーがある一線を越えて、直接相手に手を出すケースも少なくはない。美知が真弓に相談して、真弓は解決するために乗り出した可能性もある。だが、その際に拳銃が必要なほどの緊急事態とは何なのだ。それほど悪質な相手だとしたら、美知もわざわざ母親を頼らず、近くの警察署に駆けこんでいたのではないだろうか。少なくとも美知は、警察官の仕事がどんなものかは知っているはずだ。何かあったら、赤いランプの灯る場所へ助けを求めに走る。母親の手を煩わせるよりも、まず警察に行くことを考えるだろう。

仮に真弓が相談を受けたとしても、一人で問題を抱えこむ必要などないのだ。こういうことに対処するには、個人ではなく組織の方が効率的である。

「その話、勘違いか冗談だとでも思ったんですか？」

「ええ、まあ……」今泉の言葉は歯切れが悪い。「とにかく本人が、言ったそばから『そんなはずないですよね』って否定してましたから。こちらもその程度の認識でした」

「何か、思い当たる節はありませんか？　美知さんにはつき合っている男性がいるんですが」

「それは存じませんね。特にそういう話はしないんですよ。私と美知さんでは、恋愛話をするには年が離れ過ぎてるでしょう」今泉が皮肉に笑った。「そういうことは、若い人同士の方が話が合うんじゃないですか」

「若い人？」

「うちで働いてる若いスタッフなんかですよ。もう一人、美大の学生さんにもアルバイトで入ってもらっています。勤務時間が重なる時がありますから、よく話しているようですね」

「その人の連絡先を教えてもらえますか？」私はすかさずボールペンを構えた。

「彩」のもう一人のアルバイトの名前は横田彩だった。「名前で採用したわけじゃありませんよ」と今泉は冗談めかして言ったが、それにつき合って愛想笑いをする気にもなれなかった。店を辞めてから醍醐が携帯電話に連絡を入れてみたが、出ない。留守番電話にメッセージを残した。

「もう一度、広瀬さんに当たってみるか」

「まさか、相談してきた本人を疑ってるんじゃないでしょうね」醍醐が元々大きな目を一杯に見開いた。

「偽装かもしれない。いずれ失踪はばれるんだから、その前に自分が届け出ておけば、疑いの目が向かないとか……いや、それはやっぱり無理だな」

「でも、ストーカーの件は彼にも確認しておかないといけませんね。少なくとも昨日会った時には、そんなことは言ってませんでした。話し忘れたのかな」

「あるいは本当に知らないとか。恋人同士とはいっても、全部を話すわけじゃないだろうしな」

微かな違和感を感じて私は立ち止まった。冗談めかして他人に話していたなら、広瀬にだけ話さないのは筋が通らない。それとも、冗談が通じない相手なのか。心配され過ぎる——広瀬の性格ならそれはあり得る——のが鬱陶しかった、ということかもしれない。

「やっぱり彼を呼んでみよう。何かおかしいぞ」

「そうですね」

醍醐が携帯電話を取り出した。広瀬を呼び出し、渋谷駅の方に向かって歩きながら喋り出す。私は彼の大きな背中を追いながら、街の気配に身を委《ゆだ》ねた。青山通りの左に青山学院大学、右に特徴的な楕円形のオーバルビルという場所だ。背後には改築された紀ノ国屋。少し先には国連大学。そちら側は住所が神宮前《じんぐうまえ》になる。迷いこむとなかなか抜け出せない、迷宮的な味わいのある街だが、私にはどうにも居心地が悪い。一人で街の平均年齢を上げてしまったような気分になるのだ。ＪＲ原宿《はらじゅく》駅にも近く、捜査で足を踏み入れることもあるが、他の繁華街を歩くのとはまったく別種の疲労感に苛《さいな》まれることが多い。

「広瀬さん、摑まりましたよ」醍醐が携帯を閉じて振り返った。「すぐに渋谷中央署に来てくれるそうです。大学にいましたから、三十分後には着くでしょう」広瀬と美知が通う大学は、山手《やまのて》線の大崎《おおさき》駅から歩いて行ける場所にあり、渋谷中央署まで三十分もかからないはずだ。

「よし。もう少しみっちり話を聞いてみよう」

「絞《しぼ》り上《あ》げるということですか？」

「それは、彼の態度如何《いかん》による」

行きと逆で、帰りは青山通りはずっと下り坂になるので、歩くのは楽だ。一方で、奈落の底に落ちるような、かすかな恐怖も覚える。大した坂ではないのだが、精神状態は足元の感覚にまで影響を与えるようだ。

広瀬は白いTシャツに青をベースにしたチェックのシャツ、ほとんど白に近いグレイのミリタリーパンツにローテクスニーカーという格好だった。いかにも最近の若者という感じで、それなりに様になっている。二十年以上前、私が学生の頃は、とんでもない服装をしていた者も少なくなかったのだが、いつの間にかほとんどの若者がすっきりと垢抜《あかぬ》けてしまった。

いきなり呼び出されたせいか、広瀬は昨日よりもずっと不安そうだった。

「何か分かったんですか」

醍醐が淹れたお茶——彼の癖で、飲めないほど濃い——には手もつけず、目を大きく見開いて私の顔を凝視する。

「今のところはまだ、です」

広瀬が、複雑な感情の混じった吐息を押し出した。美知が見つからないことに対する不安、逆に死体で見つかっていないことに対する安堵感《あんどかん》。こういう状態は長続きしない。宙ぶらりんのまま時が過ぎれば、彼の精神状態は確実に悪化していく。

「一つ、確認したいことがあるんですよ」

「はい」広瀬がぴんと背筋を伸ばした。

「美知さんは、ストーカーの被害に遭ってませんでしたか？」

「ストーカー？」広瀬が頭の天辺《てっぺん》から抜けるような声を出した。あからさまに動揺し、両手をデスクについて身を乗り出す。「そんなの初耳ですよ。どういうことなんですか」

「まだはっきりしない情報なんですが、美知さんは複数の人間に、『誰かに見られているような気がする』と話していました。我々は、誰かにストーキングされていた可能性もあると見ているんだ」

「そんな、まさか」広瀬ががっくりと力を抜き、椅子に背中を預ける。見ると、目が少し潤《うる》んでいた。「全然聞いてないです」

「もう一度確認しますけど、土曜日には彼女に会ったんですよね」

「はい」

「どこで？」

「彼女のバイトが終わってから、渋谷のパスタ屋で。一緒に飯を食べました」

「別れたのは何時頃？」九時過ぎ。その話は昨日既に聴いているが、敢えて同じ質問をぶつけてみた。細かい嘘をつき通すのは案外難しい。何度も質問を繰り返されると、ぼろが出てくるものだ。

「九時過ぎです」広瀬の答えは昨日と同じだった。表情にも揺らぎはない。

「今まで、ストーカーの話は出なかったんですか？」

「はい」やや力強い断言。「何かあれば言ってくれたはずです。僕は……」美知の恋人。だがその言葉が彼の口から発せられることはなかった。自信が揺らいでいるのかもしれない。恋人だと信じていた女性が、実は心を許していなかったとすれば……若い男には、乗り越えるのが難しい衝撃だろう。

「心配させたくなかったのかもしれませんね。ところで、あなたとつき合う前のことですけど、美知さんは誰か別の人とつき合っていませんでしたか？」

「いや……ええと」急に歯切れが悪くなる。普段は気にしてもいない話かもしれないが、警察で聴かれるとなると重みが違うだろう。「あの、昔の話で……」

「大学生になってから？　それとも高校時代の話ですか？」

「高校生の頃だと思います」

「その相手、今はどうしてるんだろう」

「それが……」広瀬が爪を弄《いじ》り始《はじ》めた。話す決心がなかなかつかないようだったが、やがて意を決して顔を上げた。「同じ大学にいるんです」

「何だ」つい気の抜けた声を出してしまった。

「そんな、軽いもんじゃないんですよ」広瀬がむきになって反論した。「いろいろ大変だったんです。大学に入ってすぐ別れたらしいんですけど、同じ学部なんで顔を合わせることもあって。美知さんは無視してたし、俺にも『気にしなくていい』って言ってたんですけど、向こうが……」

「つきまとっていた？」

「そうじゃないですけど、未練があるっていう話は聞いたことがあります」

そいつなのか？　私はにわかに緊張が高まるのを感じた。

「名前は？」

広瀬がぼそぼそと相手の名前を告げる。横に控えた醍醐が書き取ったが、ボールペンが紙の上を滑る音さえ聞こえそうな勢いだった。男は弱い。別れた女にいつまでもこだわる。その思いは時に、常軌を逸した行動にもつながるのだ。

ついに手がかりを摑んだ。私は心の中で拳を握り締めていた。

「――そうだ、井本健太《いもとけんた》。住所は割れてる」広瀬があちこちに電話を入れ、確認してくれた。

「突っこみますか？」愛美が声を潜《ひそ》める。

「取り敢えず所在を確認してくれ。君のことは信用してるけど――」

「相棒が森田さんだけじゃ心配、ですか」愛美が、消えた私の言葉を引き取った。

「俺は何も言ってないからな。醍醐を出したから、現地で合流してくれ。その時点で井本が在宅していれば、ドアをノック。醍醐が着く前に井本が外へ出たら、尾行開始だ」

「了解」

電話を切って、私はふっと息を吐いた。失踪課には私と法月、公子の三人だけ。

「オヤジさん、まだ時間がかかるようだったら、飯を食っておいて下さいよ」私自身もエネルギー補給の必要性を感じていた。

「外へ出られないんだ。電話待ちでね」

「携帯があるじゃないですか」

「相手が携帯を信用していないんだよ」信じられないとでも言いたげに、法月が首を振る。

「盗聴されるとでも思ってるんじゃないか」

「まさか」

「まったく、まさか、だよな」唇を歪めるように笑う。「だけどこっちは、あくまで情報を貰《もら》う立場だから。黙って相手の言う通りにするしかない」

「何か用意してきましょうか」公子が両手をデスクについて立ち上がる。こちらも疲労の色が濃い。

「大丈夫ですよ」手を挙げ、彼女の動きを制する。「それより公子さんこそ、もう引き上げて下さい。明日も通常業務はあるんだから」

「そうは言っても、心配だから。何かしていないと……とにかく、夕食ぐらいは調達しますよ」

「そうですか。じゃあ、お願いします」彼女も不安なのだ。体を動かしている方が安心できるだろう――そう判断して、夕食を任せることにした。

「公子さん、大丈夫かねえ」法月が心配そうに言って彼女の背中を見送る。

「何がですか？」

「いや、息子さんのことさ」そこにゴミでもついているかのように、人差し指で頰を引っかく。

「何か問題でも？」

「実はね、ちょっと難しい病気を抱えてるらしいんだ。詳しくは知らないんだけど、ちゃんとした介護が必要だそうで……」

「何歳なんですか」

「もう成人してるよ。二十一……二十二だったかな」

「知らなかったな。そんなに大変だったら、先に帰ってもらったのに」

「いや、何とか手は打ったんだろう。ご主人もいるし、本当に大変だったら黙っていないさ」

「でも公子さん、こういう時は結構無理するタイプじゃないですか」

「まあね」

私は胸の奥に、じわじわと不快感が染み出すのを感じた。自分に対する不快感。もっと仲間のことを知っておくべきなのだ。もしかしたら私は、依然として世界を拒絶したまま生きているのかもしれない。行方の知れない娘の存在に縛られ、周りにいる人間とちゃんとした関係を築きたくないと、無意識のうちに顔を背《そむ》けているのかもしれない。

――しっかりしてよね、パパ。

――綾奈？

今夜は声だけだった。法月の背中の方から聞こえてくる。

――何だよ、顔ぐらい見せろよ。

――たまにはこういうのもいいじゃない。

――何だか電話で話してるみたいだな。

――でも、一方通行だから。パパの方からはかけられないの。

――どうして。

――私にも分からない。でも、パパから話しかけてくれたこと、ないよね。

その言葉を最後に、綾奈の声は聞こえなくなった。思わず呼びかけようとして、慌てて言葉を呑みこむ。左手でデスクの端を握り締め、両足を踏ん張った。空調が効いているのに、いつの間にか額には嫌な汗が浮かんでいる。

「どうした？」法月が怪訝そうな顔つきで訊ねる。

「いや……何でもないです」白昼夢の内容を話すことに、何の意味があるのだろう。自分の事情を話せない——だから仲間の事情に踏み入れない。情報は常に、バーターで行き交うものなのだ。

私は、拳銃を持ったままどこかに身を潜めている真弓の存在に思いを馳せた。

8

「何なんすか、いきなり」

井本健太は、両手をジーンズのポケットに突っこんだまま、足をテーブルの下に投げ出してだらしなく姿勢を崩した。彼の横に控えた醍醐の顔が、見る見る白くなる。参考人でなく容疑者だったら、一喝《いっかつ》して椅子を蹴飛ばしているところだ。

「ちょっと聴きたいことがあるんだ」私は両手を組み合わせてテーブルに置いた。目がしばしばし、頭の芯《しん》には馴染《なじ》みの鈍い頭痛が居座っている。ズボンのポケットから錠剤を取り出して口に放りこみ、ぬるくなったお茶で飲み下した。

言葉が切れている間、井本を観察する。不貞腐《ふてくさ》れて捻じ曲がった分厚い唇。眼球が飛び出したように見える大きな目。顎には無精髭を蓄えているが、無精髭に見えるようにしているだけかもしれない。耳を覆う長さの髪は、天辺がぺったりと丸まり、裾がばらばらに広がっている。奇妙な髪型の原因であるキャップは、テーブルに乗っていた。広瀬と同じように、Tシャツにチェックのシャツを重ね着しているのだが、腰穿きした二サイズほど大きいジーンズが、何ともだらしない印象を与える。本来の膝が脛《すね》の辺りまで落ちてきているようだった。

「君は大学入学で東京に出て来たのか」

「だから？」

「鈴木美知さんとは山梨の高校の同級生？」

「さあね」

「つき合ってたんだろう」

「なに、その昔の話」

「今もつきまとってるんじゃないのか？」

「冗談じゃない」井本がテーブルの端を摑んで身を乗り出した。「何なんだよ、これ？ いきなり呼びつけて、変な因縁つけないで欲しいな」

「因縁じゃない。確認だ」

醍醐が背後に回って声をかけた。上から降ってくる雷のような響きに恐れをなしたのか、井本が少しだけ背中を丸める。そのタイミングを突いて、私は畳みかけた。

「君が鈴木美知さんに未練を持っているっていう話を聞いた。どうなんだ？」

「未練？　阿呆《あほ》らしい」吐き捨てたが、私と視線を合わせようとはしなかった。「何であんな女に」

「あんな女？」

井本の視線が揺らぐ。必死でしがみつくものを探しているようだが、何も見つけられない。

「振られたわけか」

「違う」

「振られたから未練を持ってるんじゃないのか？　そういうことは、男の方が引きずるもんだよな」

「警察には関係ないし」

「彼女、行方不明なんだぜ」

井本の顔が一瞬だけ引き攣り、目が細くなった。恐怖によるものかどうか、真意は読めない。私はもう一度両手を組み合わせ、彼の顔を正面から見据えた。

「何か知っているなら話してくれ。女性が一人行方不明になって、しかも彼女はストーカーの存在を意識していたという話がある。そうなると、男女関係を疑うのは当然だろう？

美知さんに今、つき合っている人がいるのは知ってるよな」

「つまらねえ男だよ」吐き捨て、自分の方がよほどましだと言外に臭わせる。

「よく知ってるみたいじゃないか」

「だから……」説明しようとして、井本が言葉を切った。俺は彼女を見ている。何でも知っている。そう言おうとしたのだろうが、それを言ったら追いこまれる可能性があると察したのだろう。

それにしても美知は、随分タイプの違う男とつき合うものだ。井本と広瀬、この二人の性格は正反対と言ってもいい。私が見抜いていないだけで、彼女が惹《ひ》かれる共通点があるのだろうか。

「どうなんだ？　美知さんのこと、今でも気になるんじゃないか」

「それは――」

「気になって、追いかけ回していたんじゃないのか」

「そんなことないって」

「喋るなら早い方がいい。そうじゃないと、後々面倒なことになるぞ」

「ふざけんなよ！」井本が両手を拳にしてテーブルに叩きつけたが、私がまったく動じないのを見て、背中を丸めてしまった。

「いいか、別れた――振られた女性に対して、いつまでも気持ちが燻《くすぶ》るのは当然だ。俺だって同情する。だけど、そこから先、行動に移すとなると話は別だぞ」

「そんなんじゃない」井本の声は消え入るようだった。

「じゃあ、何なんだ」

「見てただけだって」

「本当に？」

「あいつは……広瀬はぶん殴ってやりたいと思ったけど、美知は……」

広瀬の話を聞いた限り、美知は井本と別れてから広瀬とつき合うようになったのだと、私は思っていた。だが井本の憎しみが広瀬に向いているとなると、実際は違うのかもしれない。何だか頼りないタイプに見える広瀬が、実は井本と交際中の美知を強引に奪ったとか。

「あんなひょろひょろした奴とつき合ってるかと思うと、たまらないんだよ」

「分かるよ。だけど、こういうのはよくあることだから。誰だって、悔しい想いをしてるんだぜ。それで、美知さんはどこにいるんだ？」

「本気で俺が拉致ったとか思ってるんですか」井本が顔を上げた。眼球が潤み、目の端から涙が零れそうになっている。

「そこは、正直に話してくれないと。こっちは何でもいいから情報が欲しいんだ。君は彼女のことをよく見ていたんだろう？　広瀬さんや彼女の友だちも知らなかったことが見えていたんじゃないか？」

井本の体から一気に力が抜ける。それからはぼそぼそとだが素直に喋り始めたものの、美知の居場所につながる手がかりは出てこなかった。そしてなおも、自分はストーカーではない、と頑強に否認し続ける。嘘はついていないだろうと判断し、いつでも連絡が取れるようにと念押しして、帰すことにした。恒例で署の出入り口まで見送った後、井本と会う前よりも疲労感が募っているのを意識する。

失踪課の大部屋に戻ると、愛美が握り飯を頬張っていた。法月はどこかゆったりとした雰囲気を漂わせながら、味噌汁を啜っている。私は汁椀を口元に持っていく真似をした。

「公子さんですか？」

「お手製のお握りだよ」法月が、ラップが半分はがされた大皿を指差した。「わざわざ食堂で作ってきてくれたんだ」

「すいません、助かります」

公子に向かって頭を下げると、穏やかな笑みを返された。食欲はあまりないが、エネルギー補給はしておかなければならない。握り飯を手に取り、思い切り頬張った。すぐに梅干の塩気に行き当たる。それで猛然と食欲が刺激され、続けて二つ、腹に詰めこんだ。醍醐は既に三つ目に手を伸ばしている。

「元彼、駄目だったんですね」愛美がウエットティッシュで手を拭《ふ》きながら訊ねた。

「まあね」

「行き詰まりですか？」

「そう言うなよ」私は頭を振った。分かってはいても、他人の言葉で意識させられると疲れる。「まだ捜査は始まったばかりだ。勝負はこれからだよ」

「捜査と言えば、室長の方だが」法月が割りこんだ。「ここ一週間ほどの自宅の電話の通話記録が手に入ったぞ。一件だけ、電話がかかってきてる」

「そんなものでしょうね。今時、自宅の固定電話を使う人なんて、ほとんどいないはずだ」

「携帯からだったんだけど、残念ながら相手の素性は分からない」

「会社が違うと駄目ですか」

「まあ、そっちもちょっと探りを入れてるけどな」少し傷ついたように法月が唇を噛む。

「少し時間をくれ。こういう情報は、電話一本では取れないんだ」

「美知さんじゃないですよね」

「それはもうチェックした。残念ながら違う。ついでに言えばその電話番号にかけてみたけど、応答はなかった。ただ、室長が飛び出して行った月曜日の朝にかかってきてるのが引っかかる」

「それを先に言って下さい」

握り飯を三つ腹に収めて、取り敢えずエネルギー補給は完了した。思い出し、鈴木に電話をかけることにした。今朝別れたばかりなのに、随分昔のことのように思える。鈴木は待っていたかのようにすぐに電話に出た。さすがに不安になっているのだろう。期待を膨らませ過ぎないように、先に謝った。

「申し訳ありません。まだ娘さんの居場所は摑めないんです」

「そうですか……」盛大な溜息。「今日絵付けをしたものは、最低の出来になるでしょうね」

「一つ、確認したいんですが」

「ええ」

「美知さん、ストーカーの被害に遭っていると話していませんでしたか？」

「いえ、まったく。そういう話があるんですか」

「複数の証言がありますけど、具体的な状況が分からないんです」

「私は聞いてません」鈴木の声が硬くなった。

「それと、美知さんが高校生の頃につき合っていた男性、ご存じですか」

「ああ。ええと……」鈴木の声が暗くなった。知ってはいるが、父親として歓迎すべき相手ではなかったのだろう。

「井本健太君」話を進めるために助け舟を出した。

「そう、確かそんな名前でした。井本健太君ね……」とっくに忘れた、とでも言いたそうな口調だった。

「あまりお好きではない？」

「いや、その……偏見を持つわけじゃないけど、親から見るとね」

「さっき会いましたよ。私が親でも、娘とは交際させたくないな」その娘は、今ここにはいないのだが。「何というか、結構乱暴な男ですよね」

「そう、そもそも態度がなってないんです」鈴木の口調が熱を帯びた。不快な目に遭わされたことがあるのかもしれないし、「あんな男とつき合うな」と諫《いさ》めて、美知と口論になった可能性もある。

「別れたんですよね」

「私が別れさせたわけじゃないですよ」鈴木が慌てて弁明した。「自然消滅っていうんですか？　あの年頃だったら、そういうこともよくあるでしょう。お互いに人間的にも未完成だし、相手の本性を見極められる目もない」

「確かに、十代はいろいろと流動的ですよね。彼の方では、美知さんに未練たっぷりの様子でしたけど」

「まさか、彼が何か関係してるんじゃないでしょうね」鈴木が声を潜めた。

「今のところ、積極的に彼の関与を裏づける材料はありません。完全に関係ないと決まったわけでもないですけどね」

「容疑者ではないんですね」鈴木が念押しをした。

「少なくとも、彼の家には誰もいませんでした」それは醍醐たちが確認している。かなり強引に上がりこんで調べた、と聞いていた。本当なら注意すべき行動だが、この際、多少の無理は仕方がない。

「それにしてもけしからん話だ」鈴木の口調に怒りが滲む。

「お気持ちは分かりますけど、鈴木さんは動かないで下さいよ。井本さんの親御さん、今もそちらに住んでるんでしょう?」

「そうだと思いますよ。詳しいことは知りませんけど」

「殴りこみをかけたりしないように、自重して下さい」

「まさか」鈴木が力なく笑った。「私はそういうタイプじゃありません」

話しながら私は、鈴木と広瀬の共通点を意識していた。覇気がないというか、どこか達観しているというか……井本とは正反対だ。あるいは美知は、父親とは正反対の井本の乱暴なところに惹かれ、それに疲れて、父親とどことなく似ている広瀬に寄っていったのかもしれない。

「何か分かったらすぐに連絡します」この台詞を言うのも何度目になるだろう。狼少年になったような気分だった。

「お願いします。私はここから――この家から離れることはありませんから」疲れたように言って、鈴木が電話を切った。

　私は椅子に背中を預け、浅く腰かけ直して天井を仰いだ。まだ新しい、綺麗な天井。そこに答えがあるわけではなかったが、つい凝視してしまった。誰も言葉を発するでもなく、無言の時が流れていく。真弓の存在を改めて意識した。普段から自席にいることは少ないのだが、いないとなると存在感の大きさを思い知らされる。

　鳴り出した電話の音で沈黙が破られる。醍醐の携帯だった。話しているうちにすっと背筋が伸び、彼の口調が固くなる。それで、電話の相手はだいたい想像がついた。

「それでは、すぐに伺いますから。ご住所は？　そうですか。それでは三十分……一時間以内には行きます」

　電話を切ると、醍醐がこちらに視線を向けた。喋り出す前に、答えを言ってやる。

「横田彩さんか？」

「ええ」

「住所は」

「吉祥寺《きちじょうじ》です」詳しい所番地を口にする。

「私が行きます」

　早くも愛美が出撃態勢を整えていた。相手は若い女性……確かに、醍醐ではなく彼女を連れて行った方がいいだろう。何も指示していないのに、愛美は既に席を立って歩き始めていた。エネルギー補給を完了し、再びやる気に満ちている。彼女の若さに引っ張られるように、私は失踪課を出た。

吉祥寺――毎日通勤のために乗り換えるが、駅の外に出ることは滅多にない街だ。新宿《しんじゅく》や渋谷ほど騒がしくなく、落ち着いた繁華街なのだが、それでも四十六歳の男には少しばかり騒がしい。外で呑む習慣でもあれば別だが、家呑みがほとんどの私は、この街を歩き回ろうという気にはなれなかった。

横田彩は駅の北側に住んでいた。最短距離で彼女の家に行くには、繁華街を突っ切って行かねばならない。雨が降り出しそうでじめじめする不快な天気をものともせず、街は若者たちで賑《にぎ》わっていた。渋谷のセンター街ほどの乱雑さはないが、それでも歩きにくいことこの上ない。しかし愛美は気にする様子もなく、早足で人ごみを掻き分けるように前進し続けた。路地のように細いアーケード街を通り抜け、吉祥寺通りへ。吉祥寺東急を横目で見ながら進み、商工会館前の交差点まで来ると、ようやく人よりも車が目立ち始める。

ふっと息継ぎをして、愛美の横に並んだ。

「ああいうところを歩くのは疲れる」

愛美が一瞬顔を上げ、私を一瞥《いちべつ》した。

「年取った証拠ですね」

「お若い人は違うね」

皮肉をぶつけても、愛美は私の顔を見ようとしなかった。

「私はこの街に慣れてるだけです。よく来ますから」

「君の家は梅《うめ》ケ丘《おか》だろうが」

「歩きやすいんですよ、吉祥寺は。好きなんです」

「どうも意見が合わないな」

「合わなくても、私は別に困りませんけど」

吉祥寺の繁華街はぷつりと終わる。五日市《いつかいち》街道が繁華街と住宅地を区切っている形で、そこを渡ると途端に夜の闇が暗くなるのだ。車の量が多いので光の奔流は途切れないが、それでも静けさが支配的になる。五日市街道を渡った先の住宅地に入っても、彼女は私を先導するように、迷わず歩き続けた。休日に吉祥寺に遊びに来るのは分かるが、繁華街からこれほど離れたところにまで足を運ぶのだろうか。

彩は実家暮らしだった。一階部分がガレージになっている大きな家で、窓から灯りが漏れている。腕時計で時刻を確認してから、私はインタフォンを鳴らした。名乗り、彩の名前を出すと、すぐに本人が出て来る。百五十センチもなさそうな小柄な女性で、比較的背の低い愛美をも見上げる格好になった。黒いTシャツにジーンズという軽装で、サンダルを突っかけている。

「すいません、連絡するのが遅くなって」鈴を鳴らすような声だった。

「夜遅くに申し訳ありません。さっそくですが、お話を聞かせていただけますか」

「はい、どうぞ、上がって下さい」彩が玄関を大きく開け放つ。すぐに目についたのが、靴箱の上にかかった絵だった。黒を背景に、青と黄色の布を頭に巻いた少女。

「あなたの絵ですか?」

振り返った彩が、怪訝そうな視線を向けてきた。

「フェルメールの複製ですけど」

私は愛美に助けを求めたが、あっさり無視された。どうやら彼女にとっても、得意分野ではないらしい。

応接間に通されると、すぐに母親がお茶を運んできた。彩よりも母親の方が落ち着かない様子で、同席しても構わないだろうか、とおずおずと切り出してきた。

「ご心配なく。彩さんの問題ではありませんから」邪魔しないで欲しいと言外に匂わせると、彼女はすぐに消えていった。

彩は明らかに身を硬くして、ソファの上で固まっていた。母親がいれば助け舟になると思っていたのかもしれない。リラックスさせようと、愛美が柔らかい声で雑談から切り出した。

「美大は、就職は大変じゃないですか」

「はい？」予期していなかった質問なのか、彩の顔が強張った。

「いえ、そんな印象があるもので」

「そうですね、絵でご飯を食べていくのは大変です。デザイン事務所にでも入れれば御《おん》の字ですね」

「才能を生かす場が少ないんですね」

「というより、私の才能が少ないんだと思います」彩が寂しげな笑みを浮かべた。

「それにしても大きなお宅ですね」話に割りこみ、私は応接間の中を見回した。広いのもそうだが、一見シンプルに見えるインテリアにも相当金がかかっている様子である。私たちが座っているソファも、座面が心地好く張っており、肘掛けの部分もがっしりした木製だった。「あなた、アルバイトをする必要なんかないんじゃないですか」

「留学したいんです。せっかく絵の勉強をしているんで、どうしてもヨーロッパに……」

彩の顔に、愛嬌《あいきょう》のある笑みが浮かんだ。それと反比例するように、声を潜める。「父親が、あまり美術に理解のある人じゃないんです。そんなことで飯は食えないっていうのが口癖なんですよ。だから留学費用なんて、絶対に出してくれそうもなくて。自分で何とかしなくちゃいけないから、バイトしているんです」

「立派な考えだと思いますよ」自分の怠惰《たいだ》な学生時代を思い出した。酒を呑むか寝ているか、友人たちと馬鹿話をしているか、ほとんどそういうことしか記憶にない。「そのバイト先で、鈴木美知さんと一緒だったんですね」

「はい」本題に入ったのを意識したのか、彩がぴしりと背筋を伸ばす。

「よく知ってますよね」

「ええ。同い年ですし。美知ちゃん、うちへ遊びに来たこともあります」

「なるほど」

「あの……行方不明って本当なんですか？」

「残念ながら。今のところ、どこにいるのかまったく分からないんです」

「そんな……」彩が唇を噛んだ。

「最後に会ったのはいつですか？」

「先々週の土曜日です。美知はバイトで、私は当番じゃなかったんですけど、近くまで行ったんで、終わった後に一緒にご飯を食べて」

「その時、どんな様子でしたか」

「いつもと変わらない感じでした。美知ちゃん、あまり感情の変化が顔に出ないタイプだから」

その辺り、美知はやはり母親の真弓と似ているのかもしれない。真弓も、どんな状況でも平然としている。言葉が辛辣《しんらつ》になるのはしばしばだが、そういう時も本当に怒ったり焦ったりしているわけではない。彼女が被っている仮面は、よほど分厚いのだろう。

「でも、実際には変化はあるはずですよ。感情の動きがない人間なんて、いないんだから。何か、変わった話は出ませんでしたか」

「そういえば、誰かに見られているような気がするって言ってましたけど」

再び、ストーカーの情報。美知が不安を感じていたのは間違いないのだ。問題は、その不安の核に、私たちがまだ辿り着かないことである。もしも誰かがもう一押しして聞いていれば、美知は不安な本音《ほんね》をぶちまけていたかもしれない。

「それが誰なのか、分かりますか」

「そこまでは」彩が小首を傾げた。「でも、男の人じゃないかな」

「どうしてそう思います？」

「同性に見られても、そんなに意識しませんよ」同意を求めるように愛美に視線を向ける。愛美がうなずいたが、どこか義務的だった。必ずしも彩に賛同しているわけではないらしい。

念のため、私は井本の背格好を説明したが、彩には思い当たる節がなかった。

「場所はどうでしょう。どこでそういう視線を感じたのか……」

「学校じゃないと思います。バイトの帰りとか、ですね」

「深刻な様子でしたか？」

「気持ち悪いとは言ってましたけど、警察に相談するほど心配はしてない様子でした」

「変な話ですけど、美知さんは神経質な人でしたか？」

「はい？」訳が分からないと言いたげに、彩が首を傾げる。

「そういうこと、異常に気にする人がいるでしょう。怖がりというか……」

「ああ、それはないです」彩の顔に薄《うっす》らと笑みが浮かんだ。「どっちかって言うと、度胸がある方じゃないかな。一度、センター街でご飯を食べて遅くなった時に、絡まれたことがあるんです」

「ナンパですか？」

「たぶん。でも、どうかな……相手が美知だと分かっていて声をかけてきたのかもしれません」

「どういうことですか？」

「何か、そんな口調だったんです。馴れ馴れしいっていうか」

「それで美知さんは？」

「『消えろ、デブ』って……確かに相手の子、明らかに肥満でしたけどね」彩の顔がわずかに緩んだ。

「危ないなあ」私は眉をひそめた。「その程度でも切れる人間は、今はいくらでもいますよ」

「交番の近くだったんです。あの、宇田川町《うだがわちょう》の交番」

「ああ」センター街の外れにあり、渋谷中央署管内で一番忙しいといわれる交番だ。

「追いかけて来たんですけど、すぐに交番の前まで走って逃げて。駆けこんだんじゃないんですけど、交番の前で腕組みをして立っていれば、変な因縁はつけられませんよね。十分近くそうしてたんで、お巡りさんに声をかけられましたけど」

「何て？」

「何かあったのかって。それはそうですよね。別にお巡りさんに助けを求めたわけでも、誰かと待ち合わせしてるわけでもなくて、腕組みしたまま両足を踏ん張って、辺りを睨んでるんですから」

「それは確かに、妙な光景だったでしょうね」私は軽い笑い声を上げたが、内心は真剣なままだった。このトラブル——トラブルと言っていいかどうか分からなかったが——は、交番の記録に残っているかもしれない。「無事に逃げられたんですか」

「ええ。向こうだってそんなに暇じゃなかったんでしょうね。変わった子っていうか、危ない子だって思ったかもしれないし」

「そうかもしれません」しかし、危ないことを。繁華街では何が起きるか分からないのだ。実際毎晩、「まさかこんなことで」と思われるような状況で事件が起きている。「それはいつ頃ですか」

「半年ぐらい前……冬でした」

「その件はその後、何にもなかった？」

「ええ。すっかり笑い話になりました。私はその後もずっと、怖かったですけどね。大変だったんですよ、美知ちゃん、あの時携帯を落としちゃって」

「携帯？」愛美が素早く反応した。

「ええ、逃げる時に」彩が怪訝そうな表情を浮かべる。

「見つかったんですか」

「駄目でした。すぐに契約は解除したんで、変な被害はなかったはずですけど」

「そうですか」目を伏せ、愛美が手帳に忙《せわ》しなく書きつけた。彼女の考えは手に取るように分かる。美知に拒絶された相手が携帯を拾い、今になって脅迫してきたとか……可能性は低いが、あり得ない話ではない。その電話がどうなったか、追跡できるだろうか。実質的に廃棄《はいき》された形になるわけで、いくら法月でもそこまでは調べられないだろう。しかし、無視するわけにもいかない。

「先々週の土曜日のことなんですけど、ストーカーについて、もう少し具体的な話は出ませんでしたか？」

「私は結構しつこく聞いたんですけど、美知ちゃん、『気のせいだろうから』って言って、自分で話を打ち切っちゃったんです」

本当は気にしていたのではないか。周りの人間はかなりその話を知っている。不安なことがあると、どうしても自分の胸の中だけに留めておけなくなるものだ。

「分かりました。何か思い出したら連絡してもらえますか」

「ええ。でも美知ちゃん、大丈夫なんですか」

「それは今のところ、何とも」首を振る。彼女を不安にさせただけではないか、とこちらが不安になった。

「捜査の秘密だから言えない」と、とにかく秘密を貫くタイプの刑事がいる。私もかつてはそうだったが、失踪課に来てからは、差し障りのない範囲で状況を話すようにしている。そうすることで、事情を聴いている相手も事態を把握《はあく》できるし、記憶が戻ってくることも多いからだ。だが今は、話してやるだけの材料もない。自分のふがいなさに腹が立ってきた。

「早く見つけてあげて下さい」彩が小さな両手をきつく握り合わせる。「美知ちゃん、凄《すご》く強く見えるんだけど、本当は弱いんですよ。そういうのを人に見せたくなくて、強く振る舞ってるだけなんです」

それも真弓の血を受け継いだ部分なのだろうか、と私は訝《いぶか》った。

「携帯電話、ですか」鈴木の声に疑念が混じった。あまりにもしばしば確認を求められるので、私を無能だと思っているのかもしれない。実際、今の段階ではとても有能とは言えなかったが。

「そうです。半年ぐらい前になくしたそうなんですが」

「ああ、そうですね。確かにそういうことはありました」鈴木の声は明確になった。「何でも繁華街で落として、見つからなくなったとか」

「買い換えてあげたんですか？」

「自分が悪いんだから自分で買い換えるって言ってましたよ。二、三日してからまた電話がかかってきて、新しい番号を教えてくれましたけどね……それが今の携帯の番号です。だけどその件が、何か問題なんですか」

「携帯電話は情報の宝庫ですから。拾った人間が、美知さんの個人情報を手に入れたのかもしれない」

「でも、半年も前の話ですよ」

「半年前でも一年前でも、あまり関係ないと思います。何かやろうと思ったら……」私は口をつぐんだ。これでは鈴木を不安にさせるだけである。「とにかく携帯を拾った人がいるかもしれない、という状況は無視できません」

「でも、半年も前に落とした携帯のことが今になって分かるんですか？　結局見つからなかったわけでしょう」

「そうですね。ちなみに美知さんの知り合いで、太った男性はいませんか？」

「それじゃ絞りようがない」鈴木の声に苛立ちが混じった。

「昔の同級生とか」

「どうかな。ちょっと記憶にないですね。その相手が何かしたんですか」

「繁華街で、美知さんに声をかけて追いかけたんですよ。それで美知さんは、逃げる時に携帯を落としてしまったらしいんです」

「だけど、そんな古い話で……」

「すいません。不安にさせただけですね。確かにそれだけ古い話だと、正直言って、今さら手がかりになるかどうかも分かりません」

「そうですか……」鈴木が深々と溜息を吐いた。「私もちょっと調べてみます。昔のＰＴＡの知り合いがいますから」

ＰＴＡか。普通は母親が出て行くものだが、鈴木の家では父親がその役目を担っていたのだろう。真弓は本当に家庭を顧みなかったのだ、と痛感する。家庭が崩壊するまで仕事に没入して、彼女は何を得たのだろう。どんな人間でも、仕事と私生活のバランスを取ろうと努力するものではないか――自分のことを棚にあげ、私は真弓に対して憤慨していた。

「よろしくお願いします。何か分かったら、また連絡しますから」

「いつでも構いません」鈴木が言葉に力をこめた。「私はここにいます。この家で美知の帰りを待っていますから」

　鈴木の穏やかな言い方が、私の胸に食いこんだ。激烈な非難よりも、静かに諭された方が痛みがきつく食いこむこともある。

　電話を切って歩き出した瞬間、また電話が鳴り出した。サブディスプレイには「六条」の名前が浮かんでいる。やっときたか。随分長くかかったものだが……。

「私、どうすればいいですか」いきなり不満たらたらの声。

「今どこにいるんだ？」

「新宿です。もう、こんなところ……」あのごみごみした雰囲気が肌に合わないのだろう。

「帰っていいですか？」

「ちょっと待て。報告があるから電話してきたんじゃないのか」

「あるけど、明日じゃ駄目ですか。電話で話してもいいんですけど」

「駄目。とにかくそっちへ行くから、待っててくれ」

　場所を確認し、電話を切る。様子を窺《うかが》っていた愛美が、唇を歪めて「六条さんですか」と訊ねた。

「ああ。今新宿にいるそうだ」

「行くんですか？」

「それぐらい、向こうに合わせてやろうよ。六条の家は……」

「確か、南青山《みなみあおやま》です」

「それはまた随分、高級住宅地だ」

「別に六条さんが偉いんじゃないですけどね」愛美が肩をすくめる。

「そもそもあいつ、何で警察なんかに入ったのかな」父親は厚労省の高級官僚、母親は製薬会社の創業者一族の出。その娘が警視庁の警察官というのは、どう考えてもバランスを欠いているが、今まで、「どうして警察官になったんだ」と訊ねる機会はなかった。

「それは永遠の謎ですね」

「俺たちはお互いに、謎だらけだな。まだチームになってないってことか」

「プライベートなことが分からなくても、ちゃんと仕事はできますよ。今までだってそうしてきたじゃないですか」

「やっぱりあれか、最近の若い連中はプライベートな部分と仕事はきっちり分けるのか」

「私の場合、そもそもプライベートな部分で話すことがないだけです」

「まさか」

「高城さんも同じじゃないですか」

　ずばり指摘されると、返す言葉もなかった。愛美は否定するだろうが、相手に反論の隙さえ与えないやり方に、真弓の影響があるのは間違いない。

# 9

家電量販店と呑み屋がごちゃごちゃと入り混じる新宿駅西口の一角で、舞はこれ以上ないほど不貞腐れた表情を浮かべ、腕を組んでビルの壁によりかかっていた。そんなところに背中をくっつけていると、高そうな服が汚れるのに……苦笑しながら、私は歩調を速めた。酔っ払った若いサラリーマンの二人組が、舞に声をかけている。彼女の顔が見る間に怒りで白くなるのが分かった。

「六条！」大声を上げると、二人組が同時にこちらを見る。さらに愛美がやけに明るい声で「お待たせ」と言うと、何事かつぶやきながら、そそくさとその場を離れていった。

「遅いですよ」声をかけてきた男たちに対する怒りを私に転嫁するように、舞が苛立ちをぶつけてきた。

「悪い。吉祥寺にいたんだけどね……今の二人は？」

「ただのナンパですよ。バッジを見せて追い払ってやろうと思ったのに」舞が頰を膨らませる。

まあ、顔だけ見たら声もかけたくなるだろうからな……私は苦笑しながら、近くのコーヒーショップに彼女を誘った。少しアルコールが入っているのだろう、わずかだが顔が赤い。舞はアイスミルクティーを頼み、息も継がずに半分ほどを吸い上げると、ふっと溜息を吐いて不満を漏らした。

「薄い」

呆気《あっけ》に取られたように、愛美が舞の顔を見詰める。こんな店でお茶の味を期待しても仕方ないのに、とでも言いたそうだった。

「それで、どうだったんだ？」

「リストを作りました」舞が、手帳を破いて作ったメモをテーブルに置いた。「中野東署時代に室長が担当した事件です。もちろん抜けはあると思いますけど」

「室長、えらく張り切ってたんだな」

メモは、ボールペンの黒い字でみっしり埋まっていた。

「この時だけじゃないでしょう？　いつでも一生懸命な人ですからね」普通に喋っていても、舞の口調は茶化して聞こえる。

管内のコンビニで悪質な万引きを繰り返していた高校生のグループを検挙した事案。中学生同士の乱闘事件で、十五人を逮捕した事案。学校の中でドラッグを売っていた女子高生を逮捕した事案。どれもこれも、目を覆いたくなる事件だ。子どもが絡むと、同じような事件でも悲惨さが違ってくる。

「じゃあ、私はもうこれでいいですか？」舞が腕時計を見ながら、落ち着きなく言った。

「ああ、悪いな。今日は引き上げてくれ……その前に」

「ええー、まだ何かあるんですか？」唇をへの字に曲げ、舞が露骨に文句を言った。

「この中で、室長が犯人の恨みを買いそうな事案はあるだろうか。君の個人的な感触でいいんだけど」

「分かりませんよ、そんなの」

「おいおい、話を聴いたんだろう？　聴けば何かを考えるのが普通だぜ」

「そんなつもりで聴いてないですもん」

漏れ出そうになる溜息を何とか嚙み殺した。先ほど自分で口にした疑問が脳裏に蘇る。何で彼女は警察にいるのか……。

「あの、本当に、もういいですか？　遅いんで」

「ああ、引き止めて悪かったな」手首をひっくり返して腕時計を見る。「お疲れ様。ここからだとどうやって帰るんだ？」

「新宿通りから明治《めいじ》通りに出て……」

「電車じゃないのか」

「もうすぐ十時ですよ？　電車はあり得ないでしょう。タクシーを拾います」

「まさか、いつもそうなのか?」私は思わず目をむいた。

「だって、十時近いじゃないですか」

まったく理由になっていない。しかしこれ以上突っこむ気にもなれなかった。彼女は根本的に、私とは違う世界に生きる人間なのだろう。舞がバッグを手に取り、立ち上がろうとした。

「ちょっと待て」私はメモから顔を上げた。

「何ですか」舞が露骨に嫌そうな表情を浮かべる。

「この、『コロンバイン校事件』って何だ?」アメリカの高校での銃乱射事件の通称である。それがどうしてここに?

「知らないんですか?」呆気に取られたように舞が肩をすくめた。

「俺は何でも知ってるわけじゃないよ。知らないことの方が多い」

「殺人予備。容疑者は高校生二人です」愛美が助け舟を出してくれた。ちらりと横を見ると、カフェオレのカップを口元に持っていく途中で、湯気の向こうで素っ気ない表情が揺らめいている。

「何だ、それ」

「本当に知らないんですか」愛美も呆れたような口調になった。

肩をすくめるしかなかった。もしかしたら、空白の七年——娘の綾奈がいなくなってから失踪課に異動してくるまでの七年間に起きた事件かもしれない。あの一件に巻きこまれるまでの私は、自分に直接関係のない事件にも気を配っていた。若い頃、それこそインターネットが普及していなかった時代には、事件の種類別にスクラップブックまで作っていたことがある。しかしあの七年間に起きた事件については、ほとんど記憶がない。

「爆弾事件ですよ。高校生の二人組が爆弾を作って、教室を爆破しようとした事件。直前にばれて、二人とも殺人予備で逮捕されたんです」

「ああ」霧の中に、かすかに事件の枠が見えた。確かに大きく——週刊誌などでは、相当スキャンダラスに報道された記憶がある。あれは真弓が手がけた事件だったのか……十三人もが射殺された事件を引き合いに出されるほど、衝撃的だったということだろう。「何年前だ？」

「五年前、じゃないですか、確か」

「なるほど」酒浸《さけびた》りの七年間の只中だった。覚えているわけがないと自分では納得できたが、それで許されるものではない。だが、失態を嚙み締めているうちに、次第に疑念が浮かび上がってきた。

この事件の犯人はどうなっているのだろう。当時高校生だとすれば、今はもう成人している。逮捕され、刑に服したとしても、既に社会復帰していてもおかしくはない。少年院に入っている最中も、自分たちの自由を奪った真弓に対する恨みを持ち続けていたとしたらどうなるだろう。自由になったと同時に復讐を考える？　あり得ない話ではない。恨みを完全に忘れるには、五年という歳月は短いかもしれない。

残念なことに、刑務所も少年院も、人の本質を変えることはできない。「矯正」と言われるが、実際にはその人間の心に潜む悪を増幅させてしまうこともあるのだ。ああいう場所には、罪を犯した人間ばかりが入っている。中には心から反省して改心する人間もいるだろうが、泥から生まれて泥に帰るような人間の割合は当然、実社会よりも多い。結果、悪い影響を受けて社会に戻って来るケースも珍しくないのだ。

私は無意識に唾《つば》を呑んだ。警察官とて、完全な存在ではない。むしろ欠陥だらけと言ってもいい。真弓も例外ではないのだ。彼女の高圧的な態度、理詰めで相手を精神的に追い詰めるやり口――そういうものに反発を抱き、夜中にふっと目を覚ましては、脂汗を滲ませた場面を思い出す人間もいるのではないか。それが復讐の念に昇華したら……。

「高城さん、帰りますけど？」舞が念押しするように言った。

「あ？　ああ、お疲れ」

「室長、どこへ行っちゃったんでしょうね」

このリストを見ても何とも思わないのか。そう問いかけたかったが、舞は既に店の出入り口に向かっていた。

「この事件に引っかかったんですね」

愛美が鋭く指摘した。だが、生クリームが唇の端についているので、何ともしまらない雰囲気になっている。カロリー補給が必要だからと、舞が帰った直後に愛美がケーキを追加注文したのは覚えている。だがそこから先、声をかけられるまで、私の記憶は飛んでいた。アルコールに溺れていた時に、よくこういうことがあった。ある瞬間の出来事は覚えているのに、次の記憶は数十分、あるいは数時間後の出来事だったりする。あの時と同じ恐怖が今、私を襲う。

「まさかとは思うけど……」

「やっぱり復讐、ですか」愛美が目を細める。

「考えられないことじゃない」固執するなという法月の忠告を思い出しながら、私は認めた。

「私もそう思いました」

「そうか」脂の浮いた顔を思い切り擦る。あまりにも不快な感触に、紙ナプキンで顔全体を拭う。「少し調べてみるか」

「ええ。少年事件ですから、いろいろ厄介かもしれませんけど」

「でも、あれだけ騒がれた事件だぞ」自分の記憶にはないのを棚に上げて私は言った。

「話を聴ける人ぐらい、いくらでもいるだろう」

「警察の中の人は駄目ですよ。今日、六条さんを中野東署の人に会わせたのだって、かなり危なかったんです。あまり派手に動き回ると、こっちの動きが外に漏れてしまいますよ」

「そこは何とか考えよう」紙ナプキンをくしゃくしゃに丸め、テーブルに放り出す。愛美が露骨に嫌そうな顔をした。「あと一日半しかないんだから」

「でも、この時間じゃ、もう動きようがないですよ」愛美が左手首の時計に視線を落とし、時刻を確認した。

「そうだな……取り敢えず、君は引き上げてくれ。他の連中も撤収させよう。明日の朝から巻き直しだ」

「高城さんは？　まさか、また失踪課に泊まるつもりじゃないでしょうね」愛美が鼻に皺を寄せた。

「今日は泊まる理由が十分あると思うけど」

「よして下さい」愛美が思い切り顔をしかめる。「高城さんが泊まった後って、何だか空気が淀んでるんですよ」

「加齢臭かよ」

「それがどういう臭いか、私は知りませんけど……今夜、まだやることがあるんですか？」

「ああ」自分の中でもまだ考えがまとまったわけではないが、愛美には見抜かれているようだ。

「私は必要ないんですか」

「ない。特に危険でも面倒でもない仕事だから」

「そうですか」悔しそうに愛美が唇を噛んだ。自分だけ取り残されると思っているのかもしれないが、全員が全員、全速力で突っ走って疲れきってしまうのは、非効率以外の何物でもない。そしてこれから私に待っているのは、疲れる以外何もない仕事だ。危険はないが、多少精神が汚染される恐れはある。愛美を巻きこむわけにはいかなかった。だいぶ経験を積んではきたが、彼女もまだ、毒に当たってまともでいられるほど丈夫ではないはずだ。


「こんな時間に珍しいな」

「こんな時間だからだよ。お前が暇になるのは夜ぐらいだろうが。だけどお前こそ、仕事は大丈夫なのか？」私は池袋《いけぶくろ》の捜査本部にいた長野を引っ張り出していた。

「ああ、もう楽勝だよ、今回は」にやにや笑って長野が言い切った。「実際は捜査本部にする必要もなかったんだ。ほとんど犯人は割れてたからな。こういう簡単な事件に俺を引っ張り出さないで欲しいよ」

「ウサギを狩るのに、ライオンを野に放つようなものだな」

「それは買い被り過ぎだ」長野が豪快に笑った。本当は、窃盗犯《せっとうはん》を捕まえるのにＩＣＢＭを打ちこむにも等しい、ぐらいに思っているのかもしれない。

私の同期にして捜査一課の係長である長野は、事件を食べて生きている男である。人の事件にも平気で首を突っこんでいくので嫌われているが、彼の率いる刑事たちが、高い確率で事件を解決しているのは間違いない。今はたまたま、池袋で起きた薬物絡みの殺人事件の捜査本部に入っていたので、近くのファミリーレストランに誘ったのだ。この男から話が広まってしまうかもしれない、という危険は承知の上で。

「捜査本部じゃなければ、酒を奢《おご》るところだけどな」

「ああ、いいんだ。ちょうど今夜は飯を食い損ねたし……さて、ステーキにするか」童顔に似合わない、腹が丸く突き出た体形。しかし本人はそれを気にする様子もない。テンションの高さを見れば、体調が万全なのはよく分かる。

「相変わらず元気だな、お前は」私は思わず苦笑した。握り飯を食べただけなので少し腹が減っているが、とてもステーキを食べる気にはなれない。むしろアルコールが恋しかったが、この店には強い酒がなかった。ビールは置いてあるが、あれは腹が膨れるだけで、いつまで経っても好きになれない。仕方なしにアイスコーヒーとミックスサンドウィッチにした。

「そいつは女子どもの食べ物だね」長野が鼻を鳴らす。

「今はそんなことを言うと、すぐに『差別だ』って騒がれるぞ」

「ここには俺とお前しかいないじゃないか」ウエイトレスの姿を視界に捉え、長野が思い切り高く手を差し上げた。注文を終えると、すぐに用件を切り出す。「それで？　こんな時間に飯を食いながら話すってのも珍しいよな。しかも、どうでもいい事件ではあるけど、俺は一応捜査本部に入ってる。急ぎの用件なんだな？」

長野の美徳の一つがこれだ。話が早い。同期で気の合う仲間というせいもあるが、とにかく勘が鋭いのだ。私は水を一口飲み、さりげない調子で切り出した。

「日本のコロンバイン校事件」

「ああ？」長野が目を見開いた。「それがどうした」

「覚えてるか？」

「当たり前じゃないか」長野が、がくがくと首を折るように二度うなずく。覚えていないわけがない。この男は暇さえあれば——そんな時は滅多になかったが——過去の事件をチェックしているのだ。資料にするためではなく、単なる趣味として。「あれだけ騒がれた事件だぜ？　新聞もテレビも毎日大騒ぎだった」

「よく知らないんだ」

「ああ——そうか」長野の表情に影が落ちた。発生時期を思い出し、私が半分死んだようになっていた頃の事件だと分かったのだろう。「とにかくすごかったよ。特に週刊誌はひどかった。犯人の実名を出して報道しようかという動きさえあったみたいだからな」

「週刊誌はそんなものだろう。要は、いじめに対する仕返しとして、教室に爆弾をしかけようとした事件だよな？」

「物凄く簡単にまとめれば、そういうことになる」言葉を切り、長野が両手を握り合わせた。首を伸ばすようにして、私の顔を覗きこむ。「一つ、聞いていいか」

「何だ」来た、と私は身構えた。あまりにも唐突な誘いであり、無条件で長野から話を聞き出せるわけはないと、覚悟はしている。

「どうしてそんなことを調べてる？」

「調べてるってほどじゃないさ」私は肩をすくめて惚《とぼ》けた。「今やってる捜査の関係で、ちょっとこの事件の話が出てきてね」

「どんな文脈で？」

「文脈？　お前の口からそんな難しい台詞が出るとは思わなかったな」

「茶化すな」長野が口元を綻ばせたが、目は笑っていなかった。「唐突過ぎるんだよ、お前の話は」

「その舞台になった高校——そこの元生徒の関係なんだ」

「事件の関係者なのか？」

「そういうわけじゃない」私は口から出任せを続けた。「事件の犯人二人と交友関係があった人間を探してるんだ。その捜査をする中で出てきた話でね。俺が何もしていない時期の事件だったから、残念ながら全然覚えてないんだ。それでお前の記憶力に頼ることにした。詳しい話を聞きたい」

長野が口をつぐみ、渋い表情でうなずく。私は心の中で綾奈に手を合わせた。あの頃——長野を筆頭に、仲間の刑事たちは勤務時間外の自分の時間を使ってまで、綾奈の捜索に手を貸してくれた。私たち夫婦が抜け殻のようになり、何もできない時に。あの時の私たちをよく知っているからこそ、この話を持ち出すと、長野は何も言えなくなる。いわば綾奈をダシに使った形だ。

「そうだねえ」長野がゆっくりと顎を撫でた。「俺が直接担当したわけじゃないし、少年事件だから表に出ない話も多かった……あくまで間接的に聞いた話だぜ。新聞や雑誌の記事レベルだと思ってくれ」

「ああ」

「背景には確かにいじめがあった。暴力沙汰、カツアゲ……よくあるパターンだけど、犯人の二人はとうとう耐えられなくなったんだろうな。手製の爆弾を作って教室にしかけて、朝のホームルームの時間に爆発させる計画を練っていたらしい」

「高校生が爆弾か」概要は分かっていたのに、長野の口から聞かされると、顔から血が引くのを感じた。「そんなこと、本当にできるのかな」

「爆弾の作り方なんて、ネットでいくらでも調べられるさ。実際、爆弾はほとんど完成していたんだ。後はタイマーのセッティングを煮詰めて、教室に持ちこんでドカン、という段階までできていたらしい。後で解析してみたら、間違いなく爆発する代物だったらしいよ」

「威力は？」

「殺傷能力は十分にあった、という話だ」

私は冷たいものが背筋を這《は》い上《あ》がるのを感じた。狭い教室の中で本当に爆弾が炸裂《さくれつ》していたら、怪我人《けがにん》の一人や二人では済まなかっただろう。

「しかし、作り方はともかく、材料がよく手に入ったな」

「それも何とかなるもんだよ。悲しいのはな、その材料を手にいれるために、二人が必死でバイトしていたということさ。二人はカツアゲされていたんだが、その金を稼ぐためにバイトをやっていたんだ。家の金を持ち出すにも限界があったんだろうな。そして爆弾の材料集めのために、さらにバイトの時間を増やしたらしい。それで学校も休みがちになっていたそうだ」

「確かに滅茶苦茶だな……そんなにひどいいじめだったら、学校なんか辞めてしまえばよかったのに」

「そうもいかなかったんだろう。二人が通っていたのは、確か普通の公立校だぜ？　私立に通わせるぐらい財力のある親ならともかく、高校に入り直すのはかなりきついよ。とにかく金が余計にかかるわけだし。もしもいじめの対象が二人じゃなくて一人だったら、辞めてたかもしれないな。お互いに支え合っていたんだろう。実際、中学時代からの同級生だったらしいから」

「相当追い詰められてたんだな」

「ああ。脅し取られていた額は、それぞれ数十万円だったそうだぜ」

高校生にとっては一万円でもきつい。それに暴力が加わったら、仕返し——抹殺してやろうというどす黒い気持ちが芽生えても不思議ではない。

「二人だからこそ、暴走したとも考えられるな」

「俺とお前みたいにか？」長野がにやにやしながら私を指差した。

「それはお前の妄想だ。もしも暴走していたら、お前は捜査一課にはいられない。お前の場合は『暴走』じゃなくて、『強引』の範囲内なんだよ」

「ふん」長野が唇を尖らせた。「暴走したという伝説があった方が、何かと役に立つんだがね」

「俺は、嘘は言えないね」

「上手な嘘をつくのも、刑事の才覚のうちだぜ」

いつの間にか話が軽い方向に流れたので、少しだけほっとした。水をもう一口飲み、煙草に火を点ける。吸い過ぎのまま一日が終わろうとしており、喉の奥がいがらっぽい。質問を続けようとした瞬間に、音を立ててステーキが運ばれてきた。長野が嬉しそうに揉み手をしながら皿を見詰める。ステーキの上にはレモンバター。つけ合わせはベークドポテトで、大きなバターが溶けて滑り落ちそうになっていた。彩《いろどり》のクレソンは、鉄板の熱で早くもしおれている。長野がさっそくナイフとフォークを取り上げ、ステーキを攻略し始めた。一口食べて顔をしかめ、卓上の塩をばさばさと振りかける。改めて口に押しこんで、今度は満足そうな笑みを浮かべた。

「お前、脂肪とか塩分についてどう考えてるんだ」

「俺の辞書に、そういう言葉はない」

元気なのだから私が文句を言う筋合いもないが、彼の食べっぷりは、私の食欲を奪う効果があった。サンドウィッチを一切れ食べただけで皿を脇に押しやり、アイスコーヒーを啜る。長野は食べるのが早い。それは分かっていたので、食事が終わるまで沈黙を貫くことにした。新しい煙草に火を点け、窓ガラスに向かって煙を吐き出す。広がる煙幕の向こうに、ガラスに写りこむ疲れた中年男の顔が見えた。

「さて」ベークドポテトまで全て平らげ、長野が満足そうに吐息を漏らした。「話の続きだ」

「少しぐらい食休みしろよ」

「体を動かすわけじゃないから。喋ってる分にはエネルギーは使わない」妙な理屈をまくしたてながら、長野が紙ナプキンで口の端を拭った。「とにかく犯行直前に事件が発覚して、少年二人は殺人予備と爆取（爆発物取締罰則）違反の容疑で逮捕された。最終的に、少年院送りになってるはずだ」

「いじめていた方は？」

「それは知らない」

「恐喝だろうが」

「ただし、被害者でもある」

「実質的な被害はなかったんだぜ？　怪我したわけでもないし」

「精神的な被害ってところかな」長野がステーキの皿を脇に押しやった。「殺されるかもしれないという恐怖を味わった、ということになる」

「どっちにしろ、ひどい話だ」

「お前が同情的になるのは分かるけど、捜査はそんなものだろう……いや、はっきりとは分からないけどな。俺が自分で調べたわけじゃないし」

「直接動機につながる部分だぜ？　そこまではっきりさせるのが刑事の仕事じゃないのか」

「おいおい、こんな話に何か意味があるのか？　本当に、お前の方の捜査に関係あるんだろうな」

「もちろん」胸を張って答えながらも、私は硬い果実の種のような不安を抱えていた。関係ある？　まったく分からない。「俺には手抜きに思えるけど、当時の捜査に問題はなかったんだろうな」

「そう聞いてるよ。少年課と所轄が中心になってやったと思うけど、手早く、過不足なく、少年事件の捜査としてはお手本みたいだったはずだ……ああ、そういえば」長野が大袈裟に膝を打った。「お前のところの阿比留室長、この件の捜査を担当してたはずだぜ。あの頃は、中野東署の少年係長だった」

「そうだったかな？」私は慎重に首を捻った。角度が浅からず深からず見えるように。

「あの人、自分のことは何も話さないからな」

「まあ、お前に話したって何にもならないだろうしな」長野が苦笑した。「あの人が自分の手柄をアピールするのは、人事権を持っている上の人に対してだけじゃないか？　部下に自慢しても、一文の得にもならない」

「そりゃそうだ」

「詳しい話なら、阿比留さんに直接聞けばいいじゃないか。仕事で必要なことなら、自慢話じゃなくて事務的に話すだろう」

「今、いないんだよ」ここはより慎重にだぞ、と私は自分に言い聞かせた。「インフルエンザで休んでるんだ」

「こんな時期にか？」長野が目を細める。

「新型らしい」

「あらあら」呑気な口調と裏腹に、長野が顔をしかめた。「あの人でもインフルエンザにかかるのかね。ウイルスの方で逃げていきそうな感じがするけど」

「室長も人の子だよ」そして人の親でもある。「そういうわけで、今週はまだ一度も会ってない。日曜の夜に悪化したらしいんだ。木曜日には査察があるから、それまでに治ってくれないと困るんだけどね」

「ああ、失踪課の査察ね」長野がにやにやと笑った。「石垣課長、細かそうだよな」

「あの人はうちの分室が嫌いだから、気をつけていないと、何を言われるか分からない。病欠だって、因縁をつける理由になりかねないからな」

「まったくだ。しかし、あの事件ねえ……」長野が拳で顎を押し上げながら、壁の高い位置を見詰める。「そういえば阿比留さんは、あの事件を無事解決して一課に異動してきたんだよな」

「お土産《みやげ》つきで異動、というわけか」

「事件自体はショッキングなものだったけど、捜査はそれほど難しくなかったはずだ。でかい事件を手がければ、評価は高くなるよな？　その波に上手く乗っかったということなんだろう。阿比留さん、その前からずっと捜査一課に異動の希望を出してたから、チャンスに飛びついたんだろうな」

「結局、失踪課に出されたけど」

「そりゃあ……」長野が頰を撫でた。「捜査一課で女性が管理職で居続けるのは難しいよ。体力的にも精神的にも。最初からあの異動に難癖をつけていた連中もいたからな」

「でも室長は、一課に戻りたがってる」

「それが分からないんだよな。『女性に任せられない』っていうことで失踪課に出されたのに、懲りてないのか、よほどこういう仕事が好きなのか」

「お前に言われたくないな」

「俺は、ここ以外に生きる道がないから」長野が胸を張った。「しかし、警視に昇進して、分室長の肩書きを貰って、何が不満なのかって感じはするな」

「お前だったらどうする」

「俺？」長野が自分の鼻を指差した。「俺が何だって」

「お前が失踪課の分室長になったらどうかっていう話さ。こんな暇な仕事、耐えられないんじゃないか？　お前やうちの室長は、ずっと動き回ってないと死ぬタイプなんだよ」

「俺はマグロかよ」

「あるいはカツオか」

長野がコーヒーを一気に飲み干し、目尻を下げたまま言う。
「確かに阿比留さんには焦りもあるだろうな。せっかく希望の捜査一課に配属されて、これから管理職でやっていこうと気合を入れてたのに、結局は外へ出されたんだから。返り咲きは難しいだろうな。あの人が捜査一課至上主義なのは分かるけど。俺もそうだからな」

捜査一課至上主義——私は、長野の意見に全面的には賛同できない。捜査一課が、刑事部の中でトップのエリート集団だった時代があるのは確かだ。殺しはどんな事情があっても許されない犯罪であり、それを解決するために特に優秀な刑事を選抜する。選ばれた刑事たちは誇りを胸に、私生活を犠牲にしても犯人逮捕に奔走する——そんな伝統は、少しずつ崩れ始めている、と私は感じていた。未解決のままになっている事件がどれほど多いことか。捜査本部事件に関する限り、解決率は依然として高いが、それは今回長野が取り組んでいる事件のように、最初からほとんど犯人が分かっている事件でも無理矢理捜査本部事件にしてしまうからに他ならない。「優秀な刑事警察」の実態は、数字のマジックに過ぎないのだ。捜査のノウハウは後輩に伝授されるに従って劣化し、サラリーマン化した刑事たちは、次第に捜査に対する情熱をなくしてしまう。今の捜査一課は、そういう状態なのだ。長野のように、人生の全てを殺人犯検挙に捧げている刑事など、ごくわずかである。だからこそ彼は「他人の仕事まで分捕る男」などと揶揄されているのだ。

「しかし、今さらあの事件がねえ」

長野が目を細める。この状況全体を疑っているのだ、と私は確信した。

「世の中は、どこでどうつながってるか分からないからね。まあ、今回の件は、あの事件とは直接関係ないことだけど」

「有名な高城の勘が発動したんじゃないのか？」からかうように長野が言ったが、目はまったく笑っていなかった。

「それが当たっているかどうかは、もう少し捜査が進んでみないと分からないけどな……それと、この件は内密に頼む。海の物とも山の物ともつかないんだ、この状況で話が広まったら困る」

「おいおい、俺を信用してくれよ」長野が両手を広げた。「歩くスピーカー」と陰口を叩かれているのを、本人は知っているのだろうか。

「分かってる。だけど、念には念を入れて、だ」

「相変わらず慎重な男だな」

「お前が大胆過ぎるんだよ」サンドウィッチを一口齧《かじ》り、壁の時計を確認する。もう十一時。今夜中にもう少しだけ、調べを進めておきたい。話すべき相手はいたが、これ以上時間が遅くなると面倒だ。皿を押しやって伝票を取り上げ、煙草をワイシャツの胸ポケットにしまう。「悪い。そろそろ戻らないと」

「失踪課に？」長野が目を細める。「何だか随分忙しそうだな。さすが、事件を呼ぶ男と言われただけのことはある」

「いや、そういうわけじゃないんだけど……悪かったな、変な時間に呼び出して」

「飯を奢ってもらうなら、いつでも歓迎だよ。ご馳走さん」ゆっくりと腹を撫でながら、長野が言った。満足そうな仕草だが、表情まで納得しているわけではない。

やはりまずい相手に話をしてしまったか、と私はかすかに後悔していた。長野は味方につければ非常に頼もしいが、敵に回すと厄介極まりない。

敵ではなくとも、変な噂を流されたら困る。高城がまた変な捜査をしている——長野は、私が失踪課本来の書類仕事を放り出して駆け回っているのを面白がっている節があるし、むしろそれを歓迎している様子でもある。だが、彼の言う「変な」を、マイナスのイメージで捉える人間も少なくないだろう。

私たちは所詮《しょせん》厄介者、刑事部の盲腸なのだ。ことあれば潰してしまおうとてぐすね引いて待っている人間も少なくない。「人手を削減した」「無駄な組織を消した」というのは、いつでも人事上の手柄になるからだ。

そんな下らないことに巻きこまれてたまるか。私は長野を席に残したまま、大股でレジに向かった。

# 10

「どうした、こんな時間に」光村が穏やかな声で言った。

「すいません。急ぎの用件ではないんですが」私は右耳を手で覆いながら謝った。失踪課まで戻る時間が惜しく、池袋駅近くの路上からかけているので、騒音が容赦《ようしゃ》なく体を包みこむ。

「急ぎじゃないが、明日の朝までは待てない程度の用事、ということか」

「ええ。まずければ改めますが」

「お前さんからの電話を無下に切れるわけがないじゃないか。さっさと言ってみろ。遠慮するのはらしくないぞ」

「そんなに図々しいつもりはありませんよ」

「だったらお前さんは、自分のことが何も分かってないんだな」光村が喉の奥でかすかに笑った。「さっさと話せ。俺にとっては、もう夜中なんだぞ」

「すいません」傍らを通り過ぎる若者たちの一団を横目で見ながら、私は大型書店が入っているビルの脇道に引っこんだ。長野と落ち合う前から降り出した雨が、街を濡らしている。本降りではないが、湿気がじっとりと体を包みこむのが不快だった。「五年前の中野東署の事件です。刑事部の管轄ではなかったんですが」

「ああ、例の殺人予備事件だな？」さすがに光村はすぐ反応した。

「そうです。『日本のコロンバイン校事件』と言われた」

「俺は、そういうマスコミ的な通称で事件を呼ぶのは好きじゃない」にわかに光村の声が強張った。「あれは、中野東署管内における未成年による殺人予備事件、だ」

「すいません、訂正します」一つ深呼吸し、話を続けた。「とにかくその事件の関係なんですが、捜査で何か特異な状況はありませんでしたか？」

「無責任なことは言えない」光村の声がすっと一歩引く感じがした。「刑事部で扱った事件ではないからな。俺は傍で見ていただけだ。応援は出したが」

「応援を出すほど大変だったんですか」

「そりゃそうだ。爆弾は完成寸前だったんだぞ。あのガキどもが本当に教室に持ちこんでいたら、何人死んでいたか分からない」光村の声は明らかに震えていた。「検挙はぎりぎりのところだったんだ」

「捜査自体は難しかったんですか」

「それはない。相手は少年で素直に落ちたし、物証も豊富にあった。だから、ややこしい状況にはならなかったんじゃないかな」

「うちから――刑事部から応援に出た人間って誰ですか」

「青山《あおやま》だよ。知ってるだろう？」

「ええ、もちろん」

捜査一課時代の後輩である。五年前は、私は捜査一課から出て所轄の刑事課で居眠りしていたが、青山は一課でばりばりと働いていた。先輩後輩ということで、多少はこちらの無理を聞いてもらえる関係だが、今回はデリケートな状況である。手の内を明かさないまま、どこまで情報が手に入るだろう。

「あの頃はあいつも若かったからな。高校生相手の事件だから、できるだけ若い奴の方がいいだろうっていうことで、応援に出したんだよ」

「そうですか」愛美の「私の方が学生に年齢が近いから」という台詞を思い出した。「あいつのことだから、上手くやったでしょうね」

「ああ。あれは、どこへ出しても恥ずかしくない男だからな……それよりそんな昔の、それも刑事部の担当じゃない事件を持ち出して、いったいどういうつもりだ？」

「大したことじゃないんです」煙草をくわえた瞬間、「路上喫煙禁止区域」の看板に気づいてパッケージに戻した。大き目の雨粒が一つ、包装を濡らしながら滑り落ちる。「その事件が起きた学校の関係者が失踪しましてね。捜査しているうちに、この事件の話が出てきたんです」

「えらく古い話だぞ？　今さら蒸し返すような材料はないはずだが」

「この件、同級生による恐喝がきっかけでしたよね。それが何だか、今でも尾を引いている感じなんですよ」話を転がすために適当に喋っているうちに、怒りが蘇ってきた。

「嫌な話だな」光村は話を合わせてきたが、声には明らかな疑念が感じられた。人の言うことを頭から否定する男ではないが、素直に信じこむわけでもないのだ。

「ええ、嫌な話なんです。あまり触りたくないんですけど、当時の事情が分かれば、現在の捜査にも役立つかもしれないと思いまして」

「だったら、青山が一番話しやすいんじゃないか。現場にいた人間だし、あいつなら、お前も少しは無理を言えるだろう」

「今、何をやってますかね、あいつ」

「そこまでは把握してないよ」光村が乾いた笑い声を上げた。おそらく例によって、顔は笑っていないのだろうが。「組織上は俺の部下になるが、さすがに刑事一人一人の動向まては分からないからな」

「失礼しました。本人に電話してみます」

「そうしろ。向こうも、お前なら歓迎するだろう」

青山は一度捜査一課から所轄に出た後、今は一課に出戻りしている。強行犯捜査係の中でも、特に火災捜査のエキスパートだ。どこかでややこしい放火――火災原因のトップだ――が起きていない限り、それほど忙しいわけでもあるまい。忙しい人間に電話を入れるのは気が引けるが、今の青山なら大丈夫だろう。もっとも、彼が私からの電話を歓迎するかどうかは分からないが。

電話を切り、もう一度煙草をくわえた。喫煙禁止の看板を無視して火を点けた途端、突然雨が強くなり、万分の一の確率で雨粒が煙草の先を直撃した。呆気に取られながら、私は舌打ちして煙草を水溜まりに投げ捨て、歩き出した。三歩進んで、思い直して引き返し、水溜まりの中で早くも解《ほど》け始めた煙草を拾い上げる。携帯灰皿に押しこんで再び歩き出した。行ったり来たり、か。捜査はもともとそういうものだが、今の私は、分厚い雲の中を手探りで歩いているようなものだ。進んでいるのか戻っているのかさえ、定かではない。

歩きながら、青山の携帯に電話をかける。出ない。留守番電話に切り替わったので「後で連絡する」とメッセージを残して切った。まめな男で、電話に出そびれることはほとんどないのだが、もしかしたら張り込み中だったのかもしれない。悪いタイミングだったなと反省しながら、駅へ向かって歩き出す。少なくとも今は、目的地が見えている――自分にそう言い聞かせても、あまり気分は晴れなかった。

「何やってるんですか、オヤジさん」

私は思わず声を荒らげた。法月が、悪戯を見つけられた子どものように首をすくめる。

「いや、何だよ……ちょっといろんな人と電話で話しているうちに、遅くなっただけだ」慌てて傍らの鞄を引き寄せる。「もう帰ろうと思ってたところだよ。そんなに怒るな」

「自分だけの体じゃないんですから、無理しないで下さい」

「分かってるって」深々と溜息を吐く。「だけど、途中で放り出せないじゃないか。お前さんにわざわざ言う必要もないけど、うちの分室最大の危機なんだぜ」

「十分承知してますよ」法月に合わせるように溜息を吐く。「とにかく、今日はもう帰って下さい」

「そうだな」法月が両手で顔をこすった。その勢いで、きちんと七三に分けた髪がはらりと解けて額にかかる。「残念ながら、今日はあの後、収穫はゼロだ。室長の家にかかってきた唯一の電話の主はまだ割れていない」

「そうですか……単にプライベートな電話かもしれないし、気にするべきじゃないかもしれませんね。とにかく、無理は禁物ですよ」

釘を刺してから携帯電話を取り出し、着信を確認する。ゼロ。再び青山の携帯にかけてみたが、今度は最初からつながらなかった。地下へでも潜っているのかもしれない。

「そっちはどうなんだい」バッグは手にしているものの、自分のデスクの端に尻を乗せた格好で法月が訊ねる。

「六条が、室長が中野東署時代に手がけた事件を調べてくれたんですけどね」

「ああ」

「あれ、覚えてますか？　『日本のコロンバイン校事件』って呼ばれてるやつ」光村の顔を思い出しながら言った。

「もちろん」法月が深くうなずく。「衝撃的だったからな。最近はどんどんショッキングな事件が起きるから、一つの事件をすぐに忘れちまうけど、あれは別格だよ。犯罪史に残る」

「あれも室長が担当してたんですよ」

「ああ、少年係長だったら、当然捜査の主役だろうな」

「でかい事件だったんですね。それが何か、関係しているかもしれない」

「どうかなあ」法月が髪を撫でつけながら、渋い表情を浮かべた。「とっくに終わってるはずだぜ？　今さらって感じじゃないか……それとも、有名な高城の勘が発動したか？」

「そういうわけでもないんですが」

「こういう件は、あまり深入りしない方がいい」諭すように法月が言った。「お前さんが何を考えてるかは想像できるけど、俺には突拍子もない話に聞こえるよ」

「そうですか？」

「想像するよりも、確実に攻められる線を探した方がいい。確実な線が何もないのが痛いけどな」

「とにかく、明日の朝から巻き直しましょう」私は思い切り顔を擦った。「今夜は帰って下さい。他の連中も、もう引き上げましたね?」

「ああ、かなり無理言って帰らせた。普通、ここまで熱心にはできないぜ? 結局何だかんだ言って、皆室長が心配なんだよ」

「俺は例外ですよ」

私が手を挙げると、法月が声を上げて笑った。ゆっくりと首を振り、笑みを浮かべたまま私の言葉を否定する。

「室長を一番心配してるのは、お前さんだと思うよ」

「まさか。だいたい室長は、自分の面倒ぐらい自分で見られる人ですよ」

「そう思ってるなら、どうしてここまでむきになるんだ? ……おっと、俺はもう退散するぞ。お前さんとこういう無意味な会話を交わしていても、生産的じゃないからな」

「お疲れ様でした」

「お前さんはお泊まりか」法月がすっと眉をひそめる。

「家で待ってる人もいませんからね」肩をすくめてやった。愛美ほど露骨ではないが、法月も私がここへ泊まりこむと、いい顔をしない。

「そろそろ再婚でも考えたらどうだ? いつまでも一人ってわけにはいかんだろうが。お前さんの場合、仕事はともかく、自分で私生活を律することができないんだから」

「それはオヤジさんも一緒じゃないですか」法月は随分前に妻を亡くし、今は娘のはるかと二人暮らしだ。

「まあまあ、その辺はまたゆっくりとな」自分で振った話がブーメランのように戻ってきたと思ったのか、法月が慌てて退散した。

一人取り残された私は、自席に浅く腰を下ろして引き出しを開けた。灰皿を取り出し、煙草に火を点ける。さらにまずいことは承知で、デスクの引き出しから「角」のポケットボトルを取り出した。警察署内で飲酒は厳禁だが、実際は有名無実化している。捜査本部事件が解決した後など、刑事課の部屋で差し入れの一升瓶を回す、というのは恒例の行事なのだから。そのための酒の調達は、所轄の警務課長の重要任務になっている。

キャップを捻って開け、そのままボトルに口をつけた。きついアルコールの香りが鼻から抜け、次いで喉に流れこんだ刺激が胃の底にゆっくりと落ち着く。途端に頭痛を意識した。まずいな……酔いが回ってくると、だいたい持病の頭痛は悪化するのだ。この一口でやめにしよう。そう思いながら、ついもう一口呷《あお》ってしまう。キャップを閉め、親指のつけ根でぽん、と一回叩いてから引き出しにしまった。天井を仰ぎ、ふらふらと漂う煙を眺める。クソ、こんなところで酒を呑んで煙草を吹かしている場合ではないのだ。だからといって動く理由もない、情けない状態。

こんなところを真弓が見たら、醒めた笑いを浴びせかけるだろう――しかし冷笑でもいいから、彼女の顔を拝みたかった。表情の消えた死に顔だけは、絶対に見たくない。

携帯電話の呼び出し音が意識を切り裂く。眠気がすっと引き、私は現実に呼び戻された。ソファの傍らのテーブルに置いた携帯電話に手を伸ばすと、勢い余って積んであった新聞を床に叩き落としてしまった。舌打ちしながら電話を開き、一呼吸置いてから電話に出る。

「高城です」

「すいません、捜査一課の坂本《さかもと》と言いますが」若い声だった。坂本、坂本……記憶を引っ掻き回してみたが、名前が出てこない。「夜分にすいませんが、今夜、青山さんに電話されましたか？」

「したよ」詰問口調が気に食わない。私はソファの上で座り直し、シャツの襟元から手を突っこんで肩を掻いた。いったいこいつは何を言ってるんだ？　やけに重たく感じられる左手首を持ち上げ、時刻を確認する。午前一時。クソ、横になったばかりじゃないか。

「十一時頃？」

「ああ。それと十一時半にもう一回。なあ、どういうことなんだ？　思わせぶりはやめて、端的に説明してくれよ。話は結論を先に持ってきて――」

「青山さんが怪我をしました」

「何だって？」私は瞬時に顔から血の気が引くのを感じた。

「電話のせいなんです」静かな口調の中に、坂本が怒りを滲ませた。

「俺の電話か」

「そうです。高城さんが電話してきた時、青山さんはちょうど張り込み中だったんですよ。犯人が家に帰って来て、身柄を押さえようとした瞬間に電話が鳴り出して、それで気づかれたんです」

「それでどうして、あいつが怪我をするんだ」

「慌てて転んだんですよ」

転んだぐらいで大袈裟な……しかし彼の次の一言は、私を一気に落ちこませた。

「転んで膝を傷めたのに無理に立ち上がって、犯人にタックルしたんです。その時に靭帯《じんたい》を痛めて。右膝前十字靭帯断裂です。全治二か月」

私は額をぴしゃりと叩いた。あの馬鹿が……一人で張り込みしていたわけでもあるまいに、どうしてそんな無茶をしたんだ。

「それで、犯人は」

「逮捕しました」

「そうか、それはよかったな」私は無意識のうちに乱暴に吐き捨てていた。「それで何だ？君は、俺が電話したから青山が怪我したって言いたいのか」

「そんなことは言ってません。青山さんに頼まれたんです。高城さんからの電話の用件を確認して欲しいそうです。伝言があればお伝えしますが」

「それは君には言えないな。あいつと俺の問題だから」私は靴の踵を履き潰して立ち上がり、自分のデスクまで爪先立ちのように歩いて行って手帳を広げた。「それで、病院はどこなんだ?」


深夜の病院ほど気味の悪い場所はない。午前二時にもなると動く人の姿もなく、ナースセンターも静まり返っている。そこへ乱暴に突入したものだから、疲れきった看護師たちは、一斉に剣呑な視線を突き刺してきた。

「入院中の青山に会いたいんですが」

「何言ってるんですか。面会時間は——消灯時間はとっくに過ぎてますよ」一番年長に見える看護師が、壁の時計を睨みながら答える。立とうともしなかった。

「緊急の用件です」バッジを示す。

「困ります」ようやく腰を上げ、カウンター越しに私と対峙する。「ようやく治療を終えたばかりなんですよ。ご家族も引き上げました。今はもう寝てますから」

「あいつは宵っ張りなんです。絶対に起きてますよ」

何を馬鹿なことを、とでも言いたげに看護師が首を振る。

「とにかく公務なんです。緊急の用件です」

しばらく押し問答を続けた末、結局向こうが折れた。一人部屋の病室に案内されたが、案の定青山は灯りを点けたまま、ベッドを斜めに起こして腹のところで手を組んでいた。何をするわけでもなく、ぼうっと前方の壁を見詰めている。病院お仕着せの寝巻きではなく、グレイの長袖Tシャツを着ていた。左足だけを布団《ふとん》の外に出していたが、膝に分厚く巻かれた包帯が痛々しい。

「高城さん……」

力ない呼びかけは、看護師の諫める声で打ち消された。

「駄目ですよ、青山さん。寝ないと怪我に障ります」

「すいません。眠れないんですよ」青山の口調は情けなく弱々しかった。

「お前にとってはまだ宵の口だからな」私はからかいの言葉を投げた。

「ええ、まあ」青山の顔は蒼《あお》く、普段の元気は完全に失せていた。

「本人が起きてるんですから、少し話してもいいでしょう」私は看護師に目を向けた。

「手短にお願いします」無愛想に言って、看護師が病室から消える。私はドアを閉めると、椅子を引いてベッドの脇に腰を下ろした。

「悪かった。俺の電話でヘマしそうになったんだって？」

「しそうになったどころか、完璧な失敗ですよ」青山が肩をすくめる。「これでしばらく戦線離脱です。リハビリもしなくちゃいけませんし。まったく、情けない話です」

「リハビリぐらい、俺も手伝うよ」

「とんでもない。自己責任で何とかしますから……とにかく今回は、俺のヘマです。そもそも電源を切っておくか、マナーモードにしておくのが常識です。完璧に忘れてました」

「そういうこともあるよ。とにかく、変な時間に電話して悪かった。それにしても、何も後輩を使ってまで、律儀に連絡してこなくてもいいのに」

「遅い時間にすいませんでした。あいつには、朝でいいって言ったんですが」

なるほど。坂本という若い刑事は、私に対して相当むかついていたのだろう。朝を待たずに電話することで、嫌がらせをしようとしたのだ。青山、忠実な後輩を持ったな——私は心の中でつぶやいた。

「寝てたんでしょう？　わざわざ来てくれなくてもよかったのに」

「俺の方でも急ぎの用事があったんだよ。それで電話したんだし……それに、お前が眠れないで困ってるだろうと思ってな」

文庫本を何冊か、サイドテーブルに置く。

「高城さん、ちょっとこれ……」青山が顔をしかめた。「藤島憲《ふじしまけん》の本じゃないですか」

「失踪課に何冊かあったのをかき集めてきたんだ」

藤島憲は、しばらく前に失踪騒ぎを起こした作家だ。散々振り回されたのだが、彼の人となりを知るために私たちが頼ったのが、彼の書いた本だった。

「藤島憲に関しては、あまりいい想い出がないんですけど」

「暇潰しにはなる」

「まあ、いいですけど……どうもすいません」溜息を吐きながら、青山が本にちらりと視線を向けた。

「しかし、怪我してても不眠症は治らないのか」

「痛みがありますしね」青山が顔を擦った。最近少し、額が広くなったようだ。苦労を重ねている証拠だろう。「痛み止めを貰ったんですけど、効かないんですよ」

この男の不眠症は、今に始まったことではない。私と一緒に捜査一課にいた時代——二十代の頃から悩まされていた。この仕事は体も気持ちも疲れるものだが、それでも彼は深く充実した睡眠とは無縁だった。ようやく眠りが訪れるのが二時、三時というのもしばしばだという。時間を潰すために、いろいろ試してみたようだ。読書、ビデオ観賞、詰め将棋《しょうぎ》に数独——中途半端なまま放り出した趣味は、十や二十では済まないらしい。

「とにかく、見舞いだ」

「どうもすいません、気を遣ってもらって。それより、あんな時間に俺に何の用だったんですか？　酒の誘いじゃないですよね」

「ああ」

「じゃあ――」

「古い話なんだ。五年前の事件なんだけど」

「何ですか」

「中野東署。お前が応援に行った事件だよ」

「ああ、あれですか」青山の顔に生気が戻った。事件の話になるといつでも元気になる
――彼も長野につながる刑事の一人だ。あの男ほどではないが。「もちろん覚えてますよ。俺が手伝いに行ったのは、犯人の二人組が逮捕された後ですけどね。周辺捜査のために、同級生たちの事情聴取を担当しました」

「犯人の二人、いじめに遭ってたんだよな」

「カツアゲされてたんですよ」青山の瞳に怒りが見えた。「ひどい話でね……その二人だけが、クラスの中で孤立してたんです。しかも、そもそもいじめが始まった理由がはっきりしなかった」

「何だい、それ」

「いじめに遭う場合って、何らかの理由がありますよね。下らない理由でも何でも……それこそ姿形が気に食わないとか、態度が生意気だとか。でもあの二人に限っては、そういう理由がまったく見当たらなかったんです。ただ何となくっていう感じで」

「だけど一度いじめが始まれば、後は雪だるま式にエスカレートした」

「ええ。中心にいたのが性質の悪い連中だったんですよ」

「そいつらの恐喝は、立件しなかったんだよな？」

「微妙なところでしたけどね……それに犯人の二人も、その辺についてはあまり詳しく話そうとしませんでした」

「報復を恐れていたのかもしれないな」所どころ剃り残しのある顎を、私は掌で撫でた。寝る前に電気剃刀を使ったのだが、途中でうんざりして適当に切り上げてしまったのだ。

「考えられますね。もしも恐喝していた連中が捕まれば、当然二人を逆恨《さかうら》みするでしょうし……二人も、少年院に入ってもいずれは出てくるわけだから、その時のことを考えたのかもしれません」

「よほどひどかったんだな」

「立件すべきだと思いましたけどね、俺は。実際、そう主張もしたんです」青山が強調した。「ただ、あくまで応援部隊でしたから、そんなに強いことは言えなかった……ところで、何でこんなことを知りたいんですか」

「すまん」私は深く頭を下げた。「今の段階だと、ちょっと理由は言えないんだ」

「そうですか」青山が小さく溜息を吐いた。「まあ、捜査はそんなものですよね」

「一応、失踪課にも秘密はあってね。あまりぺらぺら喋れないんだよ」

「それは分かってます」

私は自分の言葉を反芻《はんすう》していた。今までこの件を訊ねた相手——長野や光村に対して言った台詞と矛盾していないか？　大丈夫、と判断する。後で三人がたまたま一緒になってこの件を話題にしても、疑問には思わないだろう。

「そうそう、そう言えばあの時、中野東署の少年係長が阿比留さんだったんですよね」

私は無言でうなずくだけにした。喉が引き攣っているのがばれはしないかと恐れながら。

「阿比留さん、この件に関してはやけに熱心にやってましたね」

「集中すると、あの人はどんな事件でも熱心にやるよ」

「それは知ってますけど、あの時はちょっと特別な感じがしたな。少し感情的になってるっていうか。普段は、あまり感情を表に出す人じゃないでしょう？」

「そうだな」

「まあ、いいチャンスだと思ったんでしょうね」

「一課へ行くための踏み台か」要するに、彼女のやっていることは、昔も今も全然変わらないのだ。

「そういうことです。でも、晴れ晴れとした顔をしてたわけじゃないけど」

「じゃあ、何なんだ？」

「必死の形相、ですかね」

「それは見てみたかったな」感情を表に出さないといっても、真弓とて、鉄面皮というわけではない。冷笑、皮肉、静かな怒り。そういう顔は私もよく見ている——主に私に向けられたものとして。ただし、むきになっている姿は記憶にない。

「何か、妙な迫力がありましたね」

「なるほど」

「それにしても、不思議な事件でした」青山が首を傾げる。サイドテーブルのペットボトルを取り上げ、ミネラルウォーターを一口飲んで喉を湿らせた。

「何が」

「捜査の端緒がはっきりしないんですよね。阿比留さんが持ってきた話なんですけど、彼女、ネタをどこから引っ張ってきたのか、絶対に話そうとしなかったんです。極めて正確な情報でしたから、出所が問題になったわけじゃないんですけどね」

「よほど筋のいいネタ元を摑んでたんだろうな」

「そうなんでしょうけど、情報が入ってきてから逮捕まで、ほとんど間がなかったらしいんですよ。かなり犯人に近い情報源を摑んでたんじゃないかな。それこそ高校の関係者とか」

「ああ」刑事は誰でも情報源を持っている。その多さで実績が決まると言っても過言ではないぐらいだ。だが少年事件の担当者の場合、相手が未成年であることもあり、捜査一課や二課の常識は必ずしも通用しない。

「あの後、阿比留さん、一課に異動になったでしょう？　あの事件の捜査指揮が評価されたんですよね。本人にしたら、してやったりというところなんだろうけど」青山の顔が急に暗くなり、疲労の影が差した。

「どうした？　痛むのか？」

「いや、何か……ここまで出てきてるんですけど」青山が手刀を作り、自分の喉を軽く叩いた。「参ったな、すっかり記憶力が弱くなって」

「ぼけるには早いぞ。重大なことなのか？」

「重大なことかどうかは……そもそも今の話は、ただの雑談じゃないんですか」

「まあ、そうだな」痛みに苦しむ後輩をさらに追い詰めることもないだろうと思い、私は立ち上がった。いくら何でも好意に甘え過ぎだ。「こんな時間に悪かったな」

「いや、どうせ眠れそうになかったですから」自虐的な笑みを浮かべ、青山が頭を下げた。

「本、ありがたく貰っておきますよ」

「ああ。その本を読んで、嫌な事件を思い出すといいよ」

「勘弁して下さい。高城さんも趣味が悪いな」

「悪いな、どうも素直になれない性格なんだ」

「それは分かってますけどね」青山が静かに微笑《ほほえ》んだ。「昨日今日のつき合いじゃないんですから」

「そうしてやりたいのは山々なんだけど、ナースセンターを突破するのは大変なんだぜ」

「夜中でもいいですよ。その方がありがたいかな。しばらく暇を持て余しそうだから」

「腐れ縁だな……また来るよ」

軽口を交わしながら、私は、青山が思い出しかけていたことは何なのだろう、と考えていた。元々記憶力の良さが刑事としての最大の美点という男である。それがどうしても思い出せないということは、所詮大した話ではないのだ。自分にそう言い聞かせたが、妙な胸騒ぎは消えない。


渋谷中央署に戻って、午前三時。警務課では当直の警察官たちが、手持ち無沙汰にたむろしていた。管内の繁華街では毎晩のように何かトラブルが起きるのだが、今日は珍しく暇らしい。雨のせいだろう。一年中梅雨が続けば、日本の犯罪は半減するかもしれない。

灯りが落ちた失踪課は、寒々としている。ソファの上では、先ほど私がはねのけた毛布が丸まっており、動物の死体のようにも見えた。これから少しでも寝ておくか……しかし、もう眠れないのは分かっていた。気になることが多過ぎるし、中途半端に睡眠から引きずり出されたので、眠気はすっかり去っていた。かといって、この時間では何もできないのだが。

室長室に入り、薄らとした闇に目が慣れるのを待った。背広の内ポケットから、鈴木に借り受けてきた美知の写真を取り出す。真弓のデスクに乗ったフォトフレームを取り上げ、二枚の写真を見比べた。まだ子どもの面影が残る美知と、成長して女性らしくなった美知。しかし二つの写真で一番の違いは、顔立ちの変化ではなく表情だ。野球場で写された何年か前の写真には、露骨な不満が滲んでいる。家族と一緒にいたくないという、思春期に特有の感情。一方、最近撮られた写真は、どこか吹っ切れたように明るい顔つきだ。真弓と一緒にいた時は不満そうで、父親と二人きりだと自然な笑みを見せる女性——ある意味、真弓が哀れだった。仕事のために家庭を犠牲にし、その結果、家族を壊してしまった女。普段プライベートな事情をまったく語ろうとしなかったのは、これが原因なのだろうか。そうやって必死に仕事をしてきたのに、失踪課というお荷物部署の室長というポストしか与えられず、彼女が望んでいるポジションへの異動希望が叶《かな》うという噂もない。しかも真弓は四十九歳である。定年はまだ先だが、これから歩む道筋は、そろそろ読めてしまう年齢だ。

家族を犠牲にしてしまったのに、自分の希望通りの仕事ができない。彼女が時折見せる苛立ちの原因が、今でははっきり理解できた。

かといって、同情を覚えることはなかった。真弓は一種の覚悟を持って、家庭の破滅を迎えたのだろう。自分の意図とは関係なく家庭を失った私にすれば、それは犯罪にも等しい行為だ。

私たちは家族の問題について、絶対に理解し合えないだろう。

# 11

短い睡眠なら取らない方がましだ。

若い頃——三十代までの私は、そんな風に考えていた。二時間、三時間しか寝る暇がなければ、思い切って徹夜してしまった方がいい。実際、昨夜もずっと起きているつもりでいたのだ。ベッド代わりのソファに腰かけ、次々と煙草を灰にしながら、溜まっていた書類を片づけていく——そうしていたつもりが、いつの間にか眠ってしまったらしい。毛布もかけずにソファに横になっていただけなので、体に這い上がる寒さで目が覚める。腕時計を確認すると、七時。結局何時間寝たのか。頭はぼうっとし、体のあちこちに疲れが残っている。こんな質の悪い睡眠なら、取らない方がよかった。床に散らばった書類を見て、気分が一気に暗くなる。

トイレで顔を洗い、少しだけ気持ちを奮い立たせる。電気剃刀を使って、夕べの剃り残しの髭を何とか始末した。電気剃刀で流血するのは俺ぐらいだろうなと思いながら、もう一度冷たい水を顔に叩きつけて、血を洗い流す。簡単には止まらない様子だったので、トイレットペーパーを引っ張り出し、顎に当てたまま失踪課に戻った。

顔を洗っている間に愛美が出勤してきていて、コーヒーを準備していた。私の姿を認めると、咎《とが》めるように目を細める。

「昨夜は結局、何か分かったんですか？」

「重傷者一名」

「何ですか、それ」

愛美が目を見開くと、それでなくても幼い顔つきが、いっそう子どものようになった。手短に事情を説明する。

「それは、青山さんが悪いと思います」愛美があっさりと断じる。「張り込み中に、携帯の電源をオフにするのは基本中の基本ですよ」

「猿も木から落ちるんだよ」私は昨夜の後ろめたい気分をまだ消せずにおり、つい青山を庇《かば》ってしまった。

「やっぱり、中野東署の事件が何か関係あるんですかね」

「分からない。今のところ、二つの事件——状況をつなぐ物は何もないんだから。室長の家に監視をつけてみるか……もしかしたら、戻って来るかもしれないし」

「戻って来たら、そもそもこっちに連絡してくるんじゃないですか。人を殺したのでもない限り……」愛美が口を閉ざす。まずいことを言ってしまった、と自覚しているのだ。真弓は拳銃を持っている。簡単に人を殺せる道具を。

「おはよう」カウンターの方から明るい声が響いた。顔を上げると、制服姿の警務課長、水谷が背筋をぴんと伸ばして立っている。やけに朗らかな顔つきだった。

「どうしたんですか、こんなに早く」私は自席から動かずに訊ねた。

「昨夜は当直だったんだ。珍しく静かだったから、よく眠れたよ。ところで室長、今日は来られそうかい？」

「まだ連絡がありません。寝てるんじゃないですか？　インフルエンザには、寝るのが一番ですから」

「そこが誤解の元なんだ。インフルエンザはきちんと投薬治療しないと治らない。寝てれば治るというのは、風邪の話でね」水谷が例によって、熱弁をふるい始めた。

「ああ、あの」私は両手を振り回すようにして水谷の言葉を遮った。「いずれ連絡があると思います。その時に、いつ出て来られるか、確認しておきますから」

「頼むよ。こっちもいろいろ予定があってね。出席者が決まらないと会議の資料も作れないし」熱弁に水を差されたのに、水谷は特に不審そうな表情も見せずに去って行った。当直明けで明日は非番。普通の朝に比べれば、気持ちはずっと楽だろう。

愛美が何か言いたげに口を開きかけたが、目の前の電話が鳴り出したのですぐに受話器に飛びついた。

「失踪課です……ああ、法月さん。おはようございます」私に対するのとは打って変わって、愛想のいい朝の挨拶。「ええ、はい。立ち寄りで遅れるんですね？　分かりました。高城さんには伝えておきます……はい？　すいません、ちょっと後ろが煩いんですけど……ああ、駅ですか。はい、了解です」

電話を切り、「法月さんです」と告げる。

「聞こえてたよ」昨夜は立ち寄りの話は出ていなかったが、あれからまた動きがあったのだろうか。

「電話の関係で、人と会ってから出てくるそうです」

「了解」コーヒーが出来上がったので、私は自分のカップと愛美のカップの両方に注いで持ってきた。席についた愛美の前に置くと、さっと頭を下げる。朝一番のお茶の用意をするのは、その部署で最年少の人間の役割であり、いつもは愛美がするのだが、今はそんな慣例などどうでもよくなっていた。間もなく午前八時。査察は明日に迫っており、残された時間は三十一時間しかないのだ。三十一時間でできることなど限られている――いや、ほとんど何もないと言ってもいいだろう。

じりじりと時間が過ぎた。公子が用意してくれていた書類――所轄から回ってきた家出人の情報――に目を通していく。どこに事件の鍵が隠されているか分からないから、手抜きは禁物なのだが、今日は無意識のうちに判を押すぐらいしかできなかった。もしかしたらこの中には、既に死体になって埋められている人間がいるかもしれないのに。

目の前の電話が鳴り出したのに、気づくのが一瞬遅れた。自分で考えているよりも仕事に没頭していたのかもしれない。素早く自分のデスクの受話器を取り上げた愛美が、怪訝そうな表情を浮かべる。送話口を手で押さえたまま「青山さんです」と告げた。

「青山？」

「一課の青山さんでしょうか」

「俺の知り合いで、青山は一人しかいない」

電話を回すよう、手真似で指示する。耳に飛びこんできたのは、ひどく疲れてはいたが間違いなく青山の声だった。

「朝っぱらからすいません」

「いいけど、お前、寝てないんじゃないか？」

「ほとんど、ね。痛みがひどくて」

「痛み止めぐらい、もらえばいいじゃないか。そこは病院なんだから」

「高城さんみたいに、鎮痛剤中毒になりたくないんですよ」

確かに私は、持病の頭痛を押さえこむために、頻繁に鎮痛剤を呑む。中毒と言われても返す言葉がない。

「眠れないついでにいろいろ考えて、やっと思い出したんですよ」

「昨夜の話か」

「ええ。役に立つかどうかは分かりませんけど」

「話してくれ」

私は手帳を広げた。隣席では愛美が聞き耳を立てている。青山が一つ咳払いをしてから始めた。

「引っかかっていたこと、なんですけど」

「ああ」

「噂ですよ？　あくまでただの噂。小耳に挟んだだけですし、俺も意味までは分からない」

「青山、怪我したら人格まで変わったのか？　お前は最初に結論を言う男だと思ってたけど」

「失礼」

青山が咳払いをした。背後にはノイズのようにざわめきが流れている。携帯電話は使えないから、わざわざロビーまで出てきて公衆電話にかじりついているのだろう。松葉杖？　それもまだ無理ではないか。車椅子に乗って動いているのか——申し訳ない、という気持ちを嚙み締める。

「阿比留さんなんですけどね、一課に異動してきた時に、変なことを言う人間がいたんですよ。『家族を犠牲にしてまで出世したいのかよ』って」

「誰がそんなこと言ってたんだ？」下らない陰口に対する怒りがこみ上げてきた。

「いや、それは分かりません。ちょっと小耳に挟んだだけだって言ったでしょう？　だいたいこんな話、意味があるとも思えないし」

「ああ」家庭生活を犠牲にしてまで仕事に邁進《まいしん》する。女のくせに——そういう下らない発想をする人間は、まだまだ警視庁には多いということだろう。怒りが引くに連れ、私は空しさを感じ始めていた。「悪いな、わざわざ連絡してくれて。電話するのも大変なんだろう？」

「これもリハビリのうちですから。アメリカなんかだと、手術が終わるとその日のうちから歩け、なんて言われるそうですよ」

「ここは日本だぜ？　可愛い看護師さんでも摑まえて、優しくしてもらえばいいだろう」

「そんなことが女房にばれたら、殺されますよ」

青山が青褪める様が目に浮かんだ。高校時代の同級生と結婚した青山は、恐妻家として知られている。小柄で可愛らしい感じの女性なのだが、青山に対しては別の顔を見せるのだろう。

「悪かったな。養生してくれよ」

「いえ、役に立てなくてすいません。でも、引っかかってたものですから……それと、当時中野東署で事件を担当していた人間の名前を思い出したんですけど、必要ですか？」

「聞かせてくれ」

そちらの方が重要な情報だ。彼の告げた名前を手帳に書き取って、丁寧に礼を言った。電話を切って溜息を吐く。良い知らせではなかったと気づいたのか、愛美は追及せずに書類に目を落とした。

「家族を犠牲に、か……」

「何ですか？」愛美が私の独り言に反応した。

「室長、結構凄まじい人生を送ってると思ってさ」

「多かれ少なかれ、誰でもそういうことはあるんじゃないですか」

「君は結婚したら、仕事はどうするつもりだ」

「辞めろって言いたいんですか」愛美の顔から血の気が引いた。

「そうじゃない。意見を聞いてるだけだ」

「そんなの、分かりませんよ」愛美がすっと肩をすくめる。「予定もないし、成り行きかもしれませんね」

「仕事のせいで結婚生活が行き詰まる可能性があるとしても、結婚するか？」

「どうでしょう。そういうことはあまり考えたくないですね」愛美が鼻に皺を寄せる。

「だいたい、警察というところは――」

　愛美の抗議は、鳴り出した電話に遮られた。私の顔を凝視したまま手を伸ばし、目の前の受話器を取り上げる。一言二言話してから、私に受話器を渡した。

「法月さんです」

　無言で受け取って耳に当てると、法月の勢いこんだ声が流れてきた。

「室長のところに電話してきた相手、分かったぞ」

「何者ですか」

「何者かは分からない。名前は――」車の音が法月の声をかき消した。

「すいません、もう一回お願いします」

「高藤真《たかふじまこと》だ」急にクリアになった大声が耳に突き刺さる。

「高藤真、ですね」私は受話器を少し耳から離して答えた。法月が声の勢いを失わないまま、携帯電話の番号と住所を告げる。都内だった。

「室長の知り合いで、高藤なんて名前の奴がいるか？」と法月。

「それを言えば、俺は室長の知り合いなんてほとんど知りませんよ」

「俺も同じだけどな……とにかく名前が分かれば、もう少し詳しく調べられるだろう。だいたい今時、自宅の固定電話にかけてくるのは珍しいんじゃないか？　携帯電話の番号は割り出せなかったけど、固定電話の番号は分かったから、そっちにかけてみたとか――」

「オヤジさん、こいつを何者だと思ってるんですか？」

「さあな」法月が冷静な声で言った。「それは、この男に直接聞いてみればいいんじゃないか」

法月を待たずに、私と愛美はすぐに失踪課を飛び出した。

高藤の家は、中野区の西の外れにあった。くたびれた一戸建て。表札に「高藤」とあるので彼の家だと分かったが、家族構成が判然としない。ドアをノックする前に、私たちは近所の聞き込みを始めた。その結果、高藤真はこの家の長男で、現在は大学生だということが分かった。家の前で落ち合い、家族への対応を愛美に任せることにした。今朝の私は、髭剃り跡の傷のせいで、いつにも増して情けない顔つきになっている。

インタフォンに返事したのは、中年の女性の声だった。愛美が玄関を開けるように強く要請すると、たっぷり一分ほども待たされた。抵抗のつもりかもしれないし、どこかへ電話していた可能性もある。ようやく出て来た女性は、耳が辛うじて隠れる程度の長さのショートカットで、化粧っ気はほとんどなかった。

「何ですか、いったい」無愛想な顔で、口角をぐっと下げて抗議する。「警察のお世話になるようなことはしてませんよ」

「あなたじゃありません、息子さんのことです」愛美が冷たく迫る。

「真？」女性の顔に恐怖の色が走った。

「真さん、ご在宅ですか？　大学へ行ってますか」

「大学ですけど……」不安そうに家の中を振り返る。「息子に何の用事ですか」

「お話を伺いたいだけです。時間は取らせません。何時頃帰って来る予定ですか」

「今日は午後からバイトのはずですけど、ちょっと分かりません」

「大学には何時ぐらいまでいるんでしょう」

「午前中だけだと思いますけど……あの、本当に何があったんですか」

「それは直接、息子さんにお伺いします」

「電話してみましょうか？　お急ぎでしたら、その方が――」

「電話番号は分かっていますけど、電話では話したくないことなんです。大学に行ってみますから、連絡しないようにして下さい」愛美が彼女の言葉を遮って、強い口調で言った。

「連絡しないようにって……どういうことですか」女が胸の前で固く両手を握り合わせた。

「口裏を合わされたくないだけです」

「口裏って何ですか！」容疑者扱いされ、ほとんど金切り声になっていた。

「息子さんの方で、あなたに何か頼んでくるかもしれないでしょう」

「冗談じゃないわ、そんな失礼なこと……」

「奥さん」一触即発になりそうな雰囲気に私は割りこんだ。「阿比留真弓という名前に聞き覚えはありませんか？」

「阿比留？」女が首を傾げる。「珍しい名前ですね」

「聞いたことがあれば覚えている程度には珍しいですよね。どうですか」

「私は知りません」

「結構です。大変失礼しました」

「ちょっと待って下さい！」

なおも説明を求める声を振り切り、私たちは雨の中に走り出した。


高藤の通う大学に向かう。講義は午前中だけという母親の言葉を信じるとすれば、あまり時間がない。

京王《けいおう》線の初台《はつだい》駅近くにある大学に十一時過ぎに飛びこみ、学生課で照会する。例によって警察に対する拒否反応で手間取ったが、結局高藤が「マクロ経済学」の講義に十二時まで出席していることが分かった。教室の前で張りこむことにしたが、そちらに向かう途中、愛美が困ったように顎に指先を当てる。

「高藤の顔が分かりませんよ」

「だったら聞いて回るしかないな」

「本気ですか？」

「時間もない、いいアイディアもない、だったらそれが一番早い」言い捨てて、私は歩調を速めた。傘で防ぎきれない雨が、冷たく頬を打つ。

教室に到着してすぐ、周囲の様子を確認した。出入り口は前後に二か所。中を覗いてみると、数百人が入れそうな広い階段教室で、後ろの方にはマイクを使っても教授の声が届かないだろう。席は三分の一ほどしか埋まっておらず、そのうち半分は寝ているか、寝そうになっている。

「この中から探し出すのは無理ですよ」一番後ろの席に腰を下ろした愛美が弱音を漏らした。

「分からなければ教えてもらえばいい。終わって学生が出て来るタイミングで、声をかけてみよう」

「本当に呼ぶつもりなんですか？」愛美が大きな目をさらに大きく見開く。

「そう言っただろう？　君は前、俺は後ろ。挟み打ちにすれば何とかなる」

「了解です」不承不承といった感じでうなずき、愛美が席を立った。私はさっぱり内容が理解できない講義を聞き流しながら、教室内の様子を頭に叩きこむ。この中に高藤真がいるはずだ。真弓に電話をかけた人物が……。

待ち時間は十分。講義終了のチャイムが鳴った途端、疲れた様子の教授は電源が切れたように言葉を切った。特に終わりの挨拶もなく、学生たちがぞろぞろと席を立つ。私はすぐに教室の外に移動して、「経済学部の高藤真さんは？」と訊ね始めた。ところが、空気を手で摑むようなものだった。無視されるか、「知らない」と気のない返事をされるか。どういうことだ？　ここにはいないのか？　焦り始めた瞬間、前方に陣取っていた愛美が突然走り出した。そっちから出たのか。

慌てて愛美の後を追う。愛美は小柄な体格からはイメージできないスピードで走り続けたが、廊下一杯に広がって歩く学生たちの集団に行く手を阻《はば》まれた。

「どいて！」愛美に追いつきかけていた私は声を張り上げたが、前方に陣取る学生たちに届いた様子もない。

高藤は振り返らず、一目散に逃げ続けた。少し伸びた後ろ髪が跳ね上がったが、頭の位置は変わらない。短距離選手のような走りであり、しかも器用にステップを切って学生たちを避けている。やっと愛美に追いついたが、高藤の背中は遠ざかる一方だった。長い足を強調するスリムなジーンズに、体に張りつくような黒のTシャツ。スニーカーを履いている分、革靴の私たちより分がいい。

愛美が前からやって来た学生にぶつかり、バランスを崩す。向こうはもっと被害が大きく、バッグを落として中身を盛大にぶちまけてしまった。迷惑そうな顔でのんびりとしゃがみこみ、荷物を拾い集め始めたので、進路が閉ざされてしまう。その間に、高藤の姿は廊下から消えていた。

「クソ」悪態を一つついてから、なおもスピードを上げる。いい加減煙草をやめなくては、と思いながら、高藤の姿を探した。校舎の外へ飛び出したが、既に見えなくなっている。

「すいません」追いついて来た愛美が蒼い顔で謝る。

「謝るのは後でいい。とにかく探そう」

私たちは二手に分かれて高藤を捜索したが、空しく三十分が過ぎただけだった。汗と雨で全身が濡れた私は、これ以上の捜索は無駄だと判断し、キャンパス中央にあるベンチで落ち合うよう、愛美に電話をかけた。彼女が戻って来る間を利用して失踪課に連絡し、森田を高藤の家に張りつかせるよう手配する。息も絶え絶えに指示を終え、呼吸を整えていると、愛美が小走りにこちらへ向かってきた。彼女も雨で髪がへばりつき、黒いジャケットが型崩れしそうになっている。疲れてはいないが、悔しさが滲み出て体が爆発しそうに見えた。

「すいません」二度目の謝罪の言葉を口にして、唇を噛み締める。紅すら引いていない唇が蒼白になった。

「仕方ない……それにしても、逃げ足の速い奴だったな」

「どこへ逃げたんでしょう」

「分からない。取り敢えず、森田を家の前で張らせるようにした」

「バイト先は？」

「忘れてた」もう一度失踪課に電話をかけ、醍醐をそちらに向かわせる。

まだ呼吸が落ち着かない。大きく深呼吸しながら電話の画面をスーツの肩口で拭った。頭の中で火花が散るようだったが、それでも前向きに考えようとする。

「摑んだな」

「ええ」愛美の顔に血の気が戻った。「何もない人間が、いきなり逃げ出すわけがありません」

「室長に電話したのはあいつだ。その電話には、何らかの目的があった」

「脅迫とか」

「俺もそれを考えてた」人差し指を立て、鼻に押しつける。「こいつは絶対に捕まえなくちゃいけないけど、背景も調べてみないとな。高藤はどんな人間なのか……」

「大学当局をもっと脅してみますか」

「脅す、はやめてくれ。丁寧に事情を聴くだけだぞ」

「そんな余裕、もうないと思いますけど」

私は愛美の顔をまじまじと見詰めた。つぶらな瞳には怒りの炎が燃えている。濡れそぼった髪から垂れ落ちる雫が頰に筋をつくり、それが不気味な雰囲気を醸《かも》し出《だ》していた。

「分かった。そっちは君に任せる」

「高城さんは？」

「一度失踪課に戻る。あちこちで動きがあるから、まとめ役をやらないと」

「いよいよ管理職らしくなってきましたね」

「茶化すなよ……とにかくここは頼む。何かあったらすぐに電話してくれ」

「了解です」

愛美を残して、私は雨に濡れるキャンパスを歩き出した。一歩進む度《たび》に、焦りが心を支配する。ようやく事態が動き出したとはいえ、私たちに残された時間は、それほど多くないのだ。


「室長はどうかね」

失踪課に戻った途端に電話が鳴りだし、私は石垣の嫌味ったらしい言葉と向き合わざるを得なかった。

「まだ本調子じゃないみたいですね」明日の査察に向けて、伏線を張っておくことにした。「熱が下がらないようです。今朝も三十八度あると言ってましたから」

「困るな、普段から体調管理はしっかりしてもらわないと」

「まったくですね。明日は大丈夫だと思いますけど、万が一出て来られなかったらどうしますか？」

「そうならないことを祈る。君たちは査察を軽視しているようだが、これは重要なことなんだ。警察はまず何よりも規律だからな」

「仰《おつしや》る通りです」

「それと、変な捜査でも始められたら困る。査察の時に人が集まらないからな」

「お言葉ですが、捜査に変も何もないと思います」

「君が余計なことに首を突っこまなければいいだけの話だ」

「私が？」相手に見えるはずもないのに、私は自分の胸に親指を突き立てていた。自分でも芝居がかった仕草だと思い、ゆるゆると手を落としていく。「私はいつも、規律に従って仕事をしてますよ」

「そうか？　それならいいが、とにかく無茶はしないでくれよ。失踪課の本分を忘れないように」

「了解しています」

もしかしたら石垣は異常に気づいているかもしれない、と思いながら電話を切った。この男はねちねちとしつこく攻めてくる。どことなく爬虫類《はちゆうるい》を思わせる冷たさを持った男なのだ。露骨な言い回しを避け、相手を疑心暗鬼にさせるのを楽しみにしている節がある。

「課長かい？」法月が心配そうに声をかけてきた。

「ええ。適当にあしらっておきましたけど、いつまで隠しておけますかね」

「もうばれてると考えた方がいいかもしれないな」

「そうですね。いきなり攻撃されてもあたふたしないようにしないと」

「お前さんが戻って来るちょっと前に、醍醐と森田から連絡があったよ。二人とも現場に着いたそうだ。醍醐はバイト先の人間と接触してる」法月が手帳をめくった。「新宿の家電量販店なんだな」

「ええ」

「高藤は、携帯電話売り場の担当だそうだ。ちなみにバイトの始まる時間は……」壁の時計を見上げる。「三十分ほど過ぎてるな。さすがにバイト先に顔は出せないだろう」

「後ろめたいことがあるから逃げたんですからね。しばらく、行方をくらますかもしれません」

「しかし、大学生か」法月が顎を撫でた。「大学生が室長に電話してくる……接点が想像できないな」

「昔の関係かもしれませんよ。少年事件の捜査をしている時の知り合いとか」

「知り合いどころか犯人とか」

そんな会話を交わしているうちに、一人の人間の名前を思い出した。青山が思い出してくれた中野東署の刑事、内村《うちむら》。何度か異動して、今は生活安全部の世田谷少年センターに勤務しているという。少年事件のエキスパートということなのだろう。何とか誤魔化して、当時の事件の様子を聴かなくては。作戦を練り始めたところで、また電話が鳴った。

「明神です」

「どうだ？」

「高藤の出身高校を割りました」語尾が危うげに揺れる。愛美にしては珍しい。

「どうした？」

「それが、あそこなんです。中野新橋《なかのしんばし》高校」

「ちょっと待て」私は思わず受話器を握り締めた。受話器が熱を持ったように感じられる。

「その高校は……」

「そうです」愛美の声が重苦しくなった。「例の事件が起きた高校です」

## 12

「ということは、高藤真は、事件当時、犯人たちと同じ学年だったわけだな？　同級生？」

当たり前の事実を法月がわざわざ確認した。

「そうなりますね。五年前に高校一年生……十六歳で、今は二十一歳です」

「ふむ」法月が腕組みをしたまま、体を左右に揺らした。「引っかかりが出てきたじゃないか」

「ええ。何がどう引っかかってるかは分かりませんけどね」

「で、これからどうする？」

「当時の事情に詳しい刑事に会おうと思います」

「大丈夫か？　話が広がるとまずいぞ」法月が眉根を寄せる。

「そこは何とかします。ちょっと出てきますけど、ここをお願いできますか？」

「はいよ」軽い調子で引き受け、法月が苦笑を漏らした。

「どうしました？」

「いや、高藤の件は早くケリをつけないと、森田が困るんじゃないか？　あいつに一人で張り込みさせておくと、いつも泣きそうな声で電話してくるからなあ」声を潜めて続ける。

「六条も出したらどうだ？　二人の方が、まだ安心できるだろう」

「マイナスとマイナスを足してもマイナスのままですよ。掛け算にはならないんです」

「ひどいね、お前さんも」

「現実的なだけです……やっぱり六条を出すのはやめましょう」

「ま、そうだな」法月が苦笑した。「雨だから嫌だ、とか言い出しそうだし」

夜十時になったら電車を使わない女だ。「雨だから……」という言い訳は十分想像できる。現実にその場面に遭遇することを考えると、胃の中に酸っぱい物を一杯に詰めこんだ気分になった。

警視庁世田谷少年センターは、東急世田谷線の若林駅近くにある、素っ気無いコンクリート作りの建物である。かなり老朽化が進んでおり、どことなく古い校舎のような雰囲気を放っていた。さすがに庁舎では会えないので外に呼び出し、内村は今、失踪課の覆面パトカーであるスカイラインの助手席に収まっている。

しかし青山の奴……情報を伝える時は完璧に、一言一句漏らさずが基本なのに、よりによって一番肝心な事実を飛ばしてしまうとは。内村は女性だったのである。内村美香《みか》。三十代半ばで、中肉中背、ごく地味な顔立ちだった。こういう地味な顔は刑事に向いている、とよく言われる。どこへ行ってもその場の雰囲気に溶けこめるからだ。

「いきなり何でしょうか」理由も聞かされずに呼び出されたので、むっつりした低い声だった。

「五年前の事件について教えて欲しい。あなたが中野東署にいた時、教室で爆弾を爆発させようとした少年二人を逮捕した事件があったでしょう。『日本のコロンバイン校事件』とか言われた」

「ああ」美香の顔に影が差した。よほど暗い記憶を残す事件だったのだろう。「もちろん、覚えてますよ」

「その時、関係者に高藤真という少年がいなかっただろうか。犯人たちと同級生だと思うんだけど」

「どう……ですかね」美香が人差し指を顎に当てる。「すいません、ちょっと思い出せないんですけど、どういうことなんですか」

「こっちの捜査の関係で浮かび上がってきた人物でね」私は胸ポケットに入れたタバコのパッケージを触った。同時に、ダッシュボードに張られた「禁煙」のプラスティック札を視界に入れる。ほとんど私に警告するためだけに存在しているものだ。

「もう成人してますよね」

「現在、二十一歳」

「失踪課の捜査に何か関係あるんですか」

生意気言いやがって。そう思ったが口には出さなかった。少年事件の担当者は、警視庁の中で決して主流ではないが、彼女には彼女なりのプライドがあるだろう。ましてや失踪課は、発足して間もない部署である。何をやっているか得体の知れない連中、と思っていてもおかしくないはずだ。

「こっちが探している人間の知り合いでね。話を聴こうと思ってたんだけど、声をかけた瞬間に逃げられた」

「へえ」馬鹿にしたように美香が鼻を鳴らす。「それはヘマしましたね」

「認める」私は右手を上げて降参の意思を示した。「言い訳もしない。それはそれとして、ちょっとおかしくないか？　警察に声をかけられただけで逃げ出すのは、何か後ろめたいことがある証拠だろう？　それで彼のことを調べていたら、あの事件のあった高校に在籍していた事実が分かったんだ」

「そういうことですか」美香が素早くうなずいた。「いじめが原因のひどい事件でしたね」

「カツアゲだろう？　いじめなんてレベルじゃない」

「言葉はともかく、そういうことです。高藤は、いじめグループの中にいました。中心的な存在じゃなかったけど。署に呼んで事情聴取した時なんか、完全に怯えてましたよ。要するに、本当に悪い連中の取り巻きみたいなものです。それがいきなり警察に呼ばれたから、びくびくしていたんでしょう」

「本当の中心人物は何人いたんだ？」

「二人、ですね。確か、二人とも今は暴力団の構成員です」

「おいおい」私は両手を広げた。狭い車内で、指先が美香に当たりそうになる。彼女は器用に体を捻ってよけた。「そんな本格的な奴らがいたのか？　それじゃ、やられてる方が追い詰められるのも無理はないよ」

「同情すべき事案じゃないと思いますけど。爆弾ですよ？」

「それはそうかもしれないけど……」思いもよらぬ美香の冷たい反撃に、私は反射的に一歩引いた。「情けない話だな」

「情けない連中の情けない事件です。だから後味が悪くて……早く忘れたかったのに、すっかり思い出しちゃったじゃないですか」子どものように唇を尖らせる。

「申し訳ない。でも、重要なことなんだ。その高藤は今、大学生なんだけど、当時の連中とはまだつき合いがあるんだろうか」

「ないと思いますよ。更生した……というか、もともとそんなにワルだったわけじゃないし。構成員とのおつき合いなんて、願い下げでしょう」

美香がまた鼻を鳴らす。えらく冷笑的な態度だと思ったが、風邪をひいているらしいと気づいた。

「その二人の名前、分かるかな」

「それは忘れません」

美香が告げる二人の名前を、私は手帳に書き取った。彼女は、逮捕された二人に関する情報も、覚えている範囲で教えてくれた。

「出所してるんだろうか？」

「そう聞いています」

「分かった。急に呼び出して申し訳なかったな」

「まったくです。今度はもう少し、ちゃんとした話で来て下さい。それならこっちも、協力のしようがありますから」

「もう一つ、いいかな」

「何ですか」ドアに伸ばしかけていた手を美香が引っこめた。振り返ると、思い切り嫌そうな表情を浮かべている。

「その事件を指揮したのは、阿比留さんだったんだよな」

「ええ。係長ですからね」

「その頃もかりかりしてた？」

「かりかりと言うか」美香の顔に苦笑が浮かんだ。初めて見る表情らしい表情だった。

「一緒にいて疲れる人だったのは、間違いないですね」

「ということは、昔も今も被害者はいるわけだ」少しおどけた口調で言って、私は彼女をリラックスさせようとした。「今もまったく同じペースでね。自分が規則って感じなんだよな」

「そうなんですよ」美香が急にくだけた調子になった。「出世したいのは分かりますけど、それをあまり表に出すのはどうかと思いますね。そういうのを熱意と取る人もいるかもしれませんけど、下から見てると白けますよ。自分たちが、あの人の出世のための踏み台みたいに思えてきちゃって」

「そういうのは、一生直らないのかもしれないな……でもあの事件の後、室長は希望通りに捜査一課に異動した」

「ええ」ふっと美香の顔に暗い影が差した。「あれで本当に良かったと思ってるなら、ある意味阿比留さんは凄い人ですけどね……非情という意味で」

「非情？」

「情けがない、ということです」

「どういうことだ？」

躊躇い、美香が組み合わせた手を見下ろした。案外細い指で、警察官らしくない。しかし彼女の口から飛び出した言葉は、私の足元をぶち壊すような爆発力を持っていた。この件の裏を取らなければならないのだろうか。本人以外に、この事実を知っている人間はいるのだろうか。


静かな住宅街に、六月の生ぬるい雨が降り注ぐ。私は少年センターから少し離れた路上にスカイラインを停めたまま、ぼんやりと煙草を吸っていた。車の上には、民家のブロック塀を越えて道路にはみ出した大きな柿の木の枝が広がっており、時折葉から零れる大きな水滴がルーフに当たって耳障りな音を立てる。

真弓の背負った業《ごう》。私とは異なるが、家族に関したもの、ということだけは共通している。ふと、背筋に寒いものを感じた。真弓が無事に帰って来た時、このことを話し合うべきだろうか。もちろん、何もなかったように口をつぐんでいることもできる。しかし真弓のことだ、私が嗅ぎ回って事実を摑んだことを必ず知るだろう。互いに話題にしなくても、今まで以上に二人の関係がぎくしゃくするのは目に見えている。そうなったら、愛美たちにも悪影響を与えるのは必至だ。それで仕事がやりづらくなったら、彼女たちにも申し訳ない。

彼女か私が失踪課から消える——解決策はそれしかないかもしれない。いっそのこと、真弓の希望である捜査一課への異動が実現しないだろうか。もちろん私がここから出る手もあるのだが、引き受けてくれる部署があるとは思えない。

どうしたものか……しかし今、こんなことを考えていても仕方ないのだ、と自分を戒《いまし》める。煙草を携帯灰皿に押しこめ、窓を開けて煙を逃がしながら携帯電話を取り出した。手がかりはある。自分にできるのはそれを追っていくことだけだ。湿った冷たい風を頰に感じながら、話すべき相手の番号を呼び出し、電話を耳に押し当てる。すぐに飛びこんできた威勢のいい声が、何とか私を真っ直ぐ支えてくれた。

「おう、お前はいつもいきなりだな」

「どうもすいません。荒熊《あらくま》さんしか頼る人がいないんですよ」

「お前は人の扱い方を心得てるよ、このクソ野郎。先輩が断れなくなる方法を知ってるな」

乱暴な言葉は、全て微笑の浮かんだ分厚い唇から発せられた。荒熊豪《ごう》。組織犯罪対策本部の刑事で、暴力団捜査のエキスパートである。彼がたまたま、「管内視察」と称して新《しん》宿中央署《じゅくちゅうおう》にいたので、署の近くの喫茶店で落ち合った。丸ノ内《まるのうち》線の西新宿駅近くであるこの場所は、新宿という街の中では比較的落ち着いている。荒熊は、その落ち着いた雰囲気にまったくそぐわない男だった。ネクタイなしでダブルの背広を着て、足元はコマンドソールの編み上げブーツ。歌舞伎《かぶき》町を闊歩《かっぽ》させれば、顔を知ったチンピラ連中は、恐れをなして逃げ出すだろう。顎に残る白い傷跡を親指で掻くと、目を細めて私を睨んだ——睨んでいるように見えるが、実際は上機嫌な時の癖である。

「今日は何の用だ」

「若い構成員二人の身元を知りたいんです」

「何歳だ？」

「二人とも二十一です」

「おうおう、若い身空《みそら》で人生を誤ったな。お前がまともな人生に引き戻してやるつもりなのか？」

「それは会ってから決めます。見込みがなければ何も言いませんよ」

「名前は？」

二人の名前を教えると、荒熊はメモも取らずに、すぐ立ち上がった。私を見下ろすようにしながら、低い声で言う。

「この件は極秘扱いなのか?」

「今のところは」

「お前のところの事件で?」

「そうです」

「また何かやらかそうと思ってるのかい」

「まさか」笑ったが、作り笑いがばれないかと内心では冷や冷やしていた。豪放磊落《らいらく》のように見えて、荒熊は実は細かい観察眼の持ち主なのだ。

「いいだろう。ちょっと待て」

荒熊が一度店を出て行った。窓の外を見ると、雨を気にする様子もなく電話で話している。背中を丸め、口元を右手で覆う姿は、巨体に似合わぬ滑稽な感じがした。

五分ほどして荒熊が戻って来た。短く刈り上げた髪は雨に濡れてきらきらと光り、スーツの両肩が黒くなっている。手帳を開いて自分の書いた字を確認すると、ぱたんと閉じて二人の情報を告げる。

「浜岡浩介《はまおかこうすけ》と横山英彰《よこやまひであき》だったな。二人とも連星会《れんせいかい》の下っ端だ」

「また連星会ですか?」私は顔をしかめた。広域暴力団「東京連合」の下部組織。失踪課に来た直後に扱った事件に、連星会の構成員が係わっていたことがある。あの時も荒熊に助けてもらったのだった。

「よくよく、俺たちには縁がある連中だな」荒熊も思い出したようだった。「あの時は……中川治朗《なかがわじろう》だったか。あれも手ごたえのない、情けない奴だった」

「そうでした。荒熊さんが乗り出してくれたら、一発で吐いたんでしたね」

「最近のマル暴は性根が据わってないのさ」荒熊が頰を歪めるように笑った。

「この二人は……」

「逮捕歴はない。今は渋谷を根城にしているようだ。みかじめ料の取り立ての仕事をやらされているようだぜ」

「そんな若い奴が、取り立てなんてできるんですかね」私は首を傾げた。「迫力不足でしよう」

「いやあ、中々の筋金入りらしいぞ」

「というと？」話の行き先が見えてきて、私は必死で内心の興奮を押し隠した。握り締めた拳の内側が汗で濡れるのを意識する。

「お前、覚えてないか？　五年ほど前に中野であった爆弾事件——実際には爆発しなかったが」

「ああ、あれですよね、『日本のコロンバス校事件』でしょう」平静な声を保ってわざと間違えるのに、ほぼ全精力を要した。

「阿呆」荒熊が店の空気を震わせるような大声を出してから、一気に声を潜めた。「コロンバイン校、だ。アメリカの事件だけど、あれだけ話題になったんだぞ。名前ぐらい、ちゃんと覚えておけ」

「すいません。仕事をしてない時期でした」

「ああ……ああ、そうだったな」荒熊が目に見えて動揺した。この男も当然、私が綾奈を失い、酒を友に生きていた七年間のことを知っている。その態度に、私は彼の優しさを見た。先輩なのだから、「しっかりしろ」と殴りつけてもおかしくないのに、常に暖かく見守るだけだったのだから。そして一応苦境から抜け出した今は、その頃の話題をなるべく避けようとしている。

皆が皆、私を甘やかしている。これが一番の問題かもしれない。「しっかりしろ」と叱責され、足腰が立たなくなるほど強烈に殴られていたら、復活はもう少し早かったかもしれない。

「とにかくだ、この二人が、あの事件の原因になった人間だ。高校時代から相当のワルだったんだな。こういう道に進むのは当然だったかもしれん」

「そうですね」

「問題は、捕まえられそうな場所だな」荒熊が何軒かの店の名前を挙げた。住所からして、渋谷のセンター街付近に集まっているようである。若い連中が多い街の裏側で、暴力団員が金を求めて徘徊《はいかい》している――楽しいイメージではなかった。

「どうもありがとうございました」

「いやいや、大したことじゃない。近くにいたしな」荒熊が腰を浮かしかけた。

「それだけですか？」

「何が」

「理由は聞かないんですか」

「聞くまでもないだろう」荒熊が空気を震わせるように笑った。「お前のやることに間違いはない」

「無条件にそんなことを言われても」

「もう少し自分に自信を持てよ。お前にはそれだけの力があるんだぜ」

甘やかすだけでは人は育たないというのに。もしかしたら荒熊は、まだ私が育つと思っているのだろうか。それは勘違いですよ、と心の中で言ってみる。四十代も半ばになり、これからの伸び代など期待できようもない。

だったら私は、これから過去の遺産で食っていかなければならないのか？　それもひどく寂しいことに思えた。

乱暴な人間を相手にしなければならない時、役に立つ人間は醍醐だ。私は高藤のバイト先の張り込みに愛美を送りこみ、代わりに醍醐を渋谷に呼び戻した。センター街の奥の方――ナンパしてきた人間を美知が軽くあしらった交番に近い場所だ――で落ち合い、簡単に事情を説明する。

「なるほど。見つけたらちょっと痛めつけてやればいいんですね」醍醐が嬉しそうに指をぽきぽきと鳴らした。グローブのように大きなその手は、元プロ野球選手という、刑事としては異質の経歴をわずかに思い起こさせる。

「そんなこと、一言も言ってないだろう」

「簡単には喋らないと思いますよ。昔の事件の関係でしょう？　蒸し返されたと思ったら、ああいう連中は……」

「面子《メンツ》を潰されたと思うかもしれないな」

「オス」にやりと笑い、挑発的に相手のパンチを待つボクサーのように、両手をだらりと垂らした。「そういう時には、言葉よりも少し小突いてやった方が早いでしょう」

「できるだけそういう事態にならないように祈るよ」私は溜息を吐いて、センター街を見渡した。この街は、夜になると昼よりも明るくなる。不夜城という言葉は昔は新宿を形容するものだったが、今はこの街にも当てはまると言っていいだろう。とにかく電飾が派手なのだ。それに吸い寄せられるわけではないだろうが、午後六時を過ぎると若者たちがふらふらと集まって来る。中には家出して、行き先の当てもないまま疲れ切って路上に腰を下ろしている連中もいるはずだ。そういう連中の九割は、この街でさらに疲労と恐怖、孤独を募らせ、自らの意思で家に帰ることになる。残り一割は、私たちが面倒をみなければならない。

「しかし、今時みかじめ料ですか。そういうの、流行らないと思うんですけどねえ」醍醐がくしゃっと顔をしかめた。

「いつまで経ってもなくならないのが現実なんだよ」私は首を振った。雨が顔に降りかかる。細かい、霧のような雨で、それほど濡れる心配はしなくていい。水蒸気のように舞う雨が、上空で色とりどりの光に照らされ、少しばかりサイケデリックな雰囲気を醸し出している——今の若い連中にサイケデリックと言っても通用しないだろうが。もちろん私自身、その時代を生で体験しているわけでもない。

「取り敢えず、行ってみるか」

「何だったら連星会の本部に乗りこんでもいいんですけど。確か、恵比寿《えびす》でしょう?」醍醐が両手を組み合わせ、手首を解すようにぐねぐねと動かした。「その方が話が早いんじゃないですか」

「そこまでやる必要はないよ。今のところ二人とも、容疑者というわけじゃないんだから」

しかし私たちの捜索は、ことごとく空振りに終わった。二人の姿が見つからない。今日は顔を出していないと素直に教える店もあったが、そもそもヤクザとつき合いはないと頭から否定する店も少なくなかった。ヤクザにみかじめ料を払うのはいいが、それを警察に知られるのはまずいということか。ちぐはぐな倫理観に辟易《へきえき》しながら街を歩き回っているうちに、二時間が過ぎてしまった。

「ちょっと間を置こうか。飯でも食おうぜ」

「そうですね」醍醐が手首に視線を落とす。かなり大きな腕時計をしているのだが、彼の手首に鎮座していると女性用にも見える。

「何にする？　署に戻って食堂というのはやめような」

「何でもいいですよ」醍醐が肩をすくめる。「お任せします。そういうのを考えてる余裕もないんで」

結局、センター街が今のように若者だけの街になる以前からある中華料理屋に入った。味の流行、街を行く人の変化にも関係なく、しぶとく生き残っている。何度か訪れたことがあるが、味に関しては特筆すべきことは何もない。長く続いているのはそのせいだろう。醍醐がチャーハンの大盛りを頼む横で、私は豚肉ときくらげの卵炒《いた》めの定食にした。

「きくらげを多めに」と頼むと、醍醐が怪訝そうな表情を浮かべる。

「好きなんだよ、きくらげ」

「そうですか……あの、まだ全然、話がつながらないんですけど」醍醐が首を傾げる。

だな」

「俺だって分かってないさ」私は小さな——あるいは大きな嘘をついた。このことは、少なくとも今の段階では胸に秘めておくべきだと判断する。「美知さんの方をどうするか、だな」

「ええ。ちょっと今は、そっちに割く人手がないですからね」

「全部つながっているかもしれないけど」

「どういうことですか」醍醐が怪訝そうな表情を浮かべた。

「いやいや、親子だからさ」私は慌てて誤魔化した。愛美なら、すかさず突っこんでくるところだな、と思いながら。

「でも、別れた家族なんでしょう?」

「だからって、いつまでも憎み合ってるとは限らない」憎しみ以上の負の感情もある。それが分かっていながら、私は上っ面だけの言葉を追い続けた。「何かあれば母親を頼るのは、娘としてごく普通の行動パターンじゃないかな」

「あるいは、母親が娘を頼るとか」

「室長が人に頼ってるところ、想像できるか?」

「まあ、それはちょっと……あれなんですけど、二十歳を超えた娘さんは、母親からすれば頼れる存在なんじゃないですか。いつまでも子どもと思っていたのが、いつの間にかこんなに大人になって、とか」

「一般的にはそうかもしれないな」

どうも何かが違う。私が真弓という女性に対して抱いている一番大きな印象は、「情が薄い」というものだ。もちろん、部下のことは心配する。ただそれは、人としてではなく、上司としてである。メンタルケアをするのは、仕事に差し障りが出ると困るからなのだ。全ては円滑に仕事を進め、手柄を拾い集めるためである。

もちろん、私がまったく知らない一面が真弓にあってもおかしくはないが。

エネルギー補給を終え、私たちは再び街に繰り出した。歩きながら森田、愛美の順で電話をかけ、状況を確認する。高藤は家にもバイト先にも姿を現さなかった。電話を切ろうとした瞬間、愛美が「ちょっと待って下さい」と声をかける。

「どうした」

「閉店時刻です」確かに、彼女の声の後ろで「本日はまことにありがとうございました」と増幅されて割れた声が告げるのが聞こえる。これ以上、バイト先で張らせておいても無駄だろう。

「家の方に転進してくれないか。森田は飯も食ってないようだし、合流して張り込みを続けてくれ。何か食べるものを差し入れてやってくれよ」

「食事ぐらい自分で……」愛美が露骨に舌打ちをした。

「まあまあ、そう言わずに。差し入れしてやれば、森田の受けが良くなるかもしれない」

「それで私に何かメリットがあるんですか?」冷たく言い放って、愛美が電話を切った。醍醐がにやにや笑いながら話しかけてくる。

「またやりこめられましたか?」

「煩いな。馬鹿なこと言ってると、今後、明神の世話は全部お前に任せるぞ」

瞬時に醍醐の顔が青褪める。一つ咳払いをし、「こっちはどうしますか」と話題を変えてきた。

「聞き込み続行だな。何とか店の協力を得たいんだけど……」

「あからさまには認めないでしょうね。どうせなら、荒熊さんに最後まで助けてもらえばよかったじゃないですか」

「そうもいかないさ。荒熊さんは荒熊さんで忙しいし、あまり頼ってると、こっちの事情がばれる。さ、行くぞ」

しかし、私たちの聞き込みは、最後まで不調に終わった。ここまで情報が集まらないのも珍しい。普通は、何がしか、断片ぐらいは耳に入ってくるものなのだが。十時近くになり、私たちはスペイン坂の途中の階段で落ち合った。まだまだ人出は引かず、立ち止まって打ち合わせをしている私たちに、露骨に迷惑そうな表情を向けてくる人も少なくなかった。

「荒熊さんの情報が間違っていたという可能性はありませんか」囁くように醍醐が訊ねる。

「それはない……いや、実は俺も今、それを考えてたんだけどな」

「荒熊さんだからって、百パーセント正しいとは限りませんよね。特に相手は若いチンピラだし、動静を完全に摑んでいるわけじゃないでしょう」

「まあな」私は一つ伸びをした。両肩からばきばきと嫌な音がする。人の流れは激しく、立ち止まったまま話ができる状況ではなかったので、首を回しながら坂を登り始めた。短い坂はすぐに終わり、パルコの裏手に出る。まだ当たっていない店は……ゼロ、と判断する。この辺の繁華街は、賑わいの割には狭いのだ。店の密集度で言えば、歌舞伎町にも匹敵する。

「一度戻りませんか」疲れた声で醍醐が言った。

「そうだな」反射的に答えたが、失踪課に戻っても何にもならないことは分かっている。かといって、このまま歩きまわっても、手がかりが摑める保証はない。

——行き止まり。

捜査には、こういう瞬間が訪れる時がある。普段は何らかの方法で乗り越えられるものだ。一番簡単なのは、時間を置いて頭を冷やす、というものである。冷静になれば、見落としていたもの、勘違いしていた状況を正確に把握できるようになる。しかし今回、私たちには時間がないのだ。

「クソ」つい悪態を吐き、パルコ脇の細い路上で立ち止まる。醍醐が私の背中にぶつかりそうになり、詫びた。

「すいません」

「いや、今のは俺が悪い」

「高城さん、あまり自分を追いこまない方がいいですよ」

「それは無理だ」ゆっくりと首を振る。両肩に何かが乗ったように重い。ズボンのポケットに入れた携帯電話が震え出す。この震動を肩に当ててやれば、少しは凝りも消えるのではないか――馬鹿なことを考えながら電話を引っ張り出した。失踪課からだった。

「まずいぞ」法月だった。普段と違って前置き抜きで話し始めたのが、慌てている証拠である。

「どうしました」一瞬、最悪の事態を想像した――真弓が遺体で見つかったとか。だが、法月の話は私の想像を完全に超えていた。

「広瀬さんだがな」

「ええ」

「捜査一課経由で話が入ってきたんだが、若い連中の言葉で言えば、ぼこぼこにされた状態で見つかったそうだ」

「何ですって」思わず電話を握り締める。ただならぬ気配に気づいたのか、醍醐が私の前に回りこんで顔を覗きこんだ。「襲われたんですか？」

「そうらしい。現場は京王線の八幡山《はちまんやま》……彼のアパートのすぐ近くだよ」

「発見は？」

「三十分ほど前。近所の人が怒鳴り合う声を聞いて一一〇番通報して、所轄の連中が、血《ち》塗《まみ》れで倒れているのを確認した。持ち物ですぐに身元は確認できたそうだ」

「ということは、強盗じゃないですね」

「違うだろうな。財布も無事だった。それに時間も早過ぎる」

「容態はどうなんですか？」

「意識不明じゃないが、混濁した様子だそうだ。まともに話はできそうにないぞ」

病院へ行く間に、意識がはっきりするかもしれない。私は「オヤジさん、今そこには誰がいますか？」と訊ねた。

「公子さんと六条が残ってる」

「六条が？」

「そう、意外だけど……」法月が声を潜める。「チームとしてはいいことじゃないか」

それなら留守は二人に任せよう。瞬時にそう判断し、車を出すよう法月に要請した。

「途中で拾ってください。ビックカメラの前辺りで待ってます」

「五分で行く」法月が乱暴に電話を切った。

「どういうことですか？」醍醐が困惑した表情で訊ねた。

「分からない。だけど、今回の件に関係ないとは言えないだろうな」曖昧な話し方しかできないのが悔しくてならなかった。

## 13

八幡山駅の近くにある救急病院に向かう間、あちこちに電話をかけて情報を集める。事件の輪郭が次第にはっきりしてきた。広瀬はアルバイト先から帰宅する途中、いきなり声をかけられて暗がり——住宅建築が予定されている空き地——に引きずりこまれたらしい。すぐに怒鳴り合う声が響き、広瀬のものらしい悲鳴が聞こえてきたという。目撃証言によると、広瀬を襲ったのは二人組。慌てて駅の方に逃げ出すのも見られたが、人相や服装に関しては、はっきりとした証言は得られていない。

「彼も、何かやばいことに首を突っこんでたんですかね」助手席に体を押しこめた醍醐が漏らした。

「それは偶然が過ぎる」ハンドルを握る法月が即座に否定した。「美知さんの件と関係あると考えるのが自然だろう」

「どう自然なんですか」醍醐が反駁《はんばく》した。「つなげる材料なんかないじゃないですか」

「いや、こういうことは、後になってつながってると分かるものさ」

「それは後知恵ってやつでしょう」

二人ともかりかりしている。私は敢えて口を挟まず、口論がヒートアップしていくのを放置しておいた。言いたいことを言い合った方がガス抜きになるし、怒鳴り合っているうちにアイディアが出てくることもある。それに、怒鳴り合えるということは、それだけ二人が親密な証拠だ。殴り合いよりも、無視し合っている方が性質が悪い。

しかし二人の議論は、あっという間に沈黙に呑みこまれた。筋が通らない、推測だけに頼った話を続けていれば、行き詰まるのは当然である。私は後部座席で腕組みをしたまま、じっと目を瞑《つむ》っていた。疲れてはいるが、眠気は遠い。真弓は今どこで何をしているのだろう。小雨降る空き地で、彼女の遺体が無残に転がっている様を想像しようとしたが、できなかった。おそらく私がそれを望んでいないが故に。

——しっかりしてよ、パパ。

——綾奈。

ぴかぴかのランドセルを背負った綾奈の姿が浮かぶ。ああ、あのランドセルを買うのに、デパートを何軒梯子したことか。

——簡単なの。全部つながってるんだから。

――全部？

――そう、全部。パパには見えてないだけだよ。

――まさか。どう考えてもつながらない。

――いつも、大事な部分が見えてないだけだって言ってるじゃない。今度も見つかってないだけだから。

――今回は穴が多過ぎるんだよ。

私は顔を擦った。綾奈……俺の頭を混乱させるためだけに出て来たなら、ちょっと消えてくれないか。そう考え、「消える」という言葉がひどく残酷なものだと気づく。せっかくこうやって会っているのだ、少しぐらい苛つかされることがあっても、この時間は大事にしたい。私が望んでいるからこそ、綾奈は現れるのだから。

病室の前で、所轄の刑事、若松《わかまつ》と落ち合った。四十歳前後、ポロシャツの上に薄い青のブルゾンを羽織り、一日分の無精髭を蓄えている。当直に入ってまだそれほど時間は経っていないが、徹夜明けのように疲れて見えた。

「どんな具合だ？　意識は？」私は嚙みつくように訊ねた。

「命に別状はありませんけど、まだ譫妄《せんもう》状態ですね。話が聞けるかどうかは分かりませんよ」若松は冷静だった。というよりも、こういう状況にうんざりしているのは明らかだった。

「待たせてもらっていいかな」

「構いませんけど、失踪課がうちの事件に何の用なんですか」若松が赤くなった目で私を睨んだ。

「彼は、うちに相談に来た人なんだよ」

「へえ」疲労に揉まれた顔にわずかに生気が戻る。両手で頬を叩いて気合を入れ、背筋をぴんと伸ばした。「そっちの事件にも関係してるってことですか」

「まだ断定できない。強盗の線は？」

「ないんじゃないかな。財布を盗む時間ぐらいはあったはずなのに、何も盗《と》られてませんからね」

「今のところの見方は？」

「何とも」若松が肩をすくめる。「少し間があるのが妙ですね」

「間？」

「空き地に連れこまれたタイミングと、悲鳴が上がったタイミングにタイムラグがあります。その間に何があったか、ですね」

「どうかな」強盗の線も捨て切れないだろう。金を寄越せ、ふざけるなという押し問答になっていたのかもしれない。殴りつけたら、思ったよりもひどい怪我になり、犯人が慌てて何も盗らずに逃げた、ということも考えられる。

「ひょろっとした子でしょう？　何だか頼りなさそうだから、目をつけられやすいかもしれませんよね」

「そうかもしれない」

私は若松と離れ、失踪課の二人と額を寄せ合った。必然的に小声になる。

「俺は広瀬さんから話を聞きたいから、意識がはっきりするまでここで待つ。二人は引き上げてくれないか」

「いや、ちょいと所轄の手伝いをしてみようや」法月が申し出る。「近所の聞き込みをすれば、襲撃犯の正体が割れるかもしれないぞ」

「何か思い当たる節でもあるんですか」

「いや、別にないけどさ」法月が髪を撫でつける。「仮にこの件が、美知さんの失踪絡みだとしようか。その場合、どうして彼が襲われるんだ？」

「実は広瀬さんが美知さんを殺したとか？」

醍醐が低い声で自信なさそうに言った。法月が目を見開く。

「おいおい、いきなりそこへいくのかよ」

「すいません、それぐらいしか思いつかないんで」醍醐が頭を掻いた。「それを知った美知さんの知り合いが、広瀬さんをぼこぼこにした――なんていうのはどうでしょう」

「じゃあ、俺たちは出し抜かれたわけだな」法月が唇を歪める。

「そういうことです、オス」

「却下、だな。広瀬さんが美知さんを殺す理由が見当たらないし、殺したならわざわざ警察に知らせてこないだろう」

「ある意味カモフラージュかもしれませんよ」醍醐がなおも食い下がった。この件は以前、私と彼で話し合ったことがある。それが頭のどこかに引っかかっていたのだろう。

「そんな、セーフティネットなしで綱渡りをするような人間はいないよ」

「それもそうですねえ……」

「分かった」私は割りこみ、二人のやり取りを中断させた。実りのある会話とは言えない。「じゃあ、現場で聞き込みに回ってくれ。俺はここで待つ」

「オス」

醍醐がさっさと踵を返して消える。法月はまだその場に留まり、私の顔を見上げながら訊ねた。

「へばってないか？」

「大丈夫ですよ」

「そうは見えないけどな」

「それはオヤジさんも一緒でしょう。くれぐれも無理しないで下さいね。また倒れたりしたら、娘さんに殺されるのは俺なんですよ」

法月がぶるっと体を震わせた。笑おうとして失敗し、唇が左右に薄く引き伸ばされる。
「まあ、それは……とにかく、俺は生まれ変わったんだ。無理せずにやれる道を探ってるんだから、黙って見守ってくれよ。お前さんこそ、無理するな」
「分かってますよ。じゃあ、よろしくお願いします」
法月がさっと頭を下げ、大股で遠ざかる醍醐の後を追った。一人取り残された私は、若松と事件の状況について話をしたが、ほどなく話題も尽きてしまった。煙草を吸いに出て、ついでに缶コーヒーを二本買って帰って来る。手渡すと若松は丁寧に頭を下げたが、渋い表情が浮かぶのを私は見逃さなかった。コーヒーは——缶コーヒーは嫌いなのかもしれない。

ベンチに腰を下ろし、プルタブを開ける。冷たく、過度に甘い液体が喉を滑り落ちる感触を楽しみながら、私は壁に背中を預けた。ひんやりとした固さが眠気を吹き飛ばす。この時間になると病院も静まり返っており、遠くで誰かが歩く靴音さえ、はっきり聞こえてきた。ゴムと床が擦れ合う音は甲高く、かすかに耳に痛い。冷たい缶を頬に押し当て、ゆっくりと目を瞑った。瞼《まぶた》の奥で、様々な残像が揺らいで消えていく。時に真弓の顔が入ってきた。そこに美知の顔が重なる。

親子。

一番自然な関係であるが故に、一度こじれると修復は難しくなる。そもそも真弓は、修復のための努力をしたのだろうか。放置したまま、相変わらず自分のために、自分のペースで仕事をし続けていたのではないか、と思う。まるで、一昔前の出世至上主義のサラリーマンのように。よく今まで、燃え尽きずにやってこられたものだ。

携帯電話がズボンのポケットの中で震え出したが、病院の廊下で話すわけにはいかない。体を無理に捻じ曲げながら取り出し、一旦終話ボタンを押す。失踪課からの電話だと確認して、小走りに非常口に向かった。外へ出た途端に、小糠雨《こぬかあめ》が体にまとわりついてくる。小さな庇のある所に身を寄せ、暗い駐車場を見渡しながら、失踪課に電話をかけ直した。居残っていた舞が出る。

「あの、村田麗華さんっていう人から電話があったんですけど」

「何だって？」美知の大学の友人だ。「用件は？」

「何だか変な人たちにつけ回されてるみたいだっていうんですけど、これ、うちの仕事じゃないですよね」

「いや、いいんだ。彼女には事情を聴いたことがある」

「でも、これって所轄に言うべき話じゃないんですか？」

それを決めるのは君じゃない。ぴしゃりと決めつけたくなるのを必死で堪《こら》え、もう一度

「いいんだ」と答える。麗華の連絡先を確認し、電話を切った。冗談じゃない。美知の関係者に次々と異常が生じている。しかも立て続けだ。こうなると、広瀬が襲われたのが美

知の失踪絡みだという可能性が大きくなる。

煙草をくわえ、壁に「禁煙」の張り紙があるのを無視して火を点ける。雨の中、立ち上った煙が揺らいですぐに薄れた。麗華は、呼び出し音が一度鳴っただけで電話に出た。

「失踪課の高城です。お電話いただいたんですね？」

「すいません、電話なんかして」麗華が囁くような声で言った。

「何があったんですか？　誰かにつけられたと聞きましたが」

「つけられたというか、声をかけられたんです」

「場所は？」

「うちの近くで……阿佐ヶ谷《あさや》なんですけど、家の前まで戻って来たら、急に肩を摑まれて……」

「怪我はないんですか」

「はい、何とか」気丈に答えたが、精神的な痛手は深そうだ、と判断する。本当はすぐにでも飛んで行って、一声かけたいところだ。私という人間の存在がどれだけの慰めになるかは分からないが、刑事という「肩書き」は、幾分かの安心感をもたらすはずである。

「肩を摑まれて、それから？」

「聞かれたんです……あの、『鈴木美知はどこにいる』って」

誰かが美知を探している。広瀬も同じように聞かれたのではないか、と私は想像した。

拒絶したか、「知らない」という言葉に相手が激怒して、広瀬を殴りつけたのかもしれない。

「相手は？」

「男二人だと思うんですけど、怖くて顔は見てません」

「そうでしょうね。ゆっくり思い出して下さい。無理はしなくていいですよ。若い感じですか？　年取った感じですか？」

「若い、と思います」

「どんな声でした？　低い声とか、高い声とか」

「低かったですけど、たぶん、わざとそういう声を出してたんだと思います。その、無理に迫力を出そうとしたみたいな感じ？」

「背丈はどうですか」

「後ろから声をかけられたんで……怖くて見てませんから……」

「声はあなたの頭の上から聞こえましたか？　それとも同じぐらいの高さから？」麗華はかなり背が高い方だった。ほとんど座ったままで会話を交わしたからはっきりとは分からないが、百六十五センチぐらいはあったのではないだろうか。

「上、です。たぶん、結構上の方」

「あなたの身長は？　百六十五センチぐらいあるんじゃないですか」

「百六十七センチです」質問の意味を正確に呑みこんだのか、麗華の喋りがスムーズになってきた。「あ、私、今日はヒールの高い靴を履いていたんです。だから、百七十センチ以上はありました」

「じゃあ、相手は相当背の高い人間ですね」

「そうですね、きっと……でも、もう一人は分かりません。気配だけで」

「それは仕方ありません。でも、よく逃げられましたね」

「大声を出したんです。そうしたら、相手が一瞬手を放して。家のすぐ前だったからすぐに駆けこみました。鍵をかけて、しばらく……玄関で泣いてました」麗華の声がまた揺らぐ。「その後外を見たら、もういなくなっていました」

「阿佐ヶ谷だったら、周りは住宅地ですよね」

「はい」

「結構、悲鳴を聞かれたんじゃないですか」

「やだ、きっとそうですよね」麗華が眉をひそめる姿が浮かぶ、「どうしよう。近所の人に聞かれちゃってたら……」

「それは仕方ありませんよ。あなたは勇気がありました。声を出せなくなってしまうことも多いですからね」

「夢中だったんです。でも、今考えると……」麗華の声が震え始めた。恐怖は、時間に比例して薄れるとは限らない。

「分かります……いいですか、ちょっと落ち着いて話を聞いて下さい。これから担当の人間をそちらに向かわせます。もう一度今の状況を話してやってくれませんか？　時間が経てば、新しく思い出すこともあるかもしれませんしね」

「そうなんですか？」

「人間の記憶は、不思議なものなんです。普通は時間が経つと忘れるんですけど、逆に突然思い出すこともあります。遅くなりますけど、どうしても今夜中に話を聞かせてもらえませんか？　実は、美知さんの周辺でおかしなことがいろいろ起きているんですよ」

「何なんですか？　そんな、怖いことが……」

「電話では詳しく話せないんですけど、狙われているのはあなただけじゃないかもしれない。とにかくもうしばらく、起きて待っていて下さい。お願いします」

「分かりました」

「感謝します。あなたは勇気がある人だ」

電話を切り、すぐに愛美の携帯を呼び出す。彼女は眠そうな声で応じた。

「まだ戻って来てませんよ」最初に結論を口にする。疲れてはいても、彼女らしい喋り方だった。

「分かってる。悪いんだけど、ちょっと転戦してくれないか？」

「何か起きたんですか?」

事情を簡単に説明する。電話の向こうの愛美が真剣な表情を浮かべる様が容易に想像できた。

「村田麗華さんの家は阿佐ヶ谷だ。そこからなら、車ですぐだろう」

「十分あれば行けます」

「大至急、彼女から事情聴取してくれ。俺も簡単に話は聴いたけど、もう一段階突っこんで欲しい」

「……広瀬さんを襲った人間と同一犯だと思ってるんですか」

「否定はできない」

「分かりました。それで、森田さんは? ここは諦めて一緒に行った方がいいですか」

「あいつは居残りだ」

「車なしで? 雨、降ってますよ」

「実は、トランクに傘を入れてあるんだ。それを使うように言ってくれ」

「高城さん」愛美が一音ずつを区切るように言った。「私の口から全部言わないと駄目ですか?」

「それぐらい頼むよ」

「指示するのは高城さんの仕事じゃないですか」

「俺の見た限り、君が森田を追い越すのは時間の問題なんだけどな。今のうちに、人に指示を出す勉強をしておいた方がいいよ」

「お断りします」

あっさり拒絶され、私は啞然《あぜん》としてしまった。仕事、特に出世に関しては、人それぞれの考えがある。愛美の場合は、まだまだ現場で働く方が楽しいということか。仕方なく、「森田に代わってくれ」と頼んだ。雨の中でもうしばらく立っていてくれ、と指示するのは誰でも嫌なものだが、相手が森田となると話は違う。典型的な「暖簾《のれん》に腕押し」なのだ。積極的にやる気を見せるわけではないが、拒否することもない。ただ「何でこんなことをしているのだろう」という戸惑いが、小波《さざなみ》のように伝わってくるだけだ。こういう男が、射撃に関してだけは神業のような腕を見せるというのが、どうにも理解できない。

煙草をもう一本吸うか……しかし今頃、広瀬が意識を取り戻しているかもしれない。ニコチンへの欲求を押し殺しながら非常口のドアを開けた瞬間、こちらに走って来る若松の姿が目に入った。病院なので大声は出せないが、彼の形相を見ただけで事情は分かる。

広瀬が目を覚ましたのだ——あるいは死んだか。

広瀬は薄らと左目だけを開けていた。頭の包帯が痛々しく、唇は腫《は》れ上がって二倍ほどの厚さになっている。顎も赤くなっていた。折れてはいないだろうが、話すのはきついかもしれない。右目も包帯で覆われ、ほとんど病室の様子が見えていないのではないかと思われた。左目をぎゅっと閉じて開けると、涙が一粒零れ出す。痛み止めのせいか、表情がぼんやりと霞んでいた。

若松に無理を言って、私が話を聴くことにしていた。椅子を引いてベッドに近づき、耳を彼の顔に近づけるようにする。

「分かりますか？　失踪課の高城です」

広瀬の喉仏がかすかに動く。それだけで痛みが走ったのか、自由な左目をぎゅっと閉じた。

「まだ話せませんか？　きつい？」

広瀬が何とか首を縦に振る。ひどく辛《つら》そうだった。

「イエスかノーで答えて下さい。イエスだったら目を閉じて。ノーなら開いていて下さい。分かりましたか？」

うなずこうとして、広瀬が左目を閉じた。こちらの言っていることは伝わっているようだ、と一安心する。

「今夜、あなたを襲ったのが誰か、分かりますか？」

左目はそのまま。ノー。

「見覚えのない相手？」

イエス。

「いきなり襲われたんですね？」

イエス。

「相手は二人？」

イエス……だが、視線がわずかに彷徨った。

「分からない？」

躊躇った後、イエス。

「美知さんのことを聞かれましたか？」

強いイエス。瞬き二回。

「居場所について、ですね」

イエス。

「当然、答えられなかったですよね。向こうは、あなたが知っていて隠していると思ったんじゃないですか」

目が閉じかけたが、すぐに開いた。答えられない質問を投げてしまった、と気づく。

「居場所を教えろと言われて、『知らない』と答えた？」

イエス。

「そうしたら、殴られたんですね」

イエス。広瀬が左手を布団の中からのろのろと出した。小指が分厚く包帯で巻かれている。折られたのか……人の骨は案外簡単に折れるものだが、折る方にも覚悟がいる。

「襲撃犯の特徴にいきましょうか。あなたより背は高かった？」

イエス。

「かなり高かった？」

一瞬躊躇った後、イエス。広瀬は身長百七十センチを少し越えるぐらいだろう。麗華の証言と合わせれば、少なくとも一人は相当身長が高かったと推定される。

「若かったですか？」

イエス。

「あなたと同じぐらい？」

無反応。そこまで冷静に観察できなかったのだろう。

「もしも似顔絵を作るとしたら、相手の顔を思い出せますか？」

ノー。

「無理ですよ」若松が割りこんだ。「現場は相当暗いんです。目の前に相手の顔があっても、はっきり見えないぐらいだから」

東京では珍しい深い闇だ。黙ってうなずき、広瀬への質問を続ける。

「相手は、美知さんのことを何か言っていましたか」

ノー。

「どこにいるかと聞いただけ?」

イエス。

「何か、捨て台詞を残していきませんでしたか?」

ノー。

なおも質問を続けたが、イエスとノーだけで続ける事情聴取にはほどなく限界がきた。喋れるようになってからまた話を聴こうと決めて席を立ったが、それでは手遅れになるかもしれない、と思い直す。腕時計を確認すると、間もなく日付が変わろうとしていた。査察開始まで十五時間。朝から、石垣が何か言ってくる可能性もある。

一瞬、激しい後悔に襲われた。石垣は典型的な事なかれ主義の役人であり、何かと目立つ三方面分室を嫌っている。だからこそ今まで極秘で捜査を進めてきたのだが、やはり最初の段階できちんと話しておくべきだったのではないだろうか——いや、やはり拳銃の持ち出しは大問題だ。石垣にとっては致命的な失態になるわけで、そういう状況に直面した時に、あの男がどんな行動に出るかは想像もつかない。すぐに上に相談して、警視庁を挙げての大騒ぎになるか、隠蔽《いんぺい》しようとするか。隠蔽は許されない、と考えたが、自分たちがやっているのがまさに隠蔽そのものだと気づく。無事に真弓を発見できれば、拳銃が戻ってくる可能性も高い。その後は全員が口をつぐんでしまえば……これは隠蔽以外の何物でもない。

私は、何のためにこんなことをしているのだろう。刑事なら――公務員なら、まず「ホウレンソウ」を叩きこまれる。報告、連絡、相談。どんなことでも自分一人の胸にしまいこんでおかず、すぐに上に話を上げるのが基本だ。だが今の私は、この基本を完全に無視している。今自分たちがやっているのは、不祥事隠しに他ならない。「より大きな事件の捜査のため」というようなことであれば、言い訳になるかもしれないが、この件に関しては大義名分は一切ない。

真弓のため？　ひいては自分たちのため？　極めて自分勝手な理由であり、事態が明るみに出れば全員が処分を受ける。それは私だけでなく、三方面分室の全員が分かっているはずだ。なのに誰も文句を言わず――舞でさえも――深夜に至るまで動き回っている。

真弓は誰にでも好かれる上司というわけではない。上司として理想的なタイプでもない。だったら何故、私たちはこんなことを――ループし始めた思考は、携帯電話の呼び出し音で寸断された。通話ボタンを押してから、非常出口に向かって走り出す。ドアを押し開けた瞬間、電話を耳につけた。

「はい、高城」

「何だ、いないかと思ったぜ」荒熊だった。こんな時間なのに、エネルギーに溢れた声である。

「すいません、病院にいたんで電話に出られなかったんです」

「何かあったのか?」声に緊張が漲《みなぎ》る。

「関係者が襲われました」

「おいおい、どういう展開なんだよ、この野郎」荒熊の声はどこか嬉しそうだった。この男も長野と同じ、昔ながらの刑事の最後の生き残りである。事件を栄養にし、育っていく。暇な時間が何よりの敵。「いよいよ複雑な様相を呈してきたじゃないか。腕が鳴るだろう」

「いやいや、そんなことはないですよ」複雑、というのは、様々な状況がもつれた糸のようになっている状態だ。現段階では、一見関係のありそうな事象がぽつりぽつりと海に浮かんでいるだけである。「それより、こんな時間にどうしたんですか」

「何がこんな時間だ。まだ宵の口じゃねえか……それで、どうだ? あの二人は捕まったのか?」

「いや、残念ながら」

「そんなこったろうと思ったよ。相変わらずとろいな、お前は」

「すいませんね」いくら荒熊の言葉でも、さすがにむっとした。笑って冗談を返せるほどの余裕はない。「それで、ご用件は?」

「こんなこともあろうかと思って、こっちで一人捕まえておいたんだよ。ただし、何か具体的な容疑があるわけじゃないから、すぐに放さなくちゃいかん。これから来られるか?」

「どこですか」

「新宿だよ」

それなら捕まるはずもない。私と醍醐は、渋谷にいるはずもない二人を追いかけて、時間を無駄にしていたことになる。

「渋谷じゃなかったんですか」

「たまたまこっちにいたんだ。今ここにいるのは浜岡って奴の方だがね」

「分かりました。すぐ行きます」愛美の方は、そろそろ事情聴取を終えているのではないだろうか。新宿中央署に呼び出して合流しよう。電話をかけようとした瞬間に鳴り出した。何というタイミングか、愛美だった。

「あまり内容のある話は聴けませんでした。少し時間を置いた方がいいかもしれませんね。今はショックが大きいです」

「俺が話を聞いた時には、比較的落ち着いてたんだけどな」

「時間が経って、恐怖が戻ってきたのかもしれません」

「そうか……それより、新宿中央署に回ってくれないか？」

「新宿？　今度は何ですか？」

「マル暴の若い奴とご対面だ。中野東署の事件の原因になった奴」

「見つかったんですか？」

「結局荒熊さんのお世話になったけどな」

「分かりました。すぐ向かいます……あの、森田さんはどうするんですか？　雨、ひどくなってますよ」

「そうだな」

私は目の前で簾《すだれ》のように流れ落ちる雨を見詰めた。気温もぐっと下がっており、じっと立っていると震えがくるほどだった。

「回収させるよ」

「回収？　ごみ拾いみたいですよ」

似たようなものだ、と口にしそうになって言葉を呑みこむ。いくら苛立っていても、仲間を貶《おとし》めてはいけない。

「オヤジさんと醍醐が外を回ってるんだ。そろそろ引き上げさせようと思っていたから、ついでだよ」

「分かりました。じゃあ、私はすぐに新宿に向かいます」

「向こうで落ち合おう」

すぐに法月に電話をし、張り込みをしている森田を回収するよう、指示する。法月は「ごみ回収か」と、愛美と同じような言葉を口にした。森田はごみ……そこまで言わなくてもいいと思うが。

# 14

病院からタクシーを使い、新宿中央署へは愛美と同着になった。彼女は湿気をまとい、いつもは艶々している髪も輝きをなくしている。さすがにげっそりと疲れた様子で、足取りも重い。

「へばってるな」

「大丈夫です」愛美が自分の頬を一発張って気合を入れる。乾いた甲高い音が、人気のない廊下に響いた。

刑事課の取調室のドアを開けると、荒熊の巨大な背中が視界のほとんどを塞いでいた。振り返った荒熊が満面の笑みを浮かべる。顔の艶もいい。容疑者——この時点では浜岡は容疑者ではないが——は彼にとって、餌も同然なのだ。簡単に容疑を認めず粘る容疑者は、「食《た》べ応《ごた》えがある」ということになる。

「よう、お疲れ」

音を立てて椅子を引き、荒熊が立ち上がると、彼の陰に隠れていた浜岡の姿がやっと目に入る。どうにも情けない男、というのが第一印象だった。黒地に細い銀のストライプが入ったTシャツにベージュのジャケット、黒いズボン。髪はぼさぼさで、安っぽいホストのような雰囲気を発散している。顎ににきびの名残があるのが、ひどく情けない感じだった。ヤクザとにきび……似合わないこと甚だしい。私は彼と正対して座った。愛美が記録係用の椅子を持ってきて、私の横に陣取る。荒熊は巨体で出入り口を塞ぐように、私の背後に立った。

新顔か、とうんざりするように唇をねじり、浜岡が椅子の背に右腕を引っかけた。欠伸《あくび》を隠そうともせず、つまらなそうに私の顔を一瞥する。

「どうやら無事だったようだな」

「は?」

「誰かに跡をつけられたりしなかったか?」

「あんた、何言ってんの」浜岡が鼻で笑った。

「ちょっとそういう動きがあってね」煙草に火を点ける。愛美が身を強張らせるのが分かったが、無視して携帯灰皿をデスクに置いた。「俺たちはずっと、あんたを探していたんだよ」

「そりゃどうも」

「ちょっと昔話をしたいと思ってね。中野新橋高校時代の話だ」

浜岡がぴくりと身を震わせる。彼にとっても、あまりいい想い出でないのは明らかだった。

「あんた、殺されそうになったんだって？　下手したらばらばらになってたんじゃないか？　すぐ側で爆弾が爆発したら、粉々だよな。肉片を拾い集めて身元を特定するだけで、何日もかかる。そんな風にならなかったのは、あんたも警察もラッキーだったな」

「昔の話だよ」精一杯気取った様子で肩をすくめる。

「おい、こっちをちゃんと見ろ」無駄だとは分かっていたが、私はそう言って身を乗り出した。相変わらず浜岡の視線は、横の壁に注がれている。「あの頃の話を聞かせてくれないか？　本当は何があったのか」

「そんなの、警察に散々話したぜ。まるで俺らを犯人扱いだったけどな」

「カツアゲなんかやってたんじゃ、そういう目で見られるのも当然だろう」

「ノーコメント」白けたように言って、浜岡が鼻を鳴らした。

ここから先、さらに突っこめる材料を私は持っている。しかしそれを使うためには、荒熊の存在が邪魔だった。どうやって彼を退出させるか、一瞬悩んだ後で、素直にいくことにした。

「荒熊さん、ちょっと外してもらえませんか」

「お、邪魔だったか」おどけて言ったが、その目はまったく笑っていなかった。自分が係わった事件には最後まで首を突っこみたがる——そういうところも、彼は長野によく似ている。

「申し訳ありません。失踪課の業務に関することなんです。荒熊さんが聴いても面白くないし、役に立たない話だと思いますよ」

「役に立たないかどうかは俺が自分で決めるが……まあ、いい。お前がそう言うならそうなんだろう」

捨て台詞を残し、荒熊がドアの向こうに消えた。これで無条件に信頼できる人間を一人失うことになるかもしれない、と私は覚悟した。荒熊の気配が消えたのを確認してから続ける。

「あんた、阿比留という刑事の取り調べを受けたか？」

「ああ、あのおばさんね」すぐに記憶が出てくるということは、彼女はよほど強烈な印象を残したのだろう。「あの人は怖かったねえ。何だか、かりかりしててさ」

「どうしてかりかりしてたと思う？」

「そんなの、知るわけないだろう」

「考えもしなかったのか？」

「サツのことなんか、眼中にねえよ」

「眼中？　随分難しい言葉を知ってるな」

「ふざけてんのかよ、おい」浜岡が私と正対し、身を乗り出した。汗の臭いが漂い出し、私の鼻を不快に刺激する。「からかってるなら、帰らせてもらうぜ。俺がこんな所にいる理由はないはずだよな」

浜岡が乱暴に椅子を後ろに蹴った。途端にドアが開き、荒熊が顔を覗かせる。近くにいる気配はなかったのだが……。

「そこの坊やが何か悪さしたのか？」今にも笑い出しそうだった。

「大丈夫です。問題ありません」

私が否定すると、一暴れするチャンスを逸したと思ったのか、荒熊はあからさまにがっかりした表情で首を振ってドアを閉めた。浜岡がへなへなと椅子に座りこむ。

「俺たちは紳士的だけど、荒熊さんは分からないぞ。俺じゃ、あの人をコントロールできないからな」

「分かったよ。分かったたって……何が知りたいんだよ」

「あの頃、中野新橋高校で本当は何があったか、だ。鈴木美知という子を覚えてるか？」

「さあね」知らないではなく、「さあね」という曖昧な言葉。それで認めてしまっているも同然だった。

「鈴木美知も中野新橋高校にいた。そうだな？」

「覚えてないな」

ない。


「高藤真はどうだ？」

浜岡の肩がぴくりと動いた。暴力団構成員としても人間としても、まだまだ修行が足りない。

「高藤真もお前の同級生だよな。というか、手下、使いっ走りか。最近、会ったか？」

「高校にいた奴らなんて、卒業したらもう関係ないね」

「なるほど。この高藤は、俺たちから逃げてるんだ。お前、匿《かくま》ってるんじゃないか」

「訳、分からないな」怒りを撒《ま》き散《ち》らしながら、浜岡がデスクに両手を叩きつける。「何なんだよ、ええ？　こっちは仕事してるのに、いきなりこんなところに連れてきやがって。俺は忙しいんだぜ」

「分かるよ。一生懸命仕事しないと、上にどやされるんだろう。怖いんだよな？」

「そうじゃねえ」

「だったら、お前の仕事について詳しく聴かせてもらおうか。俺たちにちゃんと喋れるようなことなのかどうか、な」

急に黙りこみ、浜岡が腕組みをした。私は煙草を灰皿から拾い上げ、ゆっくりと一服した。顔を背けて煙を吐き出し、前屈みになって浜岡の顔を覗きこむ。相変わらず目が泳いでいた。

「高藤について何を知ってる」

「あいつは……」

「あいつは何だ？　お前たちの仲間だったんじゃないか？　あの二人をいじめていたクズみたいな連中だよな、お前らは」

浜岡が私を睨みつけたが、決定的に迫力に欠けていた。眼球がきょろきょろと動き、唇が薄く開いて汚い歯が覗く。

「何でそんなことをしたんだ？　高校生にもなっていじめは、ガキっぽい感じがするぜ」

「あいつらは……」浜岡がちろりと舌を出し、唇を湿らせた。「あいつらは違った」

「違ったって、何が」

「俺らとは違ったのさ。最初から俺たちを見下していた。二人だけでつるんで、こっちを見て笑ってやがるんだよ。そういうの、あんたに分かるか？」

分からない。私はゆっくり首を振った。あまりにも子どもっぽい言い分である。私が高校生だった三十年前は、もう少し大人だったような気がする。他人との間に「差異」が存在することを理解していたし、超えられない差異に関しては、無視する術も身につけていた。

「要するにお前は、二人に対して劣等感を持っていたのか？」

「ふざけるな！　コケにされたから思い知らせてやっただけだ。面子の問題なんだよ」

「具体的に何かあったのか？」

「それは……」

今の説明は、後づけの言い訳に過ぎない。この男は、高校生の頃には、既に本格的なワルになっていたのだろう。金づるを探していて、たまたま目の前にいた二人に目をつけただけに違いない。

「今になって何があった？　高藤が妙な動きをしているのは知ってるのか」

「知らねえよ、何も」吐き捨て、浜岡が椅子に背中を押しつける。ぎしぎしと不快な音が響いた。「あいつらには、高校を出てから一度も会ってない」

「お前が高藤に何かさせたんじゃないか」

「知らねえって」浜岡が腹の上で腕を組んだ。「高藤のことなんか、何も知らねえよ。何年も、話もしてないんだから」

「お前、今日どこにいた？」

「ああ？」

「今夜だ。どこにいたか説明できるか？　散々探し回ったんだぞ」

「そんなこと、言う必要ねえだろう」

「ふざけるな！」私は両手をデスクに叩きつけた。一般の容疑者に対する取り調べだと、今はこの程度でも問題になるが、相手はヤクザである。「広瀬。村田麗華。この二人に接触したんじゃないか」

「何だよ、それ。そんな奴ら、知らねえな」浜岡が私の煙草に手を伸ばした。一本引き抜きかけたところで、手を払う。鈍い音が響き、浜岡が私を睨みながら右手を左手で包みこんだ。

「二人とも脅されてるんだよ。広瀬という人はぼこぼこにされて、さっき意識が戻ったばかりだ。こいつはヤクザのやり口だな」

「ちょっと待てよ。だいたい、広瀬ってのは誰なんだよ」

「知らないのか?」

「当たり前だろうが。何で俺が、そんなことをする必要があるんだ」

「聴いてるのはこっちだ。もう一回聴くぞ?　鈴木美知という名前に心当たりはないか?」

「知らないね」再び否定。しかし今度は口調が揺らいでいた。知っている、と確信する。

「だったら、彼女の母親と会ってみるか」

浜岡の肩がぴくりと動いた。

「鈴木美知の母親が誰だか、分かってるんだろう」

「さあな」

「阿比留真弓。お前を取り調べた刑事が、鈴木美知の母親なんだよ」

「何なんだよ、いったい」浜岡が苛立ちを爆発させる。「あれから何年も経ってるんだぜ?

今さらどうしろっていうんだよ。終わった話じゃねえか」

「終わってると思ってない連中もいるんじゃないか」当てずっぽうで疑問をぶつけた。

「例えばあの二人……お前たちを殺そうとして逮捕された二人はどう思ってるかな」

浜岡が顔を逸らす。椅子が音を立てたので、怯えて身を引いたのが分かった。

「本当に反省してるのかね。もしかしたら連中は、お前らを逆恨みしているかもしれないぞ。だとしたら、次に狙われるのはお前たちじゃないか？　ヤクザがバックについていても、自暴自棄になって襲ってくる奴をかわすのは簡単じゃない。だいたい、お前らみたいなチンピラなんか、組は守ってくれないよ。単なる捨て駒なんだし、替えはいくらでもいるからな。いつ襲われるか、びくびくしながら過ごす毎日は、快適なものじゃないだろうな」

浜岡の肩がゆっくりと落ちた。ヒットした、と確信する。最悪の想像だったが、こういう時はだいたい、最悪の状況が当てはまるのだ。私は声のトーンを落とし、ゆっくりと浜岡を追い詰めにかかった。ヤクザとはいえ、下っ端の下っ端である。ろくに修羅場もくぐっていないはずで、肝《きも》が据わっているわけがない。一度壁が崩れれば、後は脆いものだった。私は砂糖でできた壁を突き崩すように、彼の防御壁にやすやすと穴を穿《うが》ち続《つづ》けた。

「あんな人間の言うことを信用するんですか」浜岡を帰し、渋谷中央署へ引き上げる車中。

しばし沈黙していた愛美が、浜岡の証言を真っ向から否定した。

「ところが、信じられるんだ」私は内村美香が話してくれた情報を初めて他人に打ち明けた。所どころ口を挟みながら聞いていた愛美が、途中から完全に無言になる。

「まさか……」私が話し終えた後で辛うじて吐き出した言葉には、力がなかった。

「一つ、頼みがある」

「何ですか」

「このこと、他のメンバーには黙っていてくれないか？　室長のプライバシーに係わる問題だから」

「そうですね……でも、さっき高城さんが言ったことにも絡んでくるんじゃないですか」

「犯人が出所して、復讐しようとしている？」

「ええ」

「二人が出所後どうしているか、確認しないとな」

「今日、昔の担当刑事に会ったんでしょう？　その人に聞けばいいじゃないですか」

「そこまでは把握してない様子だった」

「大事なことなのに……」愛美が唇を嚙んだ。

「今さらそれを言っても仕方ない。こっちで状況を確認しよう。そうすれば……」

「何が起きているか、もう少しはっきり分かるかもしれません。でも、時間が足りませんね」話を引き取った愛美が、唇を噛んだ。ルージュはすっかり落ちてしまっている。「査察はもう、今日ですよ」

「分かっている」私はハンドルをきつく握り締めた。「でも、ぎりぎりまでやるしかないんだ」

携帯電話が鳴り出した。ズボンのポケットから引き抜き、愛美に渡す。しかめ面が見えたが、電話は引き受けてくれた。

「はい、高城さんの携帯です。ああ、法月さん……何ですって?」愛美が送話口を手で塞ぎ、慌てて告げた。「高藤が帰って来ました。身柄を押さえているそうです」

「オヤジさん、こんな時間まで粘ってたのか?」ダッシュボードの時計を確認する。もう午前二時近い。法月の体は大丈夫なのか……娘のはるかが激怒する様が目に浮かび、私は冷たい戦慄《せんりつ》を覚えた。

「どうしますか?」愛美が冷静な口調で訊ねる。

「失踪課に連行するように言ってくれ」

愛美が電話に戻った。「――すいません。渋谷中央署までお願いします。こっちも今、戻るところですから。はい、了解です。それでは失踪課で」

通話を終えた電話を、愛美が両手で握り締めた。「動き始めますね」と少しだけ元気を取り戻した声で言う。

「ああ」私はじっと前方を見詰めた。こういう時、よく綾奈が姿を現すのだが、今夜は見えない。これからは私だけの——私の仕事の時間なのだ。

高藤はげっそりと疲れきっていた。キャップからはみ出た後ろ髪はだらしなく広がり、目の下には隈ができている。ほっそりとした顔は病的に青く、その中で真っ赤に充血した大きな目だけが異様に目立った。

「お互いに眠気覚ましが必要だな」面談室で差し向かいになると、私はまず、そう切り出した。傍らに控えた醍醐に、コーヒーを淹れるように頼む。粉を惜しまないのか、根本的に淹れ方が間違っているのか、醍醐の淹れるコーヒーは粘りを感じさせるほど濃い。

高藤が目をしばしばさせた。細い肩がきゅっと上がり、Tシャツの下にハンガーを入れたようになっている。

「緊張するな。簡単に聴きたいことがあるだけだ。まず、名前から始めようか」

素直な質問は沈黙に打ち落とされ、私は「名前は！」と声を張り上げた。午前二時過ぎ、冷静ではいられない。高藤がびくりと身を震わせ、ゆっくりと目を伏せた。横に座る愛美が、私の腕にそっと触れる。それで幾分かの冷静さを取り戻し、一つ深呼吸した。

「君は逮捕されてはいない。だけど、このままあまりにも非協力的な態度を取り続けたら、こっちも考えなくちゃいけない。つまらんことで意地を張るな」自分の台詞が矛盾を孕《はら》んだものだということは分かっていた。話せば罪になる可能性が高い。高藤とて、それは分かっているだろう。

「まず、名前から始めようか」

「……高藤真」初めて聞く彼の声は、細身の体からイメージされるのとは違い、低く落ち着いたものだった。

「よし、その調子で続けてくれ。生年月日と住所だ」

本当は住所など、聴くまでもない。先ほどまで森田たちが張り込んでいたのだから。しかし高藤は素直に喋った。既に諦め、こちらに協力するつもりになっているのか……本題はここからである。

「昼間、俺たちが大学で声をかけた時に、どうして逃げた」

「逃げたわけじゃないけど……」彼の言い訳は、語尾がかすれていた。

「あれは逃げたっていうんだよ。バイトにも行かないで、こんな時間まで家に戻らなかったのも、逃げてた証拠じゃないか」

「そういうわけじゃ……」

「じゃあ、今まで何をしてたか、説明できるか？　誰かと会ってたなら、その人の名前を教えてくれ。こっちで裏を取る」

高藤の肩に力が入り、テーブルの下に隠した両手をきつく握っているのが分かった。

「なあ、気を楽にしろよ。何も難しいことを聴いてるわけじゃないだろう？　言えないとなると、何か裏があるんじゃないかと考えてしまうのは、刑事の習性なんだぜ。素直に話してくれれば、簡単に信じられる」

無言。少し間を置くか、と思ったタイミングで、醍醐がコーヒーを三つ、運んできた。ミルクも砂糖もなし。愛美は醍醐に向かって頭を下げたが、手をつけようとはしなかった。私は意を決して、何とか一口啜った。粘りさえ感じさせる濃さ。途端に胃が悲鳴を上げ、眠気が吹っ飛んだ。

「飲んでくれよ。美味いぞ」

高藤がおずおずとカップに手を伸ばす。一口飲んで、大きな目を白黒させた。弁護士がついたら、このコーヒーを問題にするかもしれない。ある意味、薬物を服用させたようなものだ。あるいは味覚を攻撃する拷問。

「阿比留真弓。知ってるな」

高藤がカップを取り落としそうになった。中身は大半がテーブルに零れてしまい、黒い液体が広がる。一部は垂れて彼のズボンを汚した。熱さから逃れるように、高藤が身を引く。愛美が落ち着いて立ち上がり、ティッシュを鷲掴《わしづか》みにして、彼の前に放り出した。たちまちコーヒーを吸って焦げ茶色になる。何とか使えそうなティッシュを手にし、高藤が自分のズボンに押しつけた。

「気をつけろよ。火傷《やけど》なんかしたらつまらないぞ」これ以上飲むと危険だと思いながら、私はもう一口、コーヒーを流しこんだ。胃に重い塊《かたまり》が落ちたような感じがする。「君は彼女の家に電話をかけたな。何を話したんだ？」

沈黙。高藤はズボンを拭くのに集中している振りをした。

「ちょっと昔の話をしようか。そもそも君は、彼女を知っていたんじゃないか？　例の中野新橋高校の事件の時だ。君はあそこの在校生だっただろう。というより、犯人二人組の同級生だった。もっとはっきり言おうか？　浜岡という、今は暴力団の構成員になっている人間の使いっ走りだった。つまり君は、二人を犯行に追いこんだ張本人だよな」

高藤の手の動きが止まる。相変わらず下を向いたままだが、全身で聞き耳を立てているのが分かった。

「君たちがやっていたことは、立派な犯罪だ。脅して金品を提供させる――これは紛れもなく恐喝なんだぜ。立件されたかどうかは関係ない。事実は事実として残る。それが今でも尾を引いてるんじゃないか」

高藤がのろのろと顔を上げた。その目に浮かんでいるのは紛れもない恐怖であり、私は自分の推理が的を射たと確信した。

「君は、脅されてるんじゃないのか」

依然として高藤は言葉を発しない。私は微かな不安に襲われた。違うのか？　しかしようやく高藤の口から出た言葉が、私の推理を裏づけた。

「……一月前《ひとつき》」

「一月前に、二人が接触してきたんだな？　それで脅されたのか」

「そんな感じじゃ……」

「だったらどんな感じだったんだ」

「いや、それは……」

「ちょっと昔を思い出してくれ。あの二人は高校時代、どんな感じだったんだ？　実は俺は、あの事件のことはほとんど知らない。君たちは、あの二人を脅して金を奪っていた。悪質ないじめだよな。そんなことをするには、何か理由があったんじゃないか？　こんなことは言いたくないけど、いじめられる方にも、いじめられるだけの理由があったはずだ。人と何かがちょっと違う……そういうことじゃなかったのか」

「別に、普通だった」

「だったらどうして」次第に憤りが募るのを私は意識した。容姿が醜いから。太っているから。人とは違う、ちょっと変な趣味を持っているから。人が人を嫌う理由はいくらでもある。

「普通だけど、生意気だったから」

「生意気？」

「あいつら、中学の同級生で、いつもつるんでた。二人とも成績がよくて、人を馬鹿にしたような目つきで見たから……」

私は思わず溜息を吐いた。浜岡も同じようなことを言っていたが……結局、どうでもいいような理由だったのだろう。自分たちより成績がいい。目つきが気に食わない——一度いじめが始まれば、最初の理由など忘れられてしまうだろう。少しでも冷静になれば、どれほど馬鹿らしいことか、すぐに分かるはずだが。

「そういう目つきで見たと、誰かが思いこんだんだろう？」実際に、見下した態度を見せたことがあるのかもしれない。しかしその可能性を脇にどけておいて、私は続けた。「因縁みたいなものだったんじゃないか」

「そうじゃない。あいつらは、俺らを馬鹿にしてたんだ」

「君も馬鹿にされた中に入っていたのか？　本当に馬鹿にされたのは、浜岡たちじゃないのか」

「浜岡は……あいつは、どうしようもない奴だ。奴だった」即座に訂正して、また目を伏せる。

「そうだろうな。暴力団に入るような人間に、ろくな奴はいない。当時からそういう感じだったのか」

「あいつら、札つきだったんだ。何で卒業できたのか、全然分からない。特に浜岡は、二回も停学処分を受けてるし」

「高校生の頃から暴力団とつき合いがあったんじゃないか」

「クラブに出入りしてて。俺らはとても行くような勇気がないところ。ヤクをやってるって、自慢してた」

「阿呆だな」

言い切ると、高藤がのろのろと顔を上げた。血の気は引き、特に唇は蒼くなっている。

「安心しろ。今は浜岡たちとは関係ないんだろう？　それともまだ会ってるのか」

「まさか」高藤が勢いよく首を振る。「高校を出てからは一度も会ってない。あんな奴らとは……」

「賢い選択だ。今度は君がターゲットになるかもしれない。ヤクザっていうのはな、こっちが気づかない間に懐に潜りこんでくるんだ。気づいた時には金と暴力でがんじがらめにされている。これからも絶対に、会わないように気をつけろよ」

高藤が力なくうなずいたのを契機に、話題を元に戻す。

「しかし、中野新橋高校には、そんなにひどいワルがいたのか」

「浜岡たちは特別だった。あの頃、あの高校には……何て言うか、階級があった」

「階級？」

「一番偉いのは運動部の奴らで、あいつらはいつでも大きな顔をしてた。学校もスポーツに力を入れていたたし。その次に成績のいい連中がいて、こいつらは進路指導の先生たちのお気に入りだ。だけど、浜岡たちは……」

「鍋の底にこびりついた滓《かす》みたいなものか」

「あいつらは、ね」自分は違う、と強調したいようだった。「だから、自分たちより立場が上の人間は目障りだったんだ」

滅茶苦茶な理屈だ。私は首を振りながら、話題を変えた。

「あの二人の話に戻るぞ。今回、どんな風に接触してきたんだ？」

「電話で」

「何を話した？」

「少年院を出て来たから、久しぶりに会わないかって」

「承知したのか？」

うなずく。己の失敗を恥じている様子がありありと窺えた。

「おかしいと思わなかったのか？　元々君たちを殺そうとした相手だぞ」

「声の調子が違ったから。あの頃とは……だから、もう何とも思ってないんだって」

「油断したな」

「俺は、あの二人のことを、ずっと気にしてたんだ」高藤がいきなり声を張り上げたが、裏返って、奇妙に弱気なトーンになっている。「浜岡たちの尻馬に乗っていただけで……

本当は、あんなことはしたくなかった」

「反省したわけだ」

「……だから、あいつらから電話がかかってきた時、謝るつもりになった。そうすれば、もう嫌な気持ちを持ったままでいなくて済むと思って。それで会ったんだ」

「二人と一緒に？」

「そう」

「どんな感じだった？」

「普通だった。二人とも働いてると言ってた」

「勤務先は？」

躊躇わず、高藤が新聞販売店と自動車修理工場の名前を挙げた。

「何回会ったんだ？」

「二回。酒を呑んだりして。その後、また電話がかかってきて……」

「阿比留真弓の家に電話をしろ、と」

一瞬口を開きかけた高藤がまた沈黙した。両手を組み合わせ、そこにじっと視線を落としている。空調の入っていない面談室は少し寒いぐらいだったが、額には薄らと汗をかいている。

「何を言えと言われたんだ」

「それは……」うつむいたままなので、語尾が濁って消える。

「なあ、思い切って話してみろよ。話してくれないと、俺たちにとっても君にとっても辛いことになる。二人の人間の命がかかってるんだ」

「二人？」

「阿比留真弓と鈴木美知」

美知の名前に、高藤が敏感に反応して顔を上げた。

「鈴木美知は知ってるな？　君たちと、中野新橋高校の同級生だった鈴木美知だ。彼女が行方不明なんだ」

「まさか……」高藤の眉がぎゅっと寄り、太い一本の線になった。

「一つ、確認させてくれ」私はコーヒーカップを横にどかし、テーブルの上に身を乗り出した。「二人が親子だっていうことは知ってたか？」

高藤の喉仏が大きく上下した。今や汗は顎を伝い、喉にまで流れている。

「知ってたんだな？」

「後から知った。事件の後で」

「そうか……」私は顎を撫でた。「電話をかけるように、二人から頼まれたのは間違いないんだな」

無言のうなずき。

「電話の内容は」

「……娘が危ないって言えと」

「それだけか？」

「あと、自分たちの名前を出すように、と」

　信憑性を増すためだ、と想像する。二人の名前を出せば、真弓はこの脅しが本物だと確信しただろう。

「君は、二人が何を企《たくら》んでいるのか、知ってたんじゃないか」

「まさか」高藤が慌てて首を振る。「何も知らない。指示された通りに言っただけだから」

「どうして自分の携帯で電話したんだ？」

「本当は、公衆電話を使うように言われたんだ。だけど朝早かったし、公衆電話が見つからなかったから」

　結局それで足がついた。焦っていたのだろうが、気を配らなかったのはお前のミスだ——言葉には出さず、うなずくだけで質問を続ける。

「その後、二人から何か連絡はあったか？」

「いや、全然」

「じゃあ、何が起こっているかはまったく知らないんだな？」

「分からない」力なく首を振り、わずかに残っていたコーヒーを飲み干す。今度は表情を変えなかった。

「二人が今どこにいるか、知ってるか？」

「いや」

「……まあ、いい。まだ思い出してないことがあるよな」

「全部喋ったよ」

「そうは思えない。思い出すまで、しばらく頭を冷やしてもらおうか」

「まさか……」

「別に、留置場に入れると言ってるわけじゃない。ただし、俺たちの目の届く範囲にいてもらうからな」


渋谷中央署の仮眠室に、高藤と醍醐を押しこんだ。いきなりあそこに放りこまれて眠れる人間がいるとは思えないが……当直の仮眠が途中で交代するから、ばたばたと人の出入りがあるのだ。しかも必ず鼾《いびき》をかいている人間がいる。だいたい、いきなり警察に連れて来られて仮眠室に押しこめられ、そこで雑魚寝《ざこね》を強制されたら、一種の拷問と感じるだろう。ある意味、留置場に押しこまれる方がよほどましだ。

午前三時。失踪課にはまだ全員が残っていた。舞さえも。朝までの短い時間をどう使うか、決めなくてはいけない。だが醍醐のコーヒーの効果も早々に薄れてしまい、頭がぼんやりとして働かなかった。今夜は、これ以上は無理だ。

「ひとまず解散する。タクシーで帰れる奴は帰ってくれ」

「始発を待った方が早いんですけど。明日、非番でいいですか？」舞が皮肉を飛ばす。まだそんな余裕があるのかと、私は密《ひそ》かに驚いた。

「それは無理。とにかく、帰れる人間は帰るんだ。少しでも家で寝た方がいいだろう。明日は査察だし、しゃきっとしていないと」

「でも、査察なんかできるんですか」舞が疑問を口にした。室長抜きで……確かに彼女の言う通りだ。インフルエンザという言い訳も、明日まで通用するとは思えない。

「まだ時間はある」

舞が器用に肩をすくめた。一々反発するやり方には苛々させられるが、こちらには皮肉を返すだけの余裕もない。

「とにかく、寝られる場所で寝てくれ。今日はもう解散だ。公子さんは帰って下さいよ」

「明日の準備がありますから」公子がしれっとして言った。「査察の準備、誰かがしなくちゃいけないんですよ」

「ああ」力なく答えて、私は顔を擦った。この件は結局ほとんど、公子に任せっ放しにしてある。

愛美と森田は躊躇わずに立ち上がった。そろそろ限界に近づいている、と意識しているのだろう。法月は、自分の椅子に浅く腰かけていた。腕組みをしたまま、眠そうに目を細め、前方を凝視している。

「俺は今から、例の二人の家に行ってみます。オヤジさんも、そろそろ——」

「まあ、待て」腕を組んだまま、私の話を遮った。「ちょっと考えてみようよ」

法月は一枚の紙を取り上げ、目の前に翳《かざ》した。そこに書いてあるもの——高藤から得た、中野新橋高校の事件の犯人に関するささやかなデータ。

菊池大介《きくちだいすけ》、中川敏行《なかがわとしゆき》。二人とも二十一歳になったばかりだ。出所後、それぞれ一人暮らしをしながら働いている。住所も割れた。

「これが何かにつながるのかね」

「分かりません」

「俺には分からないことが一つある。最大の疑問だ」

「何ですか」

「菊池と中川が、室長に恨みを抱くのは分かる。自分たちを逮捕してぶちこんだ張本人だからな。だけど、美知さんに何の関係がある？　単なるクラスメートだろう」

「ええ」

「この二人が、広瀬さんたちに美知さんの居場所を確認しようとしたことは、ほぼ間違いない。少なくとも中川は、な」

身長のことを言っているのだ、とすぐに分かった。中川は百八十センチを越える長身だという。それは、広瀬たちの証言とある程度一致していた。

「しかし、どうして人を半殺しにしてまで美知さんを探す？　彼女がいじめグループに入っていたわけじゃないだろう」

「でしょうね」

「室長をおびき寄せるための罠《わな》か？　だとしたら……」法月が唇を嚙んだ。

二人が行方不明になったのは月曜日。既に日付は木曜日に変わっている。しかし中川たちは、依然として美知を見つけられていないようではないか。となると、真弓が何をしているのか、分からなくなる。あるいは美知とともに姿を隠しているのかもしれないが……拳銃を持ち出した理由は何なのだろう。自分たちの身を守るため？　それでは筋が通らない。高藤はまだ全てを話していない、と確信した。

「何とかなります。何とかしないといけないんです」

「根性論が出たら、刑事はおしまいだぜ」皮肉に言って法月が立ち上がる。「お前さんも少しは寝ろよ。しゃきっとしてないと、高城の勘も働かないだろう」

「そんなもの、最初からないと思いますよ」

「じゃあ、俺はどこかで寝場所を探すから」法月の足取りには力がなかった。大丈夫なのか……しかし今は、彼の身を慮《おもんぱか》るだけの余裕がない。皆が短い休息を貪《むさぼ》っている間にも、私にはやることがある。

# 15

最初に菊池と中川の家を訪ねる。ノックに反応はなく、在宅している気配もなかった。それで、勤務先を訪ねることにする。新聞販売店の朝は早い。午前三時過ぎにはもう朝刊が到着し、折りこみ広告の挟みこみと仕分けが始まる。それが終われば、すぐに配達作業だ。

大田区久《く》が原《はら》。住宅地の中にある東日新聞の販売店は、睡眠を貪る街に煌々《こうこう》と灯りを投げかけていた。店先には自転車と原付バイクが折り重なるようにして置かれており、店内では配達員たちが慌しく動き回っているのが見える。声をかけにくい雰囲気で、私は近くの路上に車を停めたまま、作業が一段落するのを待った。

三十分ほど経つと、配達員たちが次々にバイクや自転車で飛び出して行った。バイクには専用のがっしりした荷台と籠がついている。今朝も小糠雨が降っており、全員が黒い、野暮《やぼ》ったい雨合羽を着用していた。一呼吸置いて車を下り、販売店のドアを押し開ける。

一人残って煙草を吸っていた初老のでっぷりした男が、私を見て怪訝そうな表情を浮かべた。こんな時間に販売店を訊ねて来る人間などいないのだろう。

「新聞ですか？」灰皿に煙草を押しつけ、巨大な作業机に手をついて、大儀そうに立ち上がる。最初に見た印象よりも年を取っている、と思った。短く刈り上げた髪はほとんど白くなっており、体の動かし方から、腰に慢性的な痛みを抱えているのが分かった。

「違います」

バッジを示すと、額に乗った眼鏡《めがね》をゆっくりとかけ直し、私の顔を凝視する。

「何ですか、いったい」迷惑そうな表情を隠そうともしなかった。

「ちょっとお伺いしたいことがあるんです。座っていいですか」

「まあ……どうぞ」渋々椅子を勧めてくれた。小さな丸椅子で、明らかに脚が一本短い。ぐらつくのを何とか我慢し、彼と正面から向き合う。

「店主の方ですね」

「そうですが、ご用件は？」

「こちらの販売店で、中川敏行さんという人が働いていますよね」

「中川……」店主の細い目がさらに細くなり、顔の皺に埋もれそうになる。急に口調が乱暴になった。「何かしでかしたのかい？」

「そうと決まったわけではありませんが」

「まったく、因果な商売だよ」店主が膝を叩き、新しい煙草に火を点けた。「刑事さん、あいつが少年院を出たばかりだってこと、知ってるんでしょう？」

「ええ」

「こっちも分かってて引き受けたんだけど……」

「更生、ですか」

「いやいや、そんな大袈裟な話じゃない。少しは力になれればっていう気持ちもないわけじゃないけど」店主の喋る速度がどんどん速くなっていく。照れ隠しだ、と気づいた。「正直言えば、こっちも人手は足りないんだ。きつい商売だから、長く勤めてくれる人も少なくてね。猫の手も借りたいぐらいなんですよ。だから、多少のことには目を瞑る。だけど……」

「何かやったとなると話は別ですよね」

店主に釣られて私も煙草をくわえた。睡眠不足で、煙が喉に突き刺さるようだった。店主が黙って、吸殻で一杯になった小さな灰皿をこちらに滑らせる。

「本当に何もやってないのかね、あいつ？　昔、ひどい目に遭ったんですよ。うちに勤めてた若い奴が、アパートに忍びこんで、一人暮らしの女の人を乱暴しちゃってね。うちを辞めた直後だったから、関係ないといえば関係ないんだけど、週刊誌なんかに書きたてられてえらいことになったんですよ。本社の方からもやいのやいの言ってくるし……管理がなってないっていうことなんだろうね」

「分かります。大変でしたね」

「でしょう？　……それで、中川がどうしたんですか」店主の顔がますます暗くなる。

「いますか？」

「いません」反射的に答えた短い一言には、諦めが感じられた。「三日前……月曜の朝にふらっといなくなっちまってね。店に出て来る時間になっても姿を見せないから、部屋を見に行ったらもう、もぬけの殻ですよ。そういう風に辞めていく人間も少なくないんだけど、あいつの場合、その前からちょっと様子がおかしかったから、気になってたんだけどね」

「どんな風に？」

「妙にそわそわしてね」店主が両手を上げ、ひらひらと動かした。「急に怒りっぽくなったり、落ちこんだり。『何かあったのか』って声をかけたんだけど、答えないんだよね。自分一人の世界に入っちまったというか」

「新聞販売店の仕事は、早朝と夕方が中心ですよね？　それ以外の時間は何をしてるんですか」

「営業や集金の仕事があるよ。でも、それ以外の自由な時間の過ごし方は、人それぞれ」店主が顎に手を当てた。「学生さんは当然、高校や大学へ行く。そうじゃない連中はパチンコに行ったり、夜は呑みに行ったり。いろいろですよ」

「中川はどうしてました？」

「よく出歩いてたみたいだけど、どこに行ってたかは分からないな。仕事をしてない時間のことまでは、聞く必要もないから。友だちとかに会ってたんじゃないのかね」

「友だち、ね」高校時代の友人とは考えられない――菊池以外には。あの二人は孤立していたのだ。数少ない例外が高藤だろうが、彼を友人と呼ぶべきではないだろう。

「彼の家、ここの裏ですよね」

「ああ」店主が親指で肩越しに指差した。「小さいマンションを寮にしてるんだ。そこの一部屋を使ってたよ」

「一人一部屋？」

「いや、普通は二人部屋。あいつの場合は、たまたま部屋に空きがあったから、一人で使ってたんだ。見てみる？　部屋はまだそのままだよ」

「お願いします」

店主の案内で、販売店のすぐ裏にあるマンションの一室に入った。雑然としているというか、ほとんどゴミ箱のような部屋である。布団は敷きっ放し。その周辺には、脱ぎ散らかした衣類や雑誌が散乱していた。小型のブラウン管テレビが床に直《じか》に置いてある。灰皿はなく、吸殻が一杯に詰まったコーラの缶が三つ、テレビの脇に置いてあった。その周辺にはビールの空き缶が散らばり、さきイカとピーナツが袋を開けたままの状態で放置されている。男臭い臭い、それに煙草とアルコールの臭いが見えない壁になって、鼻先にぶつかってきたような気がした。離婚して以来一人暮らしを続ける私の部屋も似たようなものだが、ここまでひどくはない。

「窓を開けていいですか？」

「ああ、もちろん」店主は玄関に突っ立ったままだった。部屋に入ると体が汚れる、とでも思っているのかもしれない。

　私は余計なものを踏まないように爪先立ちになりながら、窓際へ歩みを進めた。カーテンを引き、窓を細く開いて、外気を導き入れる。まだ陽が射す気配もなく、ひんやりと湿った夜気が肌を撫でていった。二階の部屋だが、一階が半地下になっているので、道路は近い。電柱に立てかけられているぼろぼろの自転車が、雨に打たれていた。

「何かなくなっているものはありませんか？」振り返って訊ねる。

「どうかねえ」店主が短い髪をがしがしと掻いた。「これだけ散らかってちゃ、分からないな。泥棒だって、これを見たら逃げ出すんじゃないの？　そのテレビだけは、この部屋備えつけだけど。備えつけっていうか、前に住んでた奴が置いてってたんだ」

「そうですか……すいません、時間がかかりますから、立ち会っていただかなくて結構ですよ」

「そうですか？　じゃあ、終わったら声をかけて下さいよ」

「お手数おかけします」

店主に礼を言い、本格的な捜索に着手した。クローゼットには、明らかにクリーニングに出していないダウンジャケットとコート。洗濯したTシャツなどは、雑に畳んでクローゼット内の床に直に置いてあった。作りつけのキッチンは、ほとんど使われた形跡がなく、調理器具と言えるものは薬缶《やかん》だけだった。ここで何か食べるとしても、カップ麵《めん》のようなものだけだっただろう。風呂場の狭い湯船も使っていないようだった。シャワーカーテンだけが泡や水滴で汚れ、ところどころ黒くなっている。黴《かび》特有の臭いが鼻についた。

最後に、机をあらためる。何の変哲もない木製の机で、引き出しが左右に二つ、ついているだけだった。上には新聞が何部か積み重ねられ、卓上カレンダーが置いてある。ぱらぱらとめくってみたが、どこかに赤い丸印がついているわけではなかった。左側の引き出しから調べ始める。ろくに物が入っていなかった。レンタルビデオ店——部屋にはビデオもないのに——のカード、針が動かない腕時計、大量のクリップ。部屋と同じで、まったく一貫していない雑然とした印象だった。続いて右の引き出し。ノート一冊しか入っていない。取り上げてぱらぱらとめくると、写真が二枚、床に落ちた。突然嫌な予感を覚えて取り上げる。

悪い予感ほど当たるものだ。

一枚は美知だった。春先に撮ったものだろうか、上は薄いダウンジャケットだが、下は膝上の短いスカートで、すらりと伸びた長い足を晒《さら》している。大学の近くで撮影されたものではないか、と推測した。リラックスした表情の顔は、右側を向いている。そちらには友だちか、あるいは広瀬がいるのだろう。自然ないい笑顔だった。

もう一枚は真弓。こちらは渋谷中央署付近で撮影されたものに間違いない。駅への行き来に必ず使う歩道橋が背後に写りこんでいた。いつものようにぴしりと背筋を伸ばし、ハンドバッグを肩に下げて大股で歩いている——写真は瞬間を切り取るものだが、この真弓はそこから抜け出して今にも歩き出しそうだった。生気に満ち溢れた彼女の本性は、生で見るよりも写真で確認した方がはっきり分かる、と気づく。

ノートを最初からめくっていった。鉛筆書きで、美知と真弓の住所、電話番号などが控えてある。二人の行動パターンを記したページもあった。

美知の場合。月曜日、午前八時、自宅出発。八時四十分、大学へ。講義は昼まで。午後から青山のギャラリーでアルバイト。帰宅は夜七時半。途中、スーパーに寄って買い物。火曜日、午前、中年の男が部屋を訪れる。父親？　昼過ぎに部屋を出、駅前の蕎麦《そば》屋で昼食。その後、父親と一緒にバイト先の青山のギャラリーへ。

真弓も同様だった。火曜日、朝七時四十分、自宅を出る。八時十分、渋谷中央署に出勤。午前十一時、渋谷中央署を出る。銀座線、千代田線を乗り継いで霞ヶ関へ。警視庁に午後三時までいて、渋谷中央署に取って返す。五時半、退庁。その後新宿で男数人と落ち合う。仕事の関係者？　九時過ぎまで和風割烹《かっぽう》「いるま」。十時帰宅。

こんな調子で、二人の私生活が覗かれていた。もちろん断続的だが——中川も菊池も仕事をしていたのだから、常時というわけにはいかなかっただろう——二人の動きがある程度は浮き上がっている。

写真をスーツのポケットに、ノートを小脇に抱えて部屋を出た。二人が真弓と美知をつけ狙っていたことは、これではっきりしたが、二人はどこにいる？　一番知りたい情報は、まだ分からないままだった。

朝六時、私は仮眠室に飛びこんで、高藤を叩き起こした。緊張で眠れないだろうと思っていたが、図々しくも軽い寝息を立てている。それに腹が立って、脇腹を軽く蹴飛ばしてやった。もぞもぞと動いた次の瞬間、ばね仕掛けの人形のように上体を起こす。横では醍醐が、かなり豪快な鼾をかきながら寝入っている。さすがに疲れているようだ。

「おい、起きろ」高藤がゆっくりと目を擦った。起き抜けだと本当に若く、まだ少年のようにしか見えない。「さっさと立て」

高藤は状況がまったく理解できていない様子で、のろのろと周囲を見回した。ほとんど暗闇なので、何かが見えるわけでもないだろう。私はライターに着火し、ささやかな照明を提供してやった。火に驚く動物のように、高藤が慌てて飛びのき、その拍子に醍醐の上に飛び乗ってしまう。醍醐が苦しそうな声を挙げて目覚めた。

「何だ、コラ！」

醍醐がいきなりドラ声で怒鳴りつける。前を私に、後ろを醍醐に挟まれた高藤は、行き場をなくしてその場で力なくうなだれた。私は高藤の襟首を掴み、引っ張り上げるようにして立たせた。

「ついてこい。背負っていくつもりはないから、自分の足で歩けよ」

「ほら、さっさと出ろ」一瞬で覚醒した醍醐が立ち上がり、高藤の背中を押す。高藤はよろけ、誰かの布団を蹴飛ばしそうになった。私はもう一度ライターに着火し、その火を頼りに二人を先導した。

ぬくぬくと暖かい仮眠室から廊下に出た途端に、ひんやりとした梅雨寒の空気に襲われる。高藤が身を震わせ、両腕で自分の体を抱いた。私はエレベーターで彼を屋上まで誘導した。途中の階は若い連中の独身寮で、最上階は署長官舎になっている。私はたまたま署の寮に入った経験がなかったが、「職住接近」どころか「職住一致」であり、気の休まる暇もないだろう。

この辺りは高層ビルが多く、すぐ近くを首都高が走っているせいもあって、強い風が複雑に渦巻く。屋上に出た途端、私たちは風に全身を叩かれた。雨も激しくなっており、夕方のような暗さが街を支配している。

「何だよ、これ」風に声を千切られそうになりながら、高藤が悲鳴を上げた。

「いいから来い」私は彼の襟首を摑んだまま、屋上の端まで押していった。時々サボって煙草を吹かしている人間がいるベンチに座らせる。濡れたベンチの感触が不快だったのか、情けない声で短く悲鳴を上げた。慌てて立ち上がろうとするのを、醍醐が肩を押さえつけて押し留める。醍醐はまだ事情を把握していないようだが、頭では考えられなくても体が自動的に反応している。

背広の内ポケットから二枚の写真を取り出し、雨に濡れないよう、右手を庇代わりに翳しながら、彼の顔に突きつける。

「誰だか分かるな」

「知らないって」高藤が右手で写真を払いのけようとする。醍醐が素早く手を伸ばして、その動きを抑えた。ぎりぎりと絞り上げられた高藤の手が、見る間に白くなる。

「よく見ろ！」

彼の鼻にくっつきそうになるまで、写真を近づける。高藤が背中を逸らせて距離を置こうとしたが、醍醐が後ろから小突いて上体を真っ直ぐ立たせた。

「いいか、こっちが、お前が電話をかけた阿比留真弓——うちの室長だ」一枚の写真を上下に揺らす。「こっちがその娘、鈴木美知さんだ。お前は何を知ってる？　ただ言われるままに電話をしただけなのか？　本当はもっと深く係わっていたんじゃないのか」

「知らないって」吐き出す高藤の声は情けなく震えていた。「知らないものは知らない」

「どこへ行けば中川たちに会えるか、知ってるな」

「知らない。連絡はいつも、向こうから一方的だったから」

「お前は二人に二回会ってる。その場所を言え。街中なのか？　どこかのファミレスか、それとも居酒屋か？　そんなに昔の話じゃないだろう。はっきりさせろ。俺たちには時間がないんだ」

「覚えてないって！」高藤が叫び、醍醐の手をすり抜けるように立ち上がった。屋上の出入り口に駆け出したが、醍醐がダッシュして前に立ちはだかる。ぶつかる直前で向きを変え、今度は屋上の手すりの方に突進していった。あっという間に一番端に辿り着き、手すりに背中を預けて両手で握り締める。

「来るな！」

「どうせ、飛び降りる度胸なんかないだろうが」私は内心の動揺を押し隠して、鼻を鳴らした。

「飛び降りるぞ！」

「いい加減にしろ、高藤」

私は溜息を吐き、迷わず彼に近寄った。高藤が軽くジャンプするようにして、手すりの上に腰かける。よもや飛び降りないだろうとは思ったが、念のため足を止める。

「お前、自分が何をやってるか、分かってるのか」

「俺は何もやってない」

「やってるんだよ。高校生の頃は浜岡たちの、今は中川たちの使いっ走りだ。何なんだ、いったい？　人に利用されるだけの人生なのか？　このまま終わっていいのかよ。高校生の時は逃げ切れたかもしれないが、今度は無理だぞ。早く全部喋って楽になれ」

「ふざけるな！　俺は何もやってない……来るな！　飛び降りるぞ！」

「お前は死ねないよ。そもそも度胸があれば、こんなことには巻きこまれないで済んだんだ。高校生の時も、今もな。お前の弱さがこの事件を呼んだんだぞ」

「馬鹿野郎！」悲鳴のような高藤の声が風に途切れた。その瞬間、巨体に似合わず猫のようにしなやかで素早い動きを見せた醍醐が、横から腰にタックルする。高藤を屋上の内側に落とすには絶妙のタイミングだったが、勢いが強過ぎた。吹っ飛ばされた高藤が背中からもろにコンクリートの床に転落する。頭がバウンドし、鈍い音が私のいるところまで聞こえてきた。目を剝《む》いて、がっくりと力を抜く。

「やり過ぎだよ」

「オス」一瞬醍醐の顔が青褪めたが、すぐに何かに気づいたようだった。高藤の許に歩み寄り、無理矢理上体を立たせると、背中に当身《あてみ》を食らわせる。高藤が咳きこみ、恨めしそうな視線を私に向けた。醍醐が腕を摑んで引っ張り上げる。高藤の足元は少しふらついていたが、気合を入れるように醍醐が背中をぴしゃりと叩くと、背筋がぴしっと伸びた。

「気絶したふりしただけですよ」醍醐が呆れたように言った。

「いい加減にしろ、高藤」私はゆっくりと首を振った。「すぐばれるような演技だったら、しない方がいい。いいか、このまま何かあったら、お前の罪も重くなるんだ。そこのところをよく考えろ」

「俺は何も——」

「お前は、脅迫事件の共犯者だ。二人に何かあったら、殺人事件の共犯になる可能性もある。それでいいのか？　お前の人生は大きく狂っちまうぞ。今ならまだ間に合う。善意の第三者として処遇してやってもいい」

高藤の喉仏が上下し、目が泳いだ。醍醐が彼の腕を取ったまま、「どうしますか」と訊ねる。

「下へ連れて行け」

「こんなことして、ただで済むと思うなよ」高藤が暴れながら捨て台詞を吐いた。「弁護士を呼べよ、弁護士を」

「勘違いするな。お前は逮捕されたわけじゃない。任意で俺たちに協力しているだけだ。逮捕したらすぐに弁護士を呼んでやる。その方がいいか？」

高藤が顔を背けた。この男にはいくらでも選択肢があったのに、全て自分で閉ざしてしまったのだ。昨日大学で声をかけた時点で素直に協力していれば、何ということもなかった。それが逃亡という方法を選び、非協力的な態度を取り、こうやって今は雨に濡れている。一人の若者が二十四時間も必要とせずに転落していく様を、私は目の当たりにするはめになった。

高藤の取り調べは、法月と森田のコンビに任せることにした。法月は常に穏便に応対する男で、決して声を荒らげることはない。屋上で私と対峙した後では、高藤には仏のように見えるだろう。

「無茶しないで下さいよ、高城さん」

醍醐にまで説教されてしまった。私は自分で淹れたコーヒーを啜りながら、冷静になれ、と自らに言い聞かせていた。確かにさっきは無茶をし過ぎた。高藤に吐かせる、もっと上手い手はあったはずなのだ。しかし怒りと焦りが、私の選択肢を狭めてしまった。

「悪かったな」

「ま、あそこから落ちたとしても、大したことはありませんけどね」平静な声に戻って醍醐が告げる。

「そうなのか？」

「フェンスの向こう、まだ五メートルぐらい張り出してるんです。あいつはそれが見えてなかったんじゃないかな」

「分かってやってたんじゃないのか？　だったらブラフだ。そういうことだけは得意なのかもしれない」

「中途半端なワルですねえ」呆れたように言って、醍醐が肩をすくめる。

「今回俺たちが相手にしてるのは、そういう連中ばかりだな」中川と菊池を除いては。あの二人は本気だ。入念に準備をし、真弓と美知を狙っている。

「とにかく奴のことは、しばらくオヤジさんに任せましょうよ。それより高城さん、今回はどうかしてます。まるで鳴沢《なるさわ》さんみたいじゃないですか」

「ああ？」私は顔を擦った。

「ご存じでしょう？」

「噂は聞いてる」

「無茶をするので有名な人ですからね。あの人が手を突っこむと、松葉ぐらいの小さな事件が、メタセコイアの大木になってしまう」

大袈裟な喩《たと》えに私は思わず噴き出し、少しだけ気持ちが楽になるのを感じた。別の誰かは「鉛筆を電柱に変えてしまう男」と言っていた。

「俺は、そんな風にするつもりはないよ。二人を無事に救出したいだけだ」

「朝から何をやらかしたんですか、高城さん」愛美が声をかけてきた。ようやく目覚め、失踪課にやって来たのだ。少しは休息が取れたのだろう、昨夜に比べれば血色が良くなっている。自慢の髪は、今日はざっくりと後ろで一本に縛っていた。

　醍醐が何か言いたげに口を開きかける。私は彼に向かって、人差し指を唇に当てて見せた。瞬時に醍醐が口を閉ざす。

「何でもない」

「私は仲間外れっていうわけですか」ぶつぶつと言って、愛美が自分のカップにコーヒーを注ぐ。一口飲んで顔をしかめた。「薄いですね」

「俺が淹れたんだ」

「コーヒーの淹れ方って、性格が出ますね」

「俺の場合は？」

「ケチ、かな」

「おいおい」

「とにかくこれじゃ、目が覚めません」言って、砂糖とミルクをたっぷり加える。甘くすれば意識が冴《さ》えるわけでもないだろうに。

　そうこうするうちに、公子と舞も顔を見せた。公子はさすがに疲れた表情。舞も同じだったが、どういうわけか髪型は、いつもと同じである。服も着替えていた。いったいどんな魔法を使ったのか、興味は湧いたが、聞かずにおくことにした。理由を聞いたら聞いたで、頭が痛くなりそうな気がする——と考えた瞬間、頭痛が忍び寄ってきた。デスクの引き出しを漁って頭痛薬を取り出し、コーヒーで飲み下す。愛美が顔をしかめるのが分かった。無視して尻ポケットから財布を引き抜き、一万円札を取り出す。残りは……大一枚か。心もとないが、今手元にある一万円札には、果たしてもらわねばならない役目がある。

「公子さん、これで全員プラス一人分の朝飯を用意してくれませんか」

「プラス一人？」公子が首を傾げた。

「面談室で腹を空かせている人間がいましてね。お願いします」

黙ってうなずき、公子が一万円札を手にして失踪課を出て行った。私は残った三人に、昨夜の状況を説明した。愛美がいつものように皮肉を吐く。

「また、一人で格好つけて」

「何だって？」

「何でもありません」

追及するのはやめて、話を本筋に戻した。

「中川と菊池が二人を追っていたのは間違いない」

「そして美知さんは、まだ逃げているわけですね」愛美が合の手を入れた。

「ああ。二人が昨夜、乱暴な方法で美知さんの行方を聞き出そうとしたのが、何よりの証拠だ」

「室長も美知さんを探しているんじゃないですか。あるいはどこかに匿っているとか」

「そうかもしれない」

「連絡ぐらい、してくれればいいのに」

「できるぐらいなら、とっくにやってるんじゃないかな。連絡が取れない状況なのか、ほとぼりが冷めるのを待っているか、一人で何とかするつもりか……どれかだな」

「一人で何とかするつもりでしょうね、室長のことだから」

「ああ」

「そういうのって、高城さんそっくりですよね」

「俺たちはチームだからな」私は肩をすくめた。「お互いに影響を与え合って、考え方や行動パターンが似てくるのは仕方ない」

愛美が顔をしかめた。そういう彼女の言動も、最近はどことなく真弓を彷彿させるものに変わってきている。

私は愛美との会話を打ち切り、全員の顔を見渡した。チーム……三方面分室のメンバーが、一つのチームなのは間違いない。それを言えば、警察という組織全体が大きなチームである。それは私が長年、意識して距離を置いてきたものでもあった。娘を失ってからの長い日々、私はチームへの参加を拒絶し、一人たゆたうように生きてきた。だが警察は私を排除するわけでもなく、黙って給料を与え続けてきた。典型的な、身内に甘い組織と言えるかもしれない。

そして私は今、その「身内に対する甘さ」を利用しようとしている。罰を受けることなく真弓を助けたい——そのために、引き返せない橋を渡り始めてしまったのだ。私たちがしていることは、不祥事隠し以外の何物でもない。それでも、何の理由もなく真弓がこんなことをするはずがないと私は信じている。全てが終わったら、甘んじて罰を受け入れよう。だがその前に、どうしても彼女の口から直接理由を聞きたかった。どうしてこんなことをしたのか、どうして私たちに話してくれなかったのか。

チームの一員として、彼女には話す義務がある。私たちには聞く権利がある——あるいは義務が。

## 16

菊池は中川と同じように、勤務先の自動車修理工場から姿を消していた。やはり月曜日のことで、出勤しないのを不審に思った同僚が部屋を訪ねてみると、もぬけの殻になっていたという。その同僚の反応――そんなもんじゃない？

「だってあいつ、少年院上がりだし」菊池と同い年だという筑紫《ちくし》は、私たちの事情聴取に対し、何かを諦めたように肩をすくめるだけだった。

菊池は工場の近くに、個人で部屋を借りていた。管理している不動産屋にねじこんで、中の様子を確認する。中川の部屋よりはましだったが、やはり乱雑なことに変わりはなかった。室内を調べ始めてすぐ、愛美が声を上げる。

「高城さん、これ」四つんばいになって押し入れの中を探っていた愛美が体を引き抜き、一枚の地図を差し出す。「山梨の地図ですよ」

二人で床に座りこんで地図を広げる。鈴木の自宅近くのものだった。バツ印がつけてあるのは……まさに彼の家の付近ではないか。道路地図なので一つ一つの家までは分からないが、大きく蛇行した川の様子には見覚えがある。

「もう一つ、マークがあります」

愛美の細い指が地図をなぞった。さらに山の方に入りこんだ場所で、川沿いに赤いバツ印が加えられている。

「一つは鈴木さんの家だな」私は最初に見つけたバツ印を人差し指で叩いた。

「ええ」

「もう一つは……この辺、この前は行かなかったな」

「家からはかなり離れてます。もっと山の上の方ですね」

「聞いてみるか」

私は携帯を取り出し、鈴木に電話をかけた。またもや電話の前で待ち構えていたかのように、呼び出し音一回で出てくる。その声は憔悴《しょうすい》しきって、瀕死《ひんし》の病人のそれのようだった。

「一つ、お伺いしたいことがあります」

「娘はどうなったんですか」

こちらの質問が耳に入っていない。相当追い詰められている。こういう人間を相手にする時は、わずかな保証すら与えてはいけない。希望が潰《つい》えた時、絶望はさらに深い穴を穿つからだ。

「あなたの家の近く……川の上流の方なんですけど」

「はい？」事情が飲みこめないようで、不快な声で疑問を発してきた。

「近くに小学校がある場所で……」

「その小学校なら、去年廃校になりましたよ」

「そうですか」廃校になった小学校。ここを監禁現場にでも使おうとしていたのか。

「あの、何なんですか？　美知の居場所は分かったんですか」

「申し訳ないですが、今のところはまだ」少しずつ手がかりを得ている、と言ってやりたかった。少なくとも彼女をつけ狙っている人間がいることは分かったのだ、とか。しかしその情報は彼の不安を増幅させるだけだろうと思い、言葉を呑みこむ。言葉で人を安心させるよりも、何も言わずに相手の苦しみを受け止める方が大変なのだということに、今さらながら気づく。

「何か分かったらすぐに連絡します」

疑問の山を抱えてしまった鈴木の追及を何とか振り切って電話を切ると、どっと疲れが襲ってきた。私たちは結局、ほとんど前進していないのではないだろうか。愛美が口を開きかけたが、それを邪魔するように彼女の携帯が鳴り出した。

「はい、明神です……ああ、先ほどはどうも。何ですって？」彼女の顔色が瞬時に変わる。相手の声に耳を傾けながら、私に向かって口の形で「筑紫」と知らせた。慌てて彼女の電話を奪い取る。

「代わりました。高城です」

「ああ、はい、どうも」相手の声に戸惑いが滲んだ。「あの、菊池ですけど」

「どうしました？」

「あいつから今、電話がかかってきたんです」

「何ですって？」全身が総毛立つ。

「金を貸してくれないかって」

「それで？」

「もちろん断りましたよ。そんな、いきなり言われても……それにあいつ、警察に追われてるわけでしょう？　係わり合いになりたくないですよ」

「筑紫さん」呼びかけてから、私は低い声で続けた。「完全に断ったんですか」

「適当に誤魔化して……今は金がないからとか、そんな感じで言ったんですけどね。そんないきなり、金を貸せって言われてもねえ」

「金は私が出します」言ってしまってから、財布の中には一万円札が一枚しかなかった、と思い出す。もちろん、本当に出すわけではないが。

「はい？」

「菊池に電話をかけて下さい。あなたからの電話なら無視しないでしょう。金を渡すから会うと言ってもらえませんか」

「いや、だけど……」筑紫が逡巡《しゅんじゅん》した。

「そこを動かないで下さい。すぐに戻りますから」

　電話を閉じて愛美に返す。彼女はさりげなく携帯を開き、ジャケットの裾で拭き始めた。

深刻な表情で訊ねる。

「どういうことですかね」

「文字通りの意味じゃないかな。たぶん、軍資金が底をついたんだよ」

「だけど、勤務先の同僚に金を借りるなんて、どういう発想なんですか？　そこから足がつくとは思わないんですかね」

「向こうも、何か上手い手を考えている余裕がないのかもしれない。あるいは俺たちを舐めきってるのか……警察が自分たちを割り出せるはずがないと、高《たか》をくっているのかもしれない」

「だとしたら、こっちが一歩先を行ってることになりませんか？」

「冗談じゃない」私は開け放しておいた窓を勢いよく閉めた。「こっちはまだ、相手の服の裾さえ摑んでいないんだぜ」


自動車修理工場まで歩いて五分。それを三分に短縮するために、私たちはほとんど小走りになっていた。

筑紫は工場の前に出て、私たちを待っていてくれた。工場は道路に向かって広く開いているので、エアコンプレッサーの甲高い作動音が、遠慮なしに耳に突き刺さる。静かに話をするために、私は彼の腕を引っ張って、工場から少し離れた場所まで連れ出した。くすんだオレンジ色の作業着には、いくら洗っても取れないのだろう、濃淡の異なる油染みが無数に散っている。被っているのが鬱陶しいのか、帽子を脱いでぴしゃりと腿に叩きつけた。しかし瞬く間に髪が雨で濡れてしまったので、すぐに被り直す。私は傘を少し斜めに上げ、彼の顔がよく見えるようにして喋り始めた。

「電話の内容について、詳しく聞かせて下さい」

「いや、それはさっき喋った通りで……詳しいも何も、あっという間に終わったから」

「それでも、できるだけ正確に」

筑紫が、無精髭の生えた顎に指を当てた。必死で思い出そうとしている様子で、目が寄っている。

「だから……最初に『ああ、俺、俺』って。何だか詐欺《さぎ》みたいだけど、声で分かりました」

「どんな口調でしたか」

「うーん、普通?」

「焦ったり、怒ったりしていた様子はなかった?」

「ちょっと急いでる感じだったかな。ちょっとじゃなくてだいぶ、かな」回想を邪魔されたと思ったのか、筑紫が頬をわずかに膨らませる。「それで、『悪いけど金貸してくれない?』って」

「額は」

「一万でも二万でもいいけど……五万ぐらいあれば助かるって」

「菊池には、貯金はなかったんだろうか」

「ないと思いますよ。だってあいつ、ここへ来てまだ半年ですから。正直、給料だってそんなにいいわけじゃないし、金を溜めるような余裕はなかったと思うな」

「あなたが断ったら、どんな反応を示したんですか」

「簡単に『じゃあ、いいや』って切っちゃいました」

「電話を切る時はどんな様子でしたか」諦めが早過ぎる。もしかしたら筑紫以外の人間にも場当たり的に声をかけているのかもしれない。菊池にそれほど知り合いが多いとは思えなかったが。

「仕方ないかな、って感じ?」答えを求めるように私の顔を見る。私は首を振った。知りたいのはこっちの方だ。

「分かりました。金が用意できたと言って電話して下さい」

「だけどそれって、変じゃないですか。一回断ってるんですよ」

「あなた、彼とは親しいんでしょう?」

「親しいっていうか……同い年だしね。工場では一番下っ端同士で」

「どんな感じの人なんですか?」

「何考えてるか、分からない感じ」あっさりと印象を口にする。「話してる時も、オブラートに包んだみたいな感じで……時々黙りこんで何か考えてるし。でも、少年院を出たってことは、何か悪さしたわけでしょう?」

「その辺の事情は知らないんですか」

「知りませんよ。だって、聞けないじゃないですか」お前は阿呆か、とでも言いたげに筑紫が目を見開く。「少年院って、やっぱりヤバそうだし。いったい何やったんですか、あいつ」

「申し訳ないけど、それは俺たちも言えないんだ。言う権利がない」

「何だ」つまらなそうに言って、帽子の庇をくいっと上げる。恐怖と好奇心が入り混じった目が、私を射抜いた。「だけど俺、係わり合いになりたくないな。社長も怒ってるし……」

「菊池が無断でいなくなったから？」

「そりゃあそうですよ。社長は全部事情を知ってて引き受けたんだから、裏切られたような気分になるのは当然じゃないですかね。あのね、この工場、実は昔から結構少年院上がりの人を引き受けてたそうなんですよ。社長が何ていうか……できた人で」年長の、しかも雇用主を「できた人」と評してしまったのがおかしかったのか、筑紫が苦笑を浮かべる。「社長はそれが自慢なんです。酒を呑んで酔っ払った時に聞いた話だけど、『少年院より俺のところにいる方が、よほど更生できる』って言ってましたからね」

「そうですか……どうだろう、協力してもらえませんか。社長には我々から話しますから」

「いや、でも、摑まるとは限らないでしょう？　それに、もしもあいつに会いに行くことになったら、仕事を休まなくちゃいけないし」

「それも含めて社長と交渉します。いいですね？　時間がないんです。二人の人間の命がかかってるんだ」

「あいつ、いったい何をやったんですか」筑紫が頰をひくひくさせた。命という言葉の重みに気圧された様子である。

「申し訳ないけど、それも喋れません。とにかく社長に会わせて下さい。お願いします」深々と頭を垂れてから顔を上げると、筑紫が啞然とした顔つきをしていた。こんなオッサンに頭を下げられたことなど、生まれてから一度もないのだろう。これで彼も一つ学んだはずだ。大事なものを守るためなら、頭を下げるなど何ということもない。


「駄目だ。案外強情な奴だな」法月が疲れた声で言ってコーヒーを啜った。醍醐が入れたものの残りのようで、瞬時に顔が青褪め、背筋が伸びる。

「喋りませんか」私は全身を覆う倦怠感と戦いながら訊ねた。

「ああ。相当ヤバイっていう自覚はあるんだろうな。奴があの二人の計画を本当に知っているかどうかはともかく、自分も加担してしまったという意識はあるんだよ。それで、そっちはどうなんだ？」

「電話待ちです。しかし、菊池も案外脇が甘いですね」

「こう考えたらどうかな」法月が手帳の白いページを開け、何事か書き殴った。ぱっと広げて私の顔の前に翳す。達者な字で「月曜日→木曜日」と単純に書いてあった。

「月曜日には片をつけるつもりだった。それが木曜日になっても終わらない。計画が大幅に狂って、金が底をついた」

私が説明をつけると、法月が疲れた笑みを浮かべてうなずいた。

「仰る通り。何ていうかな……人間の性根っていうのは、簡単には変わらないんだよ」ゆっくりと椅子に腰を下ろしながら法月が言った。「あの二人だけどな、甘いというか、詰めが厳しくないというか、本来、計画的な犯罪に手を染めるタイプじゃないと思う」

「というと？」

「高校の時の事件が、そもそもそんな感じじゃないか。当時の新聞記事なんかを読んでみたんだけど、二人が作ってた爆弾は相当大きなものだったらしい。スポーツバッグなんかには入りそうにないサイズだ。作ったはいいけど、それをどうやって学校へ運びこむつもりだったのかね。見られたら、その時点で終わりじゃないか。何というか、相当細かく計画しているつもりなんだろうが、最後の詰めがなってないんだよ。今回も、そういうことじゃないかと思う」

「そうかもしれません。でも、室長を呼び出すところまでは成功しているんですよ」私は反射的に反論した。法月の目が大きく見開かれる。

「高藤はな……室長に、『娘のやったことは分かってる』って言ったそうだぜ。どういう意味なんだ、これ？」

法月が首を捻る。私は首筋が緊張し、頭に血が昇るのを意識した。それを表に出さないように意識しながら答える。

「それは、室長か娘さんに聴いてみないと分かりませんよ」

「とにかくもう少し押してみるか」法月が溜息を吐いた。「まだ何か隠してるな、あの男は」

「そうかもしれません」

「もう一頑張りするよ」法月がぷっと頰を膨らませる。

「お願いします。オヤジさんが頼りです」

頭を下げると、法月が軽い調子で私の肩をぽんぽん、と二回叩いた。

「頼りにしてるのはお互い様だろうが……そうそう、醍醐と六条がお前さんと話したがってたぞ。菊池と中川の実家で話が聞けたそうだ」二人の実家の住所は、内村美香から聞いた情報から割り出していた。

「連絡します」

私に向かってうなずき、法月が面談室に消えた。一つ深呼吸してから、醍醐の携帯に電話を入れようとして、公子の視線に気づく。携帯を閉じて握り締め、「何か問題でも？」と訊ねる視線を送った。

「石垣課長から電話がありましたよ」

「何ですって？」顔から血の気が引くのを感じた。「用件は？」

「今日の査察は大丈夫なのかって」

「どう答えたんですか」

「もちろん大丈夫」公子の顔に寂しげな笑みが浮かんだ。「……そう言うしかないでしょう。とにかく、査察関係の書類は全部処理しました。後は室長がいてくれさえすれば、何とかなります」

　時計を見上げる。十時。査察開始までは五時間しかない。すぐに醍醐を呼び出した。

「二人の親から話を聞き終えました」醍醐の声はわずかに弾んでいた。「少年院を出てからの様子が、少し分かりましたよ。二人ともほぼ同時期に出てきて、最初の一か月ぐらいは実家に籠っていたそうです。働かず、ぶらぶらして……その後、これもほぼ同時期なんですが、家を出て働き始めてるんですね。それが半年ほど前です」

「示し合わせて動いてるんだろうな」

　二人が少年院にいたのは四年……五年にはならないだろう。仮にその間、携帯電話の契約を切らずに放置しておいたとすれば、出所後すぐに連絡を取り合うのは難しくはない。

充電さえ済めば。

「オス、そんな感じです」

「二人の様子はどうだったんだ?」

「親は、普通にしていたと言ってますけどね。反省してる様子で、とにかく自活して落ち着きたい、と」

「二人とも同じように?」

「オス。でも、親も大変だったみたいですよ」醍醐が溜息を漏らした。「子どもたちがあんな事件を起こしたんですから、ただじゃ済まないですよね。菊池の方は、兄貴が同じ高校にいたんですけど、転校せざるを得なくなりました。当時、学校の近くのマンションに住んでいたんですけど、ドアに張り紙されたりしてね……プライバシーが守りやすいマンション暮らしだし、匿名の報道だったのに、こういうことはどこかから漏れるんですね。『爆弾魔』とか、事実なんだけど、ひどい話ですよ。中川の方は、父親が会社に居辛くなって、辞めてます。商社マンで、事件当時は部長に昇進したばかりだったんですけど、今はビルの警備員ですよ。中川の下に妹がいて、まだ金がかかる年頃ですから……ところがその妹がぐれちまって、今や家出を繰り返してる状況です。うちのリストにも載っているかもしれませんね」

醍醐の報告、というより愚痴を聞いているうちに、激しい怒りに襲われた。浜岡たちは、自分たちのしたことを本当に理解しているのだろうか。面白半分、ストレス解消でやったことが菊池と中川を犯行に駆り立て、二組の家族を崩壊させたのだ。

「家族とは話しにくい感じか？」

「明らかに怯えてます。事件のことは早く忘れたいと思ってるのに、また警察が訪ねて来たんだから、当然でしょう」

「もう少し押してくれ」

「……オス」さすがの醍醐も、一瞬返事を躊躇った。

「行方につながる手がかりがないか、探ってくれ。嫌な仕事を押しつけて悪いけど」

「大丈夫です。室長のためですから」

「ちょっと待ってくれ」私たちの会話に、電子音が割りこんだ。「キャッチフォンだ。後でまた連絡する」

筑紫だった。興奮を抑えながら対応する。

「どうですか」

「菊池と連絡、取れましたよ。今電話で話しました」筑紫の声も興奮していた。喜びではなく、恐怖に起因する興奮であろうが。

「会えるんですね？」

「三十分後に渋谷で。区役所の近くなんですけど」

「よし、あなたはそこへ行って下さい」

「一人でですか？」筑紫の声に恐怖が混じる。

「大丈夫、現場では一人にはしませんから。必ず我々が保護します」

「保護って……」安心させるための言葉が、かえって彼を不安に陥《おとしい》れてしまったようだ。

「そんなに危ないことなんですか」

「念のための用心ですよ」慌てて言い添え、詳しい待ち合わせ場所を確認する。「現地で落ち合いましょう。ただし我々に気づいても、知らんぷりをしていること。菊池には知られたくないんです。必ず守りますから」

「……分かりました」声を引き攣らせながら言って、筑紫が電話を切った。私は右の拳を掌に叩きつけ、愛美の顔を見た。

「明神、出番だ」

愛美がすっと立ち上がる。緊張しきった顔つきだが、いい表情だ、と思った。しかし二人だけではまずい。菊池と中川が同時に姿を現すとは考えにくかったが、人数はできるだけ多い方がいい。森田を使うしかないだろう。面談室に飛びこみ、彼を連れ出す。何事かと驚く高藤に向かっては「そろそろ喋った方がいい。そうじゃないと、知らない間に外堀《そとぼり》が埋まっちまうぞ」と脅しをかけた。

二人に簡単に事情を説明する。森田は背筋を伸ばしたいい姿勢を保っていたが、気合が入っているわけではなく、緊張のためだということは、これまでの経験から分かっていた。

「二人とも拳銃携行だ」

森田がほっとしたような表情を浮かべる。この男は、普段のおどおどした態度に似合わぬ射撃の名手なのだ。銃を手にすることで、いくらか落ち着いてくれるかもしれない。とんだ精神安定剤だ。


路上は、危険なブツの受け渡しをするには最適の場所だ。閉鎖空間だと、誰かに見られたり、何らかの証拠が残ったりする。しかし路上では、よほど暇な人でない限り、他人の行動を注視しない。立ち止まって静かに会話を交わしている人がいても、視界にも入らないだろう。菊池はそういうことを分かっていてこの場所を選んだのかどうか……偶然だろう、と判断する。法月の推理通り、二人が詰めの甘い人間だとすれば、そこまでの計算はしていないはずだ。

ＪＲ渋谷駅周辺は、都内の繁華街でも有数の混雑ぶりだが、北西方向に少し歩くと、急に広々とした空間が姿を現す。区役所、税務署と大きな建物が建ち並び、向かいにはＮＨＫの放送センターがある一角。さらにその奥には代々木《よよぎ》公園が広がっている。都心部とは思えない、空の高さを感じることができる場所だ。

筑紫は渋谷税務署の北西の角に立っていた。そこだけ歩道が三角形に膨らみ、信号待ちの歩行者が溜まっている。細い道路を挟んだ向かいには、いかにも高級そうな低層マンション。筑紫は傘もささず、イチョウの木の下に立って雨を避けていた。緊張のせいか、背中が丸まっている。

私たちは、三方向から筑紫を見守っていた。一番近い位置にいる私は税務署の敷地内、植えこみの陰に陣取っている。愛美は道路を挟んでマンションの前。森田は私から十メートルほど離れた位置にいる。スピードを落とさずに走ってきた車が、車道のすぐ近くに立っている筑紫に水を引っかけていった。何事か悪態をつきながら、筑紫が飛び下がる。他の歩行者にぶつかりそうになって、慌てて頭を下げた。さすがに、作業着からジーンズに長袖のTシャツという格好に着替えていたが、グレイのTシャツの肩の辺りはすっかり黒くなっていた。傘を持っているのにさそうとしないのは、私たちに対する気配りかもしれない。傘をさしていると、他の歩行者に埋もれてしまう――この雨の中、黙って濡れていれば、それだけで目印になる。右手に畳んだ傘を、左手に携帯電話を握り締め、時折左手をジーンズの尻ポケットに伸ばして、財布の存在を確認しているようだ。

既に約束の時間を五分、過ぎていた。筑紫がしきりに腕時計に視線を落とし、周囲をきょろきょろと見回す。何度か同じ動作を繰り返した後、彼の背中がはっきりと緊張するのが分かった。右手――森田の方から走って来る人間がいる。林立する傘をかき分けるような軽快な走りで、すぐに筑紫と接触した。私は左右を見渡し、森田と愛美が間合いを詰め始めるのを確認した。

　肌寒い陽気なのに、菊池は黒いTシャツにカーゴパンツという軽装で、既に全身ずぶ濡れだった。髪には固いワックスをつけているようで、ところどころがまだ不自然に突き出ていたが、ほとんどは雨で流れてぺったりと頭蓋に張りついている。身長百七十センチぐらい。痩《や》せ型だが、肩の辺りには筋肉がついて盛り上がっていた。分厚い唇に切れ長の目。顎が細い、今時の若者に特有の顔つきだった。

　やはり寒いのか、菊池は体を揺らすようにしながら筑紫に話しかけた。私のいる場所からは筑紫の横顔だけが見えているのだが、緊張のせいで笑顔は浮かばない。引き攣った表情に、菊池が不自然さを覚えるのも時間の問題だろう――いや、もう気づいた。両手を顔の高さに上げて、筑紫は菊池から距離を置こうとしたが、一瞬早く、菊池が筑紫の胸倉を摑む。その口が「どういうつもりだ」と動くのを私は見て取った。

　愛美が最初の一歩を踏み出した。森田は少し遅れている。NHK放送センターの方に渡る横断歩道の信号は赤。よし、今だ――私は五メートルほどの間合いを一気に詰めた。気配に気づいたのか、菊池が筑紫を突き飛ばし、赤信号を無視して横断歩道に突っこんで行く。目の前を、大型トラックが猛スピードで走り抜けた。

「停まれ！」大声で叫んだが、車の音にかき消されてしまう。歩道で尻餅《しりもち》をついた筑紫にちらりと目をやって、私も車道に飛び出した。愛美が左側から近づき、菊池の腕を摑みかける。しかし菊池は器用に身を捩《よじ》って、彼女の手から逃れた。

菊池は既に、広い車道の中ほどまで進んでいた。クラクションが交錯し、タイヤが軋《きし》んだが、奇跡的に衝突音はない。クソ、このまま逃げられるのか——菊池の左からやってきたタクシーが急ブレーキをかけた。アンチロック・ブレーキに特有のがくがくとした動作を見せた後、菊池の直前で辛うじて停止する。転びそうになった菊池がボンネットに手をついてバランスを取り戻してから、道路の残り部分を何とか横断しようと身を翻《ひるがえ》した。

突然、菊池の体がなぎ倒される。車にはねられたのか？　慌てて走るスピードを上げたが、視界に入ってきたのは、濡れた路上で絡まって転がる菊池と森田の姿だった。森田が上になったタイミングを見計らい、二人の上に倒れこみながら、菊池の足を押さえた。森田がすかさず袈裟固めに移行する。左手で菊池の頭を、右手で腕を固め、ぐいぐいと締め上げていった。森田の脇の下から、くぐもった悲鳴が聞こえてくる。

「そこまでだ！」

審判のような気分になって、私は声を張り上げた。両手を広げて車の流れをせき止めていた愛美が手錠を取り出し、菊池の左手の自由を奪う。森田がようやく力を緩め、菊池の襟首を摑んで立たせた。手錠は愛美が握っており、菊池の自由は完全に奪われている。私は彼の背中を押すように、道路を渡らせた。放送センターの前に出て、駐車場の出入り口の低いコンクリート壁に座らせる。両側を森田と愛美に固められ、菊池は諦めたような表情で溜息を吐いた。私は彼の正面に回りこんで中腰になり、ゆっくりと語りかけた。

「自殺するつもりだったのか」

「死ねないのかよ、俺は」彼の声は震え、弱々しかった。ある意味、私が想像していた通りである。この男は追い詰められ、思い切った復讐は頓挫《とんざ》し、少年院に入った。そして今また、計画は崩壊させられようとしている。

「死ぬつもりだったのか？」

「俺は、何をやっても上手く行かないんだ！」

「上手くいかないのは、結局は自分の責任なんだぜ」私は彼の胸倉を摑み、無理矢理立たせた。怒りと焦りで力が入り、菊池が爪先立ちになる。顔から血の気が引き、唇は紫色になっていた。「五年前のことについては同情する。だけど今回の件は許さない。何をしようとしていたのか、話してもらうからな……最初の質問だ。ちゃんと答えろよ。鈴木美知はどうした」

　菊池が顔を背ける。困惑したような表情が浮かんでいた。

「諦めろ。お前はもう、何もできない。中川一人で何かできると思ってるのか？　無理だろう。素直に喋れ。鈴木美知はどうした？」

　返事はない。私は嫌な予感に囚《とら》われていた。中川は菊池の帰りを待っているのだろう。その場に美知が一緒だったら……予定の時間に菊池が戻らない場合、中川は何をしようとするだろう。

「菊池！」私の怒鳴り声に、菊池がびくりと身を震わせる。私は彼の胸倉から手を放した。糸の切れた操り人形のように、菊池がその場にへたりこむ。手錠に引っ張られ、愛美も倒れそうになった。

私はゆっくりと拳銃を取り出し、菊池の胸に狙いを定めた。菊池の顔が蒼白になる。無視してゆっくり銃口を上げ、額にぴたりと合わせた。距離は三十センチほど。撃ち損じは絶対にない。

「菊池、人間にはな、どんな犠牲を払ってもやり遂げなくちゃいけないことがあるんだ。お前もそう思うだろう？　だからこんな無茶な計画を立てたんだよな。俺にも大事なものがある。そのためには、お前を殺そうが、どんな処分を受けようが構わない」

ゆっくりと腕を伸ばし、銃口を額に近づける。

「ちょ……」菊池が激しく抵抗したが、森田ががっちりと腕を押さえこんでいるのでどうしようもない。銃口が額に触れそうになる直前、菊池が大きな悲鳴を上げた。それを合図にすっと手を引く。

「お前を撃っても何にもならないよ。だけど、いつでも撃てるということは分かったな？　お前が喋らない限り、俺は何をするか分からないぞ」

菊池ががくがくと首を振った。ずぶ濡れになった二十一歳の若者は、実年齢よりもずっと幼く、弱々しく見える。そんな人間を追いこんでしまったことに罪悪感を抱きながら、私は拳銃をホルスターに戻した。

　無抵抗の相手に、しかも公衆の面前で銃を突きつける――私は危ない橋を既に渡りきった。ここから先には、何が待っているのだろう。

## 17

「やり過ぎなのは分かってますよね」愛美が鋭い口調で突っこんだ。

「ああ」

「誰かに見られたかもしれません。NHKの前ですよ？　下手したら、カメラマンが飛んでくるところです」

「俺があの場所を選んだわけじゃない」肩をすくめるしかなかった。

「もう少し分別のある人だと思ってました。がっかりですよ」溜息を吐くと、愛美の肩がすとんと落ちた。

「君は俺のことを何も知らないんだぜ」

吐き捨て、頭に被せておいたタオルを取った。湿気を吸って重くなったタオルの感触が煩わしい。

「知りませんよ、そんなこと。他人なんだから当たり前でしょう？」愛美はまだタオルを被ったままである。ＫＯされたボクサーのように表情が暗い。「とにかく、こういうことは二度としないようにして下さい」

「君に説教されるようじゃ、俺もおしまいだな」

いつにない、ぎすぎすした会話。愛美に背を向け、室長室に目をやった。主がいなくなってから四日目。不在の感覚には未だに慣れなかった。何よりも大事なこと、そのためには多少の違法行為も辞さない——自分の中ではそう理屈をつけたつもりだったが、心はざわざわと落ち着かなかった。酒が必要だ。どうしても。引き出しの底で眠る角の小瓶に思いを馳せる。両手をゆっくり上げてみると、かすかに震えていた。寒さのためだと思いたかった。

「高城、どうする」法月が面談室から出て来た。ようやく菊池たちの計画の全容が分かってきたというのに、顔は曇《くも》っている。とにかく時間がないのだ。

「今、考えをまとめてます」

事態は複雑な過程を辿り、菊池の証言を信じるとすれば、まさに最悪の結末に至ろうとしている。今、一番必要なのは時間だ。そして一番不足しているのも時間。菊池の証言を信じて突っこむべきか、もう少し情報を集めるべきか……一か八か突っこもう。もしも駄目だったら、責任を取って潔く辞表を出せばいい。構うものか。勤め人の最大の夢は、気に食わない上司の顔面に辞表を叩きつけることなのだ。いい機会だと思えばいい。本当なら私は、娘がいなくなった八年前に、警察を辞めさせられていてもおかしくはなかった。敢えて見守ってくれた組織に対する恩返しは済んでいないが、失敗に対するけじめは必要ではないか。

「全員、集まってくれ」

五人——森田は、公務執行妨害の現行犯で逮捕した菊池の留置手続きを行っていた——が私のデスクの周りに集まった。一人一人の顔を見渡し、喋りながら自分の中で決意を固める。

「分かってると思うけど、今回の一件は非常にまずいことになっている。この時点で降りたい奴はそう言ってくれ。これ以上無理強いはしないし、今後問題になっても、係わっていなかったことにする。絶対に責任は負わさない」

「馬鹿言うな」真っ先に声を上げたのは法月だった。目には怒りを宿らせている。「ここまできて何を躊躇う？　行くしかないだろうが……まあ、俺はもう、失うものは何もないけどな。定年も見えてるから」

「オヤジさん、それはずるいですよ」醍醐が抗議の声を上げる。私は胸の奥が痛むのを感じた。醍醐は四人の子持ちである。もしもここで処分でもされれば、明日から家族全員が路頭に迷いかねない。しかし醍醐の表情は、そういう恐怖を感じさせない、晴れ晴れとしたものだった。「とは言っても、乗りかかった船から降りるわけにはいかないでしょうね」

「仕方ないですね」舞は肩をすくめるだけだったが、一番覚悟ができているのは彼女ではないかと思った。仮に失職しても、明日からの生活を心配する必要はないはずだから。

公子は無言でうなずくだけだったが、私は彼女と多くの会話を交わしたような気分になっていた。査察の件は大丈夫。それよりも、無事に室長を連れ戻して——メッセージは確かに受け取った。

最後に愛美。彼女は一つ、深々と溜息を吐いた。全てを諦めたような顔つきだが、背筋はぴんと伸びている。無言で、まだ濡れた髪を縛り直した。あんな風にしたら、綺麗な髪に変な癖がついてしまうだろうに……。

「何してるんですか」冷たい、使命感だけを感じさせる声で私に言った。「さっさと指示して下さい」

どうしても敵《かな》わない相手というのはいるものだ。私にとっては、別れた妻がずっとそういう存在だったが、失踪課に異動してきてからは難敵が増えた気がする。愛美、真弓、法月の娘のはるか——何故か全員女性なのだが。私が人の住む世界に戻ってきた、何よりの証拠なのかもしれない。触れ合えば、摩擦が生じるのは当然だ。それこそが、人と人との関係なのだから。

「菊池の証言によると、美知さんが拉致されているのは、京王線の笹塚駅に近い、取り壊しが予定されている雑居ビルだ。これからただちにそちらへ向かう。目的は一つ、美知さんの無傷での救出だ。美知さんを救出しさえすれば、室長も姿を現すと思う。全員拳銃携行。公子さんと六条はここで待機してくれ」指示は苦手だと思っていたのに、この緊迫した場面で、やけにすらすらと言葉が出てくる。

「どうしてですか」舞が唇を歪めた。

「行きたいのか？　外の仕事は嫌いだろう」

「だけど……」

舞が不満気に唇を噛み締める。私は心の中に温かなものが流れ出すのを感じた。彼女の気持ちがどこで変わったかは分からないが、いい傾向である。ただし、方針を変えるわけにはいかない。

「こういう状況でも、失踪課は平常営業中なんだ。できるだけ普通の顔で、仕事を処理してくれ」

「何で私なんですか」

「ここは一つ、頼む。後で昼飯を奢るよ」

「高城さんの奢りじゃ、ろくな店じゃないでしょう？」

「給料日まで待ってくれれば、何でも奢る。店は君が選んでいい」

それで話を納め、私は携帯電話を手に面談室に向かった。

「どうかしました？」私の動きに気づいた愛美が、鋭く声をかけてくる。

「二か所、電話をかけなくちゃいけないんだ」

「急ぎの電話なんですか？　時間がないんですよ。行く途中に車の中ですればいいでしょう」

「一人は急ぎだ。一人には……文句を言わなくちゃいけないから。人に聞かれたくない電話なんだよ」

粘りつくような愛美の視線を逃れ、私は面談室に入ってドアを閉めた。まだポットにコーヒーが残っているのに気づき、湯呑みに注いで一気に飲む。完全に煮詰まっていてひどい味だったが、とにかく眠気は一瞬にして消え去った。

最初に文句。遼子に電話を入れると、いきなり迷惑そうな声で迎えられた。勤務中だから当たり前なのだが。

「最初に全部言ってくれてもよかったと思いますけどね」

「ずいぶん唐突ね」遼子の声は冷たかった。

「友人のプライバシーを守りたいという、あなたの気持ちは分かります。でも、あなたが口を開いてくれなかったせいで、捜査はたっぷり遅れたんですよ。あやうく手遅れになるところだった」

「どうなってるの、今は？」

「大詰めです」

「そう……」遼子が声を潜めた。「でも、私が知っていることを全部話したとしても、それで捜査が進んだかしら？」

「それは……」何の保証もない。しかし一歩引いた遼子の態度は、真弓の友人としてあまりにも冷たく感じられた。もう少し文句を言ってやろうと思った瞬間、遼子が先制攻撃を仕かけてくる。

「あなた、他のところで事情を調べたのよね」

「ええ」

「それはたぶん、私が知っている以上でも以下でもない情報だと思うわ。もしも私が最初に全部話していたら、あなた、どうなっていたと思う？」

「動揺したでしょうね。それだけ重みのある話です」意地を張る必要もない。素直に認めた。

「そうでしょう？　冷静に捜査するには、動揺は必要ないわ。私はその心配を取り除いた、とは考えられないかしら」

「それはあまりにも、自分に都合のいい考え方じゃないかな」

「結果としては、私の考えた通りになったんじゃないかしら。捜査の過程で真実に行き当たるのは仕方がない。自分で調べ出したことなら、覚悟もできるでしょう。でも最初に種明かしされてしまうと、心の整理は簡単にはつかないはずよ……それより、勝算は？」

「勝算もクソもありませんよ。成功させないと、俺たちは全員破滅だ」

「だったら成功するわね」妙に軽い調子で遼子が言った。「あなたは、こういうぎりぎりの時は、絶対に失敗しない人間だと聞いているから」

「誰から聞いたのか知りませんけど、無責任な噂ですね」

「……真弓が言ってたんだけど」

室長が私に対して、そんな評価をしているとは。普段は嫌みと皮肉をぶつけ合う仲であり、彼女の中では私の評価はどんどん下がっているだろう、と思っていたのに。

「それより、事件を解決してからの方がきついわよ」

「分かってます。取り敢えず、今日の査察を乗り切らないといけないし」

「そんなことは、真弓さえいれば何とかなるでしょう。問題はその後」

「どういう意味ですか」

「あなたは真弓の秘密を知ったのよ。その秘密をどう使うつもり？」

「使うって……取り引き材料なんかにするつもりはありませんよ」苦笑しながら、湯呑みにわずかに残ったコーヒーを口に入れる。粘りさえ感じさせる濃さだった。

「真弓は、あなたが知ったことを知るでしょうね。そうなった時、黙っていると思う？　弱みを握られたと思って、絶対にあなたと対決しようとするはずよ。あなた、真弓の人生を正面から受け止められる？」

「重いですね」

「あなたも同じでしょうけど」

遼子が肩をすくめる様が目に浮かんだ。指先で煙草を弄《もてあそ》ぶ姿も。

「人は誰でも、多かれ少なかれ何かを背負っているけど、あなたたち二人の場合、特に重いわ。そういう事情が正面からぶつかり合った時、どうなるかしらね」

「先のことは考えない主義なんです」

「そう……それなら、私には何も言えないわね」

「室長の精神的なフォローをするのは、友だちであるあなたの役目じゃないんですか」

「友だちだからこそ、できないこともあるのよ。職場で解決した方がいい問題もあるでしょう。特に真弓の場合、抱えている問題は仕事と密接に関連しているんだから……じゃあね。健闘を祈るわ」

遼子はいきなり電話を切ってしまった。何と無責任な、と思ったが、彼女の言う通りで、友だちにできることには限界がある。職場の同僚が全てを負わねばならないわけではないが、日本人は生活の時間の多くを職場で過ごすのも事実なのだ。家族よりも、ましてや友人よりも濃厚な関係が職場にあるケースは少なくない。仕事がその人の人生を決めてしまうのだ。

覚悟しろ、高城。自分に言い聞かせて、もう一本の電話をかける。真弓の携帯。出るわけがないと分かっていた。出て欲しくないとも思った。今、ややこしい話をしている気持ちの余裕はなかったから。

案の定真弓は反応しなかったが、心の中でリハーサルしておいた通りのメッセージを残した。もしかしたらこの電話が、彼女を救う命綱になるかもしれない。恩を売るわけではないが、失踪課に来てからの私は、一つも彼女の役に立っていない。せめてこの電話が役に立てば、彼女を救うことになればと、切に願った。その素直さが、自分でも信じられなかったが。

私たちは目標のビルからかなり遠い場所に車を止め、徒歩で接近した。甲州《こうしゅう》街道沿いに建つ、かなり古い雑居ビル。現在のところ、それ以上の情報はない。私は森田と醍醐を近所の聞き込みに回らせ、その間に、愛美と二人でビルの周囲を調べた。五階建て。かなり大きい。雨で汚れ、一部が壊れた看板から、最後にこのビルに入っていたのは、一階がチェーンの薬局、二階がカラオケルームだろうと推測できた。三階から上は不明。ビルのオーナーが住んでいた可能性もあるが、個人で住むには大き過ぎる。エレベーターホールにはシャッターが下りており、中の様子は窺えない。裏——甲州街道の反対側——にある非常口の鍵もかかっていた。ただし、誰かがこじ開けた形跡がある。まだ新しい傷が、鍵の周囲に幾つも残っていた。一度無理矢理入って、中から施錠したのか。

少し離れた場所に移動し、窓の様子を確認する。全てすりガラスで、内部の様子はまったく見えなかった。照明は灯っていない。

「明神」

「何ですか」低く抑えた愛美の声はかすれていた。

「菊池の情報、当てにできると思うか？」

「分かりません。でも、監禁場所がここだって判断したのは高城さんですよ」

「ああ」

「だったら自信を持って下さい」

喉の粘膜が張りつくように乾く。頭痛が緩やかに忍び寄ってくるのを感じた。ズボンのポケットに手を入れ、錠剤が二つあるのを確かめると、それで少しだけ安心できた。

「高城さん！」

愛美が低く鋭い声を飛ばす。彼女を見ると、最上階の窓に視線を向けていた。事情を察し、私たちは慌てて電柱の陰に身を隠した。実際は隠したことにならないのだが——そう思いながら上を見上げると、窓が細く開いて男の顔が覗いていた。中川だ。全身が見えたわけではないが、がっしりした背の高い体格でそれと知れる。距離があるので表情は判然としないが、極度に緊張している様子は、手に取るように分かった。グレイのシャツ一枚という格好で、頭はほぼ坊主に丸めている。彼が窓を閉めるまで、私たちは息を凝らしていた。普通に喋っている限り、聞こえるはずもないのだが。

「当たり、か」窓が完全に閉まったのを見て、私はつぶやいた。

「美知さん、あそこにいるんですね」

「ああ。結局、捕まったんだな」

菊池の証言によると、美知は危機を察して間一髪で自宅を逃げ出した——何故かその時の様子について、菊池は詳しく語ろうとはしなかったが。元々勘のいい女性である。「誰かに見られている」というのは、思いこみではなく事実だったのだ。自分なりに用心もしていただろう。美知の逃亡後、二人は彼女の自宅を調べたが、行き先に関する手がかりは摑めなかった。その後ずっと彼女を探し回っていたのだが、昨夜遅くになって、ようやくおびき出すことに成功したのだという。

それまでまったく反応しなかった電話での呼び出しに、彼女が初めて応じた。誘い水は——母親を拉致している。

親子の関係は一筋縄ではいかないと、私は実感した。これまで手に入れた情報が確かならば、美知は真弓に対して、悪感情しか抱いていないはずだ。だからこそ、両親が別居した時に母親の側につかず、父親とともに山梨へ引きこもったのだろうと、私は思っていた。それでも、いざ母親の危機を知らされると、つい反応してしまったということか。

あり得ない。あり得ないはずなのだが——私の思考は、愛美の一言で寸断された。

「またあの顔、してますよ」

「あの顔って？」

「時々、一人でぼうっとしてる時があります。困った時とかね。娘さんのことを考えてるんでしょう？」

遠慮のない女だ、と私は苦笑した。失踪課の連中は——それを言えば警視庁の人間の多くが——私が娘を失った経緯を知っている。だがあの一件から既に八年が経ち、今では露骨にそのことを口にする人間はほとんどいなくなった。時の流れに癒《いや》された私の傷口に、新たな一撃を加える必要はない、という気遣いなのだろう。だが愛美は、そういう優しさとは無縁の人間だ。

「そうかもしれない」そんな時はいつも、綾奈と話しているんだ——さすがにそのことは告げられなかったが。あれは娘に会いたいという私の願望が妄想になって現出したものだとしか考えられない。だから綾奈はいつでも、私の考えをなぞるようなことを言うのだ。綾奈の姿を借りて、私は自分の考えを再確認しているに過ぎない。そう考えると少しばかり寂しかったが。

「家族の問題が絡んだ時の顔、ですね」

「この件が終わったら、室長と話さなければいけないと思う」私は遼子の言葉を思い出しながら顔を拭った。「あの人は、この一件をずっと隠してきた。隠す意味があると思ったんだろう。だけど、そろそろ限界じゃないかな。こういう事件に巻きこまれたら、今までと同じというわけにはいかなくなる。その時、誰が室長を庇う？　俺たちしかいないだろう」

「そのためには、室長の口から直接事情を聴いておく必要があるわけですね」愛美が調子を合わせた。

「その通り」

「あまりプライバシーに突っこむのは……」愛美が渋い表情を浮かべた。自分が私の娘について話したことは、とうに忘れている様子だった。

「普段はそれでいい。いくらチームだからといって、部屋を出た後のことまでは知る必要はないからな。でも、今回は違う。室長は個人的な事情で動いていて、それが警察の仕事と密接に係わってくるんだから、避けようがないんだ。喋ってもらうさ。それに、誰か他の人から聞かされるのが嫌なんだ」遼子の顔が脳裏に浮かんだ。

「分かります」

「今、こんなことを話していても仕方ないな」私は首を振った。髪にまとわりついた雨が雫になって垂れる。霧雨で顔を洗うように上を見上げた。「あそこに美知さんがいる確率は高い。何としても救出しないと」

「室長はどこにいるんでしょうね」

「たぶん、すぐ近くに」

愛美が怪訝そうに私の顔を見上げた。私はその疑問に対して、軽くうなずくに留めた。百パーセントの確証はないが、真弓がここに来るはずだ、という自信はあった。

「そろそろ連中と落ち合おう」腕時計を見た。醍醐たちには、聞き込みの時間は三十分、と言ってある。「明神、車から毛布を出しておいてくれないか」

「……そうですね」愛美の顔が引き締まる。美知がどのような状態で拉致されているか、分からないのだ。服の代わりに毛布が必要になる可能性もある。

もしもそんな状況なら、真弓には絶対に見せたくない、と強く思った。


「電気は使えます」醍醐が断言した。

「取り壊し間近なんじゃないのか」

「間近といっても、店子《たなこ》が全て撤退して空きビルになったのは一月前なんですよ」

「ということは、エレベーターも使えるわけだ」

「高城さん、まさか五階まで階段で上がるのが面倒だって言うんじゃないでしょうね」愛美が馬鹿にしたように目を細める。

「陽動作戦だよ」

私たちは問題のビルを遠くに見る位置まで撤退して、作戦を練っていた。五階の窓が辛うじて見える。森田が一人、歩道上の輪から離れ、双眼鏡で最上階の監視を続けていた。

「オーナーには協力してもらえるんだな」

「ええ」醍醐がうなずいたが、その表情は冴えなかった。

「しかし、何であのビルなんだ」

「中川の父親の会社が、あのビルの警備を担当していたそうです」

父親の仕事の関係から、このビルが取り壊されるのを知ったわけか……どこかやり切れない感じがする。

「よし。こういう作戦でいく」

四人の輪が狭まる。説明は三十秒で済んだ。簡潔な作戦ほど効果的だとよく言われるが、私以外の三人は、必ずしも納得しているわけではないようだった。

「今さらこんなことを言うのも何だが、応援を貰った方がいいんじゃないか」法月が急に弱気を見せた。

「これ以上人が増えたら、大事《おおごと》になりますよ」

「それでも、だな——」

「我々だけで行きます」私は法月の反論を断ち切った。菊池の証言では、この件に直接係わっていたのは二人だけだ。二人きりの復讐者。高校時代に孤独を味わっていた二人は、数年の歳月を経て、また世界で二人だけの関係になった。高藤はあくまで、脅されて協力していたに過ぎないようだ。

「まあ、この場の指揮官はお前さんだから……」法月が渋々納得してうなずいた。

「じゃあ、オヤジさんがエレベーターの担当。残りの四人は非常階段から突入する。醍醐、すぐにオーナーをここに連れてきてくれ。必要な鍵も忘れないようにな」

「オス」醍醐がうなずき、歩道の水溜まりを蹴散らすように走っていった。

私は傘の下で、五階の見取り図を広げた。相当古いもの——このビルが完成した四十年前の図面——で、かすれて判読できない部分も多い。フロアは長方形を少し潰したような台形で、基本的には事務所、あるいは店舗に使うための設計のようだ。各階のエレベーターの前は小さなホールになっており、その脇にトイレがある。非常階段は各フロアの部屋を挟んでエレベーターの反対側にあり、他には外へ通じる場所はない。窓は二か所にあるが、片方ははめごろしで、開くのは、先ほど中川が顔を見せた東側——非常階段がある側だけである。もちろん、この窓は突入用には使えない。屋上からロープを垂らして、勢いをつけて蹴破って突入——というのは、専門の訓練を受けていない私たちには絶対に無理だ。

私が立てた作戦は、極めて単純なものだった。まず、ビルの外側の非常階段を使って五階まで行く。非常口の鍵は借りたから、そこから中に入ることは難しくない。だがそれでは、室内にいる中川と鉢合わせすることになるだろう。それを避けるために、法月がエレベーターを動かして中川の注意を引く。中川は、エレベーターは動かないという前提で、非常口から侵入したはずだ。それがいきなり動いたら——人間の心理として、そちらに気を取られるのは当然である。その隙に一気に突入し、美知を救出する。法月は射線を避けて、五階に到着後、直ちにエレベーターのドアを閉めて離脱。

問題は、五階内部の様子がよく分からないことだ。かつて四階と五階には英会話教室が入っていたという。ビルの閉鎖とは関係なく、生徒数の減少で教室を畳んだということで、什器類はそのまま残っている、というのがオーナーの説明だった。それが果たしてどんな具合に配置されているのか、オーナーの記憶も定かではない。デスクと椅子は銃弾に対する盾にはならず、逆にこちらの動きを制約しかねない。

時計を合わせるということは、刑事の現場ではまずない。あれは、全員が官給品の腕時計をしている軍隊での話だ。私は周囲をぐるりと見回し、近くのビルの壁にデジタル時計と寒暖計の表示があるのを見つけた。自分の腕時計が三分ほど遅れているのに気づく。

「あの壁の時計で十二時十分になった瞬間に始める。オヤジさんはエレベーターを起動。俺たちはそれまでに、五階の手前の踊り場まで行って待機だ」まだ十分あるが、準備にかかることにした。森田が外階段を調べてきたのだが、かなり老朽化しており、軋み音がひどい。四人で同時に上ったら、重みでどんな音をたてるか予想できなかった。静かに行くためには、ある程度時間をかけるしかない。

「出発だ」

醍醐が先頭に立ち、慎重に階段を登っていく。雨が強くなり始め、髪の間を伝って顔を濡らしていった。靴底が鉄製の階段を打ち、かつかつと嫌な音を立てる。なるべく踵を使わないよう、爪先立ちを意識して登り続ける。四階と五階の中間にある踊り場に到着した時には、残り時間は五分を切っていた。

念のため、森田を斥候に出すことにした。非常口は鉄製だが、耳を押しつければ中の様子が分かるかもしれない。こういう任務は醍醐の方が適しているのは分かっているのだが──巨体の割に猫のようにすばしこく柔らかい動きを見せる──体重が致命傷になるかもしれない。軽い森田の方が、階段が音を立てる恐れは少ないはずだ。

森田の喉仏が上下した。雨ではなく汗で顔が濡れている。脚が細かく震え、今にも崩れ落ちそうなほど緊張していた。

「森田」普通に話せれば鼓舞することもできるのだが、この状況では無理だ。音を立てないよう、軽く拳を握って肩を叩いてやる。森田がびくりと肩を震わせ、大きく深呼吸した。耳元に口を寄せ、「銃を抜け」と指示する。森田がホルスターから銃を引き抜き、右手に持つと、不思議なことに、それでぴたりと震えが収まった。彼にとっての銃は、私にとっての酒、あるいは頭痛薬の役目を果たしているのかもしれない。

「何かあったら、躊躇うなよ」

森田が緊張した表情でうなずいた。少しでも階段に体重をかけないように、手すりを握って体を引っ張り上げるようにしながら、最後の十段を昇りきる。残った私たちは全員片膝をつく姿勢で、彼の動きを見守った。

森田が階段を上りきり、足を止めて深呼吸する。慎重に体をドアに預け、耳をくっつけた。鉄製のドアはかなり分厚そうで、中の様子が窺えるかどうかは分からないが……しばらくじっとしていたが、やがて私の方を向いて首を横に振った。やはり分からないか。仕方ない。当初の計画通りに行くしかないようだ。

私は右手を振って、戻るように合図した。森田の表情が緩み、肩が落ちる。降りる時の方が危ないんだぞ、と警告したかったが、森田は慎重さ——臆病さ——においては失踪課では抜きん出た存在である。中腰のまま後ずさって、階段の端まで戻る。よし、オーケイ。後はゆっくり降りて来い。

その瞬間、鉄製のドアが音もなくいきなり開いた。森田が反射的に身を屈める。その場に低くしゃがみこむ形になったが、それで危機を脱したわけではなかった。ドアの隙間《すきま》から顔を突き出した中川が、一切躊躇せずに発砲する。素人の悲しさか、近距離なのに当てることはできなかったが、避けようとした森田が、後ろ向きに階段を転げ落ちてしまった。醍醐が慌てて一歩を踏み出し、森田の体を途中で受け止める。森田の呻き声が雨に消えた。撃たれたわけではないようだが——私は何も考えず、醍醐の背中を踏み台にして二人を飛び越えた。二段飛ばしで階段を上がり、五階を目指す。ドアは既に閉まっていた。ノブをがちゃがちゃ言わせたが、中川は鍵をかけるだけの冷静さは保っていたようだ。慌ててズボンのポケットから鍵を取り出し、開錠する。

私を迎えたのは、空っぽの湿った空間だった。

## 18

部屋を突っ切り、ホールに向かう。ちょうどエレベーターのドアが閉まったところだった。無我夢中で逃げ出したのだろうが、こちらの作戦で使うはずのエレベーターが、結果的に中川にとってはプラスになってしまった。どこかで甲高い悲鳴が聞こえる。美知だ。

下には法月一人が控えているだけだ。いきなりエレベーターが動き出して、彼も混乱しているだろう。銃声が聞こえたかどうか……クソ、このままでは法月も危ない。机にぶつかりながら教室を再度突っ切り、外の非常階段に飛び出す。愛美が到着したところだった。

「下だ。エレベーターで逃げた」

愛美はうなずきもせず、風が舞うように踵を返した。軽快な靴音が耳に響く。

「醍醐！」踊り場のところで森田を介抱していた醍醐が、呼びかけに応えて顔を上げる。

「下だ！　急げ」

醍醐が森田を放り出し、大股で飛ぶように階段を駆け下り始める。その後を追いながら、法月に電話をかけるべきかどうか迷い、やめにした。電話が鳴ったら集中力が途切れてしまうかもしれない——それで怪我をした青山の例もある。ここは、彼のベテランらしい判断力に賭けよう。エレベーターが動き出したことで異変は察知したはずだ。突然中川が現れても対処できるだろうが、無理して欲しくない、と切に願う。

森田の側で跪《ひざまず》く。どこかで頭を打って額を切り、鮮血が顔の左半分を赤く染めていたが、意識ははっきりしている様子だった。

「立てるか？」

脇の下に手を差し入れ、無理矢理立たせる。森田は痛みに呻き声を上げたが、脚がふらつくことはなかった。

「ゆっくりでいいから、後からついて来い」

言い残し、階段を駆け下りる。醍醐は早くも路上に達しようとしており、愛美もあと一階分を残すだけだった。心臓が悲鳴を上げ、普段ニコチンに痛めつけられている肺が甲高い声で文句を言った。クソ、もう少し頑張れ。

最後の三段を一気に飛び降りた。膝のクッションを使って着地のショックを受け止め、周囲の状況を視野に入れる。醍醐たちはビルの正面に回っていたが、明らかに様子がおかしいことに気づいた。醍醐も愛美も、歩道上で固まっている。醍醐は片膝をついて銃を構えていたが、愛美は突っ立ったままである。傍らに控えた法月が、真っ青になって、シャッターに向かって何事か語りかけていた。彼の視線の先に中川が——そして美知がいるのは間違いない。

そちらに走り出した瞬間、誰かが風のように私の脇を通り抜けようとした。反射的に手を伸ばし、相手の腕を掴む。勢いを削《そ》がれて転びそうになったが、何とか踏みとどまって私を睨みつけた。

真弓。

「遅いですよ」

「離して」真弓の声は、それまで私が聞いたことのない暗さと冷たさを秘めていた。感情がむき出しになっている証拠だ、と思った。感情——憎しみと焦り。

「駄目です。この場の指揮は俺が執《と》ります」

「離して！」真弓の声が細く、甲高くなった。「室長は私です」

「あなたは冷静さを失っている。こんなことをしていると、室長の椅子も手放すことになりますよ」私は彼女の右手を見た。失踪課から消えた拳銃がある――取り敢えずありかだけははっきりしたわけだ、と私は奇妙な安堵感を覚えた。

「いいから、離して」

「離しませんよ。あなたに無理をさせるわけにはいかないんです」

「あなたたちが余計なことをする必要はないの。これは私の問題なんだから」真弓の声は不自然に鯱張れていた。冷静さを装おうとして失敗し、内心の動揺が滲み出てしまっている。

「そういうわけにはいきません」

私は彼女の腕を摑んだまま、小走りにマンションの正面に向かった。それにしても彼女の格好はひどい。いつもきっちりと着こなしているスーツはよれよれで、髪も乱れたまま。どこでどうしたのか、左のパンプスには足の甲が見えるほどの大きな傷がついていた。月曜日から四日間、ひたすら娘を探して歩き回っていたのだろう。その間も、中川たちに散々振り回されたはずだ。

あの二人も甘い。おそらく、親子をまとめて殺そうとしたのだろうが、美知の機敏さに計画を崩されてしまったのだ。

「美知！」真弓が叫ぶ。醍醐を押しのけて前に出ようとしたが、私と愛美に両腕を摑まれ、動きが止まった。法月が真弓の前に割りこんで壁を作る。その顔は青く、呼吸は荒かった。こんなところで発作を起こされたら、たまったものではない。しかし単に、緊張しているだけのようだった。銃を握る手は震えてはいない。

エレベーターホール前のシャッターは、下から三分の二ほど、ちょうど中川の背丈分だけ開いていた。その向こうに二人がいる。中川は美知の首に後ろから左腕を回し、締め上げていた。右手には銃。銃口は真っ直ぐ醍醐を向いている。この場で一番大きな人間を的にしようと決めたようだ。顔は汗で濡れてかてかと光り、唇は紫色になっている。目には怒りと恐怖が同居し、針で突いたら体が破裂してしまいそうだった。美知は苦しそうに中川の腕に両手をかけている。それほど小柄ではないのだが、百八十センチ以上ある中川に後ろから引っ張り上げられる格好で、首が絞まっているのだ。

「離しなさい！」両腕を私たちに固められたまま、真弓が叫ぶ。

「下がって下さい」私は彼女の耳元で囁いた。途端に真弓が、怒りを露にして振り返る。

「あなたは冷静じゃない。この場は任せられません」

「私の娘なのよ！」

感情の迸《ほとばし》り。だがその台詞を聞いた瞬間、私は美知の目に白けた色が走るのを見て取り、背筋が凍りつくような感覚を覚えた――結局彼女は、母親を許していない。

その場の陣形を把握した。シャッターはどちらにとっても盾にならない。こちらは六人。

全員が銃を抜いており、火力では中川に勝ち目はない。だがその目は、まだ死んではいなかった。最大の武器——人質の美知を、まだ手中にしているのだ。

「ちょっと話をしようか」私はわざと間の抜けた声を出した。賭けだった。相手の緊張を解し、リラックスさせるための手。しかしこれで、「馬鹿にされた」と感じて荒れ狂う人間もいる。真弓の手を離し、一歩前に進み出ると、醍醐を盾にして彼の肩の上から話しかける格好になった。

「君は今でも、あの事件に囚われているんだな」

「当たり前だ」中川の声は低く、落ち着いている。いい傾向だ。

「何が不満だったんだ？　自分たちをいじめた人間が、何の罪にも問われなかったことか？」

「そうだよ。教えてくれよ」中川が皮肉っぽく言った。「どうして俺たちだけが？」

　中川の質問には直接答えず、私は続けた。

「浜岡たちは、暴力団の構成員になったよ。つまり、あいつらの人生はもう終わったようなものだ。どこかで誰かに殺されるか、刑務所にぶちこまれるか……それは避けられない。あいつらは、意識するしないにかかわらず、もう破滅しているんだ。君は無事に社会復帰している。それで納得できないか？」

「社会復帰？　ふざけるな！　俺たちは少年院にぶちこまれたんだぞ。俺は……俺は、あいつらとは違う。何で俺たちだけがあんな目に遭わなくちゃいけなかったんだ？　そこの女！」中川の目が鋭く真弓を突き刺した。真弓は一歩も引かず、中川の視線と正面から対峙している。「お前が俺たちの人生を滅茶苦茶にしたんだ。お前と、お前の娘がな」

「あなたたちは単なる人殺しよ」真弓が怒りを嚙み潰すように低い声で宣言した。「自分たちをいじめた人間だけじゃなくて、関係ない他の人も巻きこもうとした。それは絶対に許されないことなのよ」

「煩い！」中川の腕に力が入り、美知が苦しそうに咳きこみ始めた。危ない。まともに呼吸ができない状態で咳をしたら、窒息してしまう。

「室長、下がって下さい」私は振り向いて忠告を与えた。

「黙って！」真弓が中川に視線を据えたまま言った。

「喋っちゃ駄目です」私は低い声で忠告した。「プライベートなことでこんな風になるのは、あなたらしくない」

真弓の肩にぐっと力が入ったが、すぐに空気が抜けるように萎《しぼ》んでしまう。私は彼女の肩を摑んで、後ろへ引き戻した。法月がすかさず腕を取って下がらせる。真弓はまったく抵抗しなかった。私はそれまで法月がいた場所に歩を進めた。わずか三メートルほどの距離を置いて、中川と対峙することになる。美知の顔色が恐怖と酸欠で白くなっているのが、焦りを加速させた。こちらに向いた銃口が異常に大きく見える。

「復讐か」雨音にかき消されるのではないかと懸念《けねん》しながら、私は低い声で訊ねた。

「そうだよ。俺には――俺たちにはそうする権利がある」

「いや、『俺たち』じゃなくて『俺』が正解だ。菊池はもう、俺たちが押さえている。詰めが甘いんだよ。軍資金をたっぷり用意しておかないから、こういうことになるんだ」

今度は中川の顔からはっきりと血の気が引いた。「クソ」と短く吐き捨て、美知の首を絞める腕に力を入れる。美知の指先が腕に食いこんだが、気にする様子もない。

「何があったのか話してみろ。お前が室長を恨むのは分かる。お前をぶちこんだ本人だからな。だけど復讐のために、娘さんにまで手を出すのはやり過ぎだ」

「お前、何も分かってないな」蔑《さげす》んだように中川が言い、銃把で美知の頭を小突く。「こいつだよ、こいつが張本人なんだ。この女が俺たちを破滅させたんだ」


内村美香から聴いて、私は知っていた。愛美にも教えておいた。しかし、他のメンバーには知らせていない。あまりにも真弓のプライバシーに食いこんだ出来事であり、遼子ではないが、多くの人に広めるわけにはいかないと判断していたのだ。

だが、中川は喋ってしまった。

真弓が体を強張らせ、一歩前に出ようとして私の背中にぶつかる。

「室長！」法月が鋭く警告を飛ばす。「高城に任せるんです」

二人の睨み合いを背中で感じながら、私は醍醐の肩に手をかけた。醍醐の肩は緊張で盛り上がっているが、体は微動だにしない。拳銃は結構重い物だが、両手でしっかり保持している。この男なら、このまま何時間でも同じ姿勢を続けられるだろう。

「何があったかは分かっている。その件は後でゆっくり聞こう。とにかく、その人を離せ。今ならまだ間に合う」

「もう間に合わないんだよ」中川が歯軋りする音が聞こえてきそうだった。「俺は四年も失ったんだぞ。十六歳から二十歳まで、あんなところに閉じこめられてたんだ。少年院がどういうところか、あんたも知ってるだろう。あそこは……俺なんかが行くような場所じゃない。暴走族の連中や、覚せい剤をやってる奴らばかりなんだ。俺たちは、そういう連中とはやっていけなかった」

少年院の中でもいじめがあったのか。目の前にいる中川は堂々とした体格の青年だが、どこかに精神的な弱さ――集団の中で突っこまれてしまう弱さを抱えている。どんな集団にも、そういう人間はいるだろう。そういう人間が他の集団に移っても、やはり攻撃の対象になってしまうものなのか……一度負け犬になったら、どこまでも負け犬。

「分かるか？　夜、眠らせてもらえないんだぜ。毎日隠れて、殴られたり蹴られたりだ。クソみたいなホモ野郎もいる。自分のケツを守らなくちゃいけないんだよ。馬鹿な奴らばっかりなのに……それなのに俺たちは、最低の扱いを受けたんだよ。教官だって、クソみたいなもんだ。人を人間扱いしないんだぜ。俺たちはモノなんだよ、モノ。一定の時間が過ぎれば消えるモノ。あんた、そんな目で見られたことがあるか」

「その話は後でゆっくり聞いてやる。同情もする。だけどお前はまた罪を犯しているんだぞ。自分で自分を追いこむな」

「一度落ちた人間は、もう戻れないんだ」自嘲《じちょう》気味に、中川が唇を捻じ曲げる。「出てきたって、ろくな仕事があるわけじゃない。積み上げてきたものが全部無駄になったんだ。分かるか？　俺は、こんなところでこんなことをしているような人間じゃないんだ。全部、この女のせいで駄目になったんだからな。痛い目に遭って当然じゃないか。その女もだ」

中川が真弓に鋭い視線を向ける。「笑いやがったよな？　俺を見て笑ったよな？　あれは何だったんだ。馬鹿にしてたのか。自分の手柄だと思って自慢してたのか」

「その件もちゃんと聞いてやる。時間はいくらでもあるんだ。俺が責任を持って、お前の話を聞く」

「今さら話をしても、何にもならないんだよ」重みに耐えかねたのか、中川の銃口がゆっくりと下がる。気づいて慌てて持ち直した。クソ、今の一瞬はチャンスだったのだが……。

突然、現場がざわつき始める。中川から視線を切って周囲を見回すと、制服警官が二人、こちらに走って来るところだった。まずい。この騒ぎが所轄に伝わったのだろう。遠くで、路地を塞ぐようにパトカーが停まっている。現場はほぼ封鎖された格好だ。これで住民に被害が及ぶ危険性は減ったか？　いや、周囲には一般民家も多い。家にいる人が「何事か」と外を覗いて、流れ弾に当たる可能性もないではないのだ。間違いなく事態は膠着《こうちゃく》し始めており、私は背中をじりじりと炙《あぶ》られるような焦りを感じていた。

「何だよ、大袈裟になってきたじゃねえか」捨て鉢な口調で中川が言った。これもまずい。説得のプロである特殊班の連中なら、何とか中川を落ち着かせることができるだろうが、今から呼んでいる暇はないだろう。とにかくこれ以上は、騒ぎを大きくしたくない。私は愛美に目配せをした。素早くうなずくと真弓の手を離し、制服警官の方に走って行く。身振り手振りを交えながら説明し始めたのを見て、私は中川に意識を戻した。

「離れろ」中川が命じた。

「駄目だ」

「離れろ！　離れないと撃つ！」銃口を上げ、美知の側頭部に押しつける。美知がくぐもった悲鳴を上げた後、必死に歯を食いしばったせいで唇が薄くなった。しかし、無駄な抵抗はしない。肝が据わっているというか……ナンパしてきた人間を追い払ったやり方といい、ここ何日か一人きりで逃げ続けていたことといい、二十歳そこそこの女性にできることではない。さすが、真弓の娘というべきか。

愛美が二人の制服警官から離れた。中川からも距離を置き、彼の真横の位置まで回りこむ。ビルの中にいる中川からは死角になったはずだ。実際中川は、愛美の動きまでは追いきれていないようだった。

私は中川から視線を切らないように気をつけながら、視界の隅に愛美の姿を納めた。一旦現場から遠く離れた愛美は、横ばいするようにじりじりと動き、ついにビルの真横まで達した。私とは直線距離にして十メートルほど。これなら互いの表情も読める。

他の連中は気づいているだろうか——それどころではあるまい。仕方ない。最後の一瞬は、それぞれの判断に賭けるしかない。

「その銃はどこで手に入れた？」私は中川に意識を戻した。

「少年院のネットワークはすごいんだよ。金さえあれば何とでもなるんだ」中川が皮肉っぽく言った。この男は……そこそこ成績もよく、体が大きい以外は大人しい、目立たない男だったと聞いている。あの事件、それに少年院暮らしを経て、すっかり性格が変わってしまったのだ。負け犬が手負いの犬になったということか……美知の頭に銃口を突きつけるという許せない行為をしているとはいえ、私は同情を禁じえなかった。

「とにかく、銃を下ろせ。お前がその人を離せば、こっちも銃を下ろす。それで五分五分だ。どうだ？」

「あのな、俺はまだ何も諦めてないんだぜ」中川が目の端を引き攣らせながら笑った。

「諦めろ。お前の計画はもう失敗してるんだ。菊池と二人だからこそ、できる計画だったはずだ。一人では何もできないだろう」

「この女は殺せる……母親の目の前でな。こっちは望む所なんだよ！」

「美知！」真弓が叫ぶ。いつもの冷静な声は吹き飛び、今は単に娘の命を心配する母親のそれになっていた。本当に？　この二人の関係こそ、単純なものではないはずだ。その件についても、私は真弓と話さなければならない——全員無事にここから生きて帰れれば、だが。今はその可能性が極めて低く感じられた。

助けを求めて、愛美に視線を向ける。愛美は両手を広げて、下へ何度か下ろすような仕草を見せた。ホームプレートに滑りこんだランナーの「セーフ」を判定する、審判のような動作。

そういえば森田の姿が見えない。流血していたから軽傷というわけではないだろうが、動きが取れなくなるほどではなかったはずだ。まさか、踊り場にへたりこんだままなのでは……あれこれ考え始めた瞬間、愛美の声が響いた。

「伏せて！」

予《あらかじ》め合図を決めてあったかのように、私たちは一斉にアスファルトの上に身を投げた。中川は状況を摑みきれない様子で、慌てて美知の頭から銃口を外し、ターゲットを探す。その瞬間、一発の銃声が響き、中川の右手が見えない拳に殴られたように跳ね上がった。それを見て、醍醐がクラウチングスタートのような低い姿勢から、唸り声を上げて突進する。まだ左手で美知の首を押さえこんだままの中川にぶつかり、二人をなぎ倒した。横からビルに飛びこんだ愛美が、すかさず美知を引きずり起こして肩を抱えこみ、醍醐から離れる。中川に馬乗りになった醍醐は、前腕部の硬い部分を喉元に押しつけて、呼吸と自由を奪っていた。同じような身長の二人だが、醍醐の方が体重が重い上に、格闘技を心得ている。もう少しこの状況が続いたら、中川は完全に落ちてしまうだろう。私は二人に駆け寄り、手錠を抜いた。中川の左手にはめて自由を奪い、醍醐の肩をぽん、と叩く。それでようやく正気に戻ったようで、肩を大きく上下させると、中川の胸倉を摑んで立ち上がった。中川は口の端から血を流しながらも、なおも挑発的な視線で私を射抜こうとしていた。しかし右手が力なく垂れ下がった状態では、何もできない。法月がゆっくりと近づいて来て、弾き飛ばされた拳銃を拾い上げる。

「たまげたね」信じられない、と言いたげに首を振る。彼の視線の先を確認すると、森田の姿が目に入った。ビルの斜め向かいにある民家の玄関。門扉の陰に体を隠すように片膝をつき、まだ両手で拳銃を握ったまま固まっている。距離は二十メートル近くあるはずだ。頭を負傷し、視界を白く染める雨という悪条件で、ピンポイントで相手の手を狙うとは……次の異動で、本格的に射撃選手への道を開いてやろうか、と思った。まだまだ選手としてやれる年齢だし、オリンピックで勝てる人材なら、誰でも歓迎するはずだ。

醍醐と法月が中川を引っ立てていく。制服警官二人が、ガードするように左右を固めた。愛美と美知は濡れた路上に座りこんだまま。愛美がしっかり美知の手を握っていたが、美知は呆然《ぼうぜん》としたまま、まだ状況を把握できていない様子だった。

いつの間にか、真弓が私の横に立っていた。全身がずぶ濡れで、髪からは雨粒が滴っている。ひどいざまだが、私も同じようなものだ。

「行ってあげなくていいんですか」

「どうして」

「親子じゃないですか」

「あなた、知ってるんでしょう」

私は肩をすくめた。認めるべきだ——しかし、こんな場所で話したくはない。

「行ってあげて下さい」そう言うのが精一杯だった。真弓が躊躇う。いつもの毅然とした雰囲気はみじんもなく、ただ力なく雨に打たれ続けるだけだった。「行くべきですよ」

そっと背中を押す。真弓が危なげな一歩を踏み出すと同時に、愛美が肩をかして美知を立たせた。予想よりも元気そうである。この強さはやはり真弓譲りなのか。

「来ないで！」美知が低い、だがはっきりした声で言った。真弓がびくりと体を震わせ、歩みを停める。ちらりと彼女の顔を見たが、今まで一度も浮かべたことのない——少なくとも私が目撃したことのない、傷ついた表情を浮かべていた。

「止まっちゃ駄目ですよ」言ってはみたものの、そんな言葉に何の効果もないのは明らかだった。母と娘の関係——男にとっては永遠の謎である。血の濃さ故に憎しみ合う関係。

だが事態はそれほど単純ではあるまい。美知は自ら首をねじ切ろうとでもいうように顔を背け、全身から怒りを発散している。真弓はそれを冷静に感じ取ったようで、ついに踵を返した。

「室長――」

私の声にも反応はない。この瞬間、待ち望んだ瞬間に彼女は何かを失ってしまったのだと直感した。それでも仕事は続く。私は間の抜けた呼びかけを、彼女の背中に向かって叫ばざるを得なかった。

「三時から査察です！」

真弓が一瞬立ち止まる。誰もいない空間に向かって一人うなずきながら、少し歩調を速めてまた歩き出した。その姿は、次第に激しくなる雨に溶けてしまいそうだった。

「明神」愛美は私の呼びかけにしっかりうなずいた。完全に刑事の顔である。真弓と美知のやり取りに複雑な感情は抱いているはずだが、そんなものは一切表に出さなかった。

「彼女を頼む」

愛美は一つうなずいただけで、美知の肩を抱いたまま、所轄のパトカーの方に歩いて行った。美知の方がだいぶ背が高いので、少しばかり滑稽な組み合わせに見えたが、この時は愛美の小さな背中が大きく見えた。

あとは森田か。私はまだ人の家の玄関先で固まっている彼に歩み寄った。ぽん、と肩を叩くと、びくりと体を震わせて正気に戻る。

「よくやった。今回も助けられたよ」

「大丈夫でしょうか」森田の顔は、寒さのせいだけではなく青くなっていた。「今の発砲は……」

「緊急避難だ。人質が、頭に銃を突きつけられてたんだぜ。あの場面では、あれしかなかった。本当によくやってくれたよ」

森田が辛うじてうなずく。顔は依然として緊張しきり、体は震えていたが。私はもの言わぬ兵士を思った。もの言わぬ兵士が最高の兵士——この男をそんな風にしてはいけないと思うが、彼は撃つ時に一瞬たりとも躊躇わなかっただろう。冷静にタイミングと距離だけを計算し、引き金を絞った。失踪課で最も高い戦士の資質を持っているのは、実はこの男かもしれない。

とにかく、始末書ぐらいはこっちで面倒を見てやろう。この男の腕で、私たち全員が最悪の事態を免れたのは間違いないのだから。

本当に？

真の戦いはこれからではないか。私は腹に重いものが沈みこむのを感じながら、何とか身を引き締めた。

# 19

査察開始まで、残すところ一時間。本当はそちらの準備をしなければならないのだが、私はこの一時間を美知に対する事情聴取に使うことにした。面談室で、熱いコーヒーを前にして喋り出す。

「怪我はないんだね」

美知が無表情にうなずく。愛美が非常用にロッカーに入れておいた着替えを身につけていたが、微妙にサイズが合わないようで、ブラウスの袖をしきりに引っ張っている。髪はほとんど乾いているように見えたが、まだ湿り気に悩まされているようだった。時折前髪を引っ張り、出るはずもない水滴を絞り出そうとしている。

「大丈夫です」両手をそっとテーブルに置き、コーヒーカップを包みこむ。かなり熱いはずなのに、掌を密着させて、その熱を体に取りこもうとしているようだった。

「何があったのか、時間軸に沿って確認させて欲しい。取り敢えず……」私は手首を上げて時計を見た。「一時間だけ」

「一時間？」美知が眉をひそめた。

「一時間後にちょっとした雑務があってね。その後で熱いシャワーを用意します。少し暖まった方がいい」

「よかった」全身から疲れが出たように、美知が椅子に体重を預ける。初めて見るほっとした表情が浮かんでいた。「お風呂、入りたかったんです」

「そうだよな。分かるよ。月曜日からずっとだろう？」

「はい」

「よし、それじゃまず、月曜日以前の話からいこうか」

美知が急に表情を引き締めた。やはり真弓の面影を感じさせる凜々《りり》しさが漂い始める。あれだけの目に遭った直後とは思えない、しっかりした目つきは健在だった。

「誰かに監視されている——跡をつけられていると感じていたそうだね」

「ええ。はっきり確証があったわけじゃないんですけど、そういうの、分かるものですよね？」

「君は特に勘が鋭いみたいだし。母親譲りだね」

「そういう話をするなら、帰らせてもらいます」美知が急に顔を強張らせて両手でテーブルを押し、私との間に距離を置いた。

「それができないことは分かっているはずだ。被害者の調書も必要なんでね」脇に控える愛美に視線を送る。言われないでも分かっている、とでも言いたそうに、素早くうなずくだけだった。いつものことだと苦笑しながら顔を上げる。「一つ、ルールを決めよう。君の機嫌を損ねるのは本意じゃないから、基本的に室長の話はしない。その代わり君も、隠し事なしで、素直に話してくれないか」

「はい。警察のやり方は分かってます——十分過ぎるほど」侮蔑のニュアンスを滲ませながら美知が告げる。コーヒーを一口啜る間も、カップ越しに私の顔を凝視したままだった。真弓の娘とはいえ、ここまで意思が強いとは思わなかった。場慣れということか、と私は幾分暗鬱な気分になった。あの頃——五年前の美知と真弓の関わりも、今では分かっている。ただそれを、本人の口からはっきりと確認しておく必要があった。

「君はあの事件——五年前の事件の渦中にいた。加害者と被害者のクラスメートとして」

「そうです」美知の背筋はぴしりと伸びていた。おそらく五年前も、こうやって警察の事情聴取に応じていたのだろう。眼差しに強い力を秘めて。

「中川と菊池。あの二人とは仲が良かったんだね」

「良かったというか……」美知の顔にわずかな戸惑いが浮かぶ。「中学校から一緒ですから」

「あの二人がいじめられているのを間近で見ているのは、きつかっただろうな」

「馬鹿みたいですよね」美知が肩をすくめた。「いじめなんて、中学校までだと思ってました。高校に入ったら普通は、個人的な問題で一杯になってしまうはずですよね。でも、中野新橋高校は違ったんです……あの、学校にも階級があるんですよ」

「アメリカの高校みたいだな」高藤からも似たような話を聞いた、と思い出した。

「そうかもしれません。うちの高校、運動が盛んなんです。野球部、サッカー部、陸上も水泳も……そこで活躍してる人は、無条件にヒーローですよね。いくら成績がよくても、そういう人たちには勝てないんです。それだけなら、よくあるスポーツ馬鹿の学校なんだけど、昔随分荒れていたことがあったみたいで、まだ変な人たちがいたんですよ」

「浜岡たちのような」

苦いものを呑みこんだように、美知の顔が歪んだ。

「私たちがいた頃は、恐喝も暴力沙汰もごく普通だったんです。女性に対する乱暴も……でも、学校側は見て見ぬ振りをしていました。運動部が学校の名前を揚げてくれるから、そっちに夢中になって。そんなことが表沙汰になったら、試合ができなくなったりするマイナスもありますよね」

「中川たちはどういう立場にいたんだろう」

「あの世界では……どうでもいい存在ですね。スポーツはやらない、成績は良かったけど、勉強も先生たちから特別に目をかけられるほどじゃない。中途半端だったんです」

「随分苦しんだんだろうね」

「たぶん、死にたくなるほど」美知の唇が歪んだ。「退学しなかったのが不思議です。転校するっていう手もあったはずなのに、ずっと耐えてたんですから」

「君も二人に力を貸していた」

「そんなんじゃありません」

「そうかな」私は両手を緩く組み、そっとテーブルに置いた。傍らに置いたコーヒーはまだ熱く、カップから熱が伝わってくる。「俺はそういう風には聞いていない」

美知の細い喉が緊張で強張った。愛美が手真似でコーヒーを飲むよう、勧める。美知はカップに手を伸ばしたが、一瞬躊躇ってから引っこめた。

菊池に聞いた話では、彼らは一時は美知とかなり仲が良かったという。その関係は、他人には簡単には理解できそうにないものだったが。美知は本能的に、自分の力では二人を苦境から救い出すことはできないと気づいていたに違いない。彼女自身、母親との関係で苦しんでいて、余裕がなかったという事情もある。だが時に声をかけ、駅まで一緒に歩くことぐらいしかできなくても、二人が完全に孤立しないよう、気を遣っていたのだ。少なくとも菊池は当時、彼女を「友だち」と見なしていた。

「浜岡なんだけどね」

「はい」美知が唇を引き締める。

「今は、暴力団の構成員になっているよ」

「つまり、いずれは警察に捕まるか殺されるということですね」美知の顔に、ほとんど微笑みのような表情が浮かんだ。はっきり笑わないだけの良識は父親から受け継いだものかもしれない。

「本当に悪い奴は、さ」私は煙草を一本取り出し、テーブルに置いた。人差し指で前後に転がすと、柔らかく丸い感触が気持ちを落ち着かせる。「どこまでいっても駄目なんだ。世の中には、絶対に更生できない人間がいる。そういう人間は、警察が動かなくても、いつかは自滅するんだよ」

「それは、警察としての責任の放棄《ほうき》だと思いますけど。『警察は、個人の生命、身体及び財産の保護に任じ、犯罪の予防、鎮圧及び捜査、被疑者の逮捕、交通の取締その他公共の安全と秩序の維持に当ることをもってその責務とする』ですよね？」

「警察法総則、第二条か……学部は？」

「法学部です」

「まさか、警察官になるつもりじゃないだろうな」

「ないです」小さな声で、しかしきっぱりと言い切った。「それだけは絶対にないですから」

「そうか……今回の件について事情を聴きたい」話が危うい方に入りかけていたことを意識し、私は本筋に引き戻した。「聴きたいこと」を聴くのは、「聴くべきこと」を聴いてからだ。「月曜日のことについて話してくれないか」

「何だか嫌な予感がして目が覚めたんです。朝、五時ぐらいに」

「それで？」

「外を見たら、いたんです。中川君……中川が。電柱の陰からこっちの様子を窺っていました。それで私、やっと事情が分かったんです。あの人たちが私に復讐しようとしているって。ずっと誰かに見られているような気がしていたのも、思いこみじゃなかったんです」

「二人が少年院を出たことは知っていた？」

黙って首を横に振る。そこまではチェックしていなかったのか……真弓は知っていたのだろうか。失踪課の仕事に――あるいは庁内外交に忙殺されて、そこまで気が回らなかったのかもしれない。

「どうやって脱出したんだ」その辺りに関して、菊池は口を濁していた。

「自転車を使っただけですよ」

「自転車？」

「あのマンションには裏口なんかないから、家を出れば、必ず見つかります。たぶん二人は、私が出て行くまで張っているつもりだったんだと思います。それで自転車を使いました」

「ちょっと待ってくれ。話が見えないんだけど」冗談だろうかと彼女の顔を凝視したが、極めて真面目だった。

「玄関にマウンテンバイクを置いてあるんです。マンションの自転車置き場が一杯で、本当はやっちゃいけないんですけど……ドアを開けて、階段をそのままマウンテンバイクで駆け下りました。さすがにそれは予想してなかったみたいで、何とか振り切れました」

「滅茶苦茶じゃないか」私は首を振った。同時に、菊池が話せなかった理由も理解できた。これは……あまりにもみっともない。「怪我でもしたらどうするんだ。それに、奴らが凶器を用意してたらどうなっていたと思う?」実際に拳銃を持っていたのだが、撃つ暇もなかったということだろう。

「結果的に何もなかったじゃないですか」

私は思わず愛美と顔を見合わせた。何という度胸、というか無謀。

「そのまま逃げ続けたんだね」

「はい。カードや携帯電話を使ったりすると、居場所がばれるような気がしたんで、とにかく動き回って」

「それは考え過ぎだ。あの連中には、そこまで調べる力はないよ。家を出てからどうしていたんだ?」

「あちこちへ」

「どうして実家へ連絡しなかったんだ？」

「できるわけ、ないでしょう」美知が暗い顔で首を振った。「実家も監視されているかもしれないし、電話の発信記録とか……それも考え過ぎでしたね」

「ああ」しかし、彼女の行動は正しかったのかもしれない。二人は山梨の実家付近の地図を持っていた。あそこもターゲットとして考えていたのだろう。

「警察には？」

美知が首を振った。

「警察に連絡すれば、室長のことが分かってしまう。それを避けたんじゃないか？」

「そんなこと、ありません」

嘘だ、と思った。母親の立場を悪くするようなことはしたくなかった——しかしいくら突っこんでも、美知は認めないだろう。

「そんな余裕はなかったんです。山手線にずっと乗って丸一日時間を潰したり、人がたくさんいるファストフードの店で追い出されるまで粘ったり……とにかく人の多いところにいようと思って」

「きつかっただろう」

「きつかったです」美知がふっと溜息を漏らした。

「どうするつもりだったんだ？　いつまでも逃げ回るわけにはいかなかっただろう。金が続くわけでもないし」

「それは……」美知が唇を噛んだ。

「結局、お母さん——室長にも連絡しなかったんだな」

「向こうからは何度も電話がかかってきてましたけど、全部無視しました。電源はたまにしか入れなかったし」他人事のように言って美知が肩をすくめる。

「意地を張ってたわけだ」

「どうして意地を張るか、ご存じなんでしょう?」

挑みかかるような口調で美知が言った。私は黙って首を振り、この話題を打ち切った。美知は不満そうだったが、一つ息をついて次の質問に備えた。

「中川たちは、君に逃げられた後、行き場所の手がかりを探して部屋を荒らした。その後で、室長のところに電話を入れたんだよ。高藤という男を使ってね——高藤、覚えてるよな?」

「あの二人の使いっ走り」美知が皮肉に唇を歪める。「馬鹿みたい。まだいいように使われてるんですか」

「ただし今回は、中川と菊池の使いっ走りだ。二人に対しては負い目もあっただろうし、脅されもした。従うしかなかったんだよ」

「馬鹿ばっかり」吐き捨てるように美知が言った。次の瞬間には真剣な目つきになり「私もですね」とそっとつけ加えた。

「常に賢く生きてる人間なんか、誰もいないよ。俺だってそうだ」

「そうなんですか?」

「いつか話してあげるかもしれない。聞いたら、俺のことを徹底した馬鹿だと思うだろうな。そしてたぶん、軽蔑する」

「そんな……」否定の言葉は、単なるおつき合いだった。

「その話は、今はいい」今は。これが私の基本的な生き方かもしれない。面倒な話は全て先送りにし、当面の危機を回避する。未来に送りこんでしまったトラブルは、いずれ必ず私の心を苛む。「結局、二人は君に電話をかけてきた」

「ええ。たまたま電源を入れた時に」

「室長を拉致したという話だったね」

「そんな感じでした」急に素っ気無い声になる。

「それが昨夜の……?」

「三時ぐらいだと思います」

「その時、どこにいたんだ?」

「新宿のマクドナルドに。二十四時間営業のお店があって、終電を逃した人たちがたくさんいました。そこで待つように言われて……気がついた時には、あの二人が両側に座っていたんです」

「逃げればよかったじゃないか。悲鳴を上げるとか、手はあっただろう」

「ナイフで脅されているのに、ですか?」美知の声に、また皮肉な調子が蘇る。「しかも拳銃まで見せられたんですよ。あの時はモデルガンか何かだと思っていたんですけど、本物だったんですね」頭に突きつけられた銃口の感触を思い出したのか、美知が身を震わせる。だが、心底怯えた様子ではなかった。何故だ？　普通の人なら、今頃は震えて話もできないはずなのに。

「自分の身を守るために、二人の言うことに従ったわけだ」

「仕方ないでしょう」

「何をされると思った?」

「何も考えないようにしていました。いろいろ考えると、怖くなってパニックになりますから」

彼女に相応《ふさわ》しい職業が一つだけある。警官ではなく職業軍人だ。これほどパニックから縁遠い人間は、滅多にいるものではない。彼女なら、どれほど激しい戦闘でも冷静に生き残れるだろう。

「あのビルの中では、どんな様子だったんだ」

「両手を縛られてましたけど、それだけでした。トイレにも行かせてもらえたし。途中から一人になって……結局あの人たち、何がやりたかったんでしょうね。私を殺すつもりなら、さっさと殺していたんじゃありませんか」

「たぶん、もっと残酷なことを考えていたんじゃないかな」

親子二人をまとめて始末する――目の前で娘を殺す、あるいは母親を殺す。その方が残酷なのは間違いない。最初の計画が崩れた後、二人が考えたのは、真弓を徹底的に走らせ、疲弊させることだった。何度か電話を入れ、その都度偽情報を流し、真弓を翻弄し続けた。それにしてももう少しタイミングがずれていたら、中川たちの計画通り、真弓の眼前で美知は殺されていたかもしれない。

二人の計画は、美知の粘りで頓挫したと言っていい。美知を探してあちこちを動き回る間に、あの二人は金を使い果たしてしまったのだから。計画を完遂した後に東京を離れるための逃走資金も乏しくなり、菊池が金策に走り回る羽目になったのだ。金の用意ができれば真弓を美知の拉致現場に呼び出し、復讐の仕上げをするつもりだったようだが……結果的に真弓を現場へ引き寄せたのは、私が彼女の携帯に残したメッセージだった。

美知の顔に暗い影が差した。両手を膝に置き、うつむいてコーヒーカップに視線を注ぐ。自分の表情を確認しているのだろう。

「それにしても、あの二人は間が抜けてるよな」その場の雰囲気を和ませようと、私は少し気の抜けた声で言った。「詰めが甘いというか……爆弾騒ぎの時もそうだったけど」

「あの時は、本当に人が死ぬところだったんです。軽く言わないで下さい」美知が厳しい声で忠告した。

「失礼。今のは取り消す」素直に謝りながら、私は彼女に対峙する難しさを妙に懐かしく感じていた。そう、真弓と対峙する時にしばしば私を苛立たせる難しさだ。

「君は室長――お母さんのことをどう思っているんだ」

「あの人は母親じゃありません」

「法的にも遺伝子的にも、君の母親じゃないか」

「精神的には違います……あの人の話はしないんじゃなかったんですか」

彼女の抗議を無視して続ける。

「君は、二十一歳にしては考え方が大人だね。過去にはいろいろあったんだろうけど、それだけしっかりしていれば、これから乗り越えることもできるんじゃないかな」

「無理です。それに、乗り越えるつもりはありません」

「ちょっと――」

「誰が何と言っても、です。私は母親に壊されかけたんですよ？　許せるわけがないでしょう」

「あれから五年も経ってるんだぜ」

「たった五年です」美知が背筋を伸ばし、毅然とした口調で言った。「五年で何か変わりますか？　あの人は、昔よりもずっと悪くなってる。相変わらず自分のことしか考えてないんじゃないですか？　皆さんにもご迷惑をおかけしてるんでしょう」

これではどちらが母親か分からない。思わず苦笑してしまったが、美知はそれを侮蔑と受け取ったようだった。

「茶化さないで下さい。私は苦しんだんです。今でも苦しんでるんです。一生、それとつき合う覚悟もできています」

「でも室長は、君を助けようとした。電話一本で家を飛び出して、君を探して四日も街を彷徨っていたんだ。彼女が一番寄って立つべき、警察という組織の決まりを全部無視したんだぜ。そのことについてはどう思う？」

「私には関係ないことです」

「関係ある」

「ありません」

「だったら、室長が拉致されたと言われた時に、どうして二人に会う気になったんだ？　心配したからじゃないのか」

「自分の気持ちを全部説明できるわけじゃありません。もしかしたら私、あの人が死ぬのを、この目で見たかったのかもしれないし」

私は自分の無力さを痛感していた。心の底では、母子の和解に手を貸せるのではないかと期待を抱いていたのだ。一緒にではないが、同じ危機を乗り越えたのだから――しかし娘の方は、依然として完全な拒否を貫いている。その壁はあまりにも高く、いかなる手段を持ってしても越えられそうになかった。少なくとも赤の他人である私には無理だ。「来ないで！」という鋭い拒絶の台詞が脳裏に蘇る。

結局、母親の側から歩み寄りを見せるしかないだろう。大仕事になるのは分かっていた。おそらく、真弓の人生を懸けた仕事に。

その前に取り敢えず、査察が待っている。人数は揃った。準備は公子が整えている。時間をやり過ごすだけで何とかなる――そんな読みが甘いことを、私はすぐに思い知らされる羽目になった。

査察は本来、あくまで事務的なものである。備品の確認、書類の整理状況、果ては課員の服装――そういうもののチェックが主眼だ。ほとんど形骸化した儀式であり、私たちがばたばたしていたのは、ひとえに真弓不在という特殊な状況に置かれていたからに過ぎない。課長の石垣は細かい点でねちねちと私たちを責めるかもしれないが、そんなものはいなせる自信があった。石垣も本気ではないのだ。彼にとっても単なる恒例行事なのだから。問題点が出てきたら、かえって慌てふためくだろう。

真弓はまだ姿を見せていない。一度家に戻って、着替えているはずだ。もっとも、室長だけがぱりっとした格好をしていても、他の者は刑事失格――人間失格といっていい有様である。現場に行かなかった舞と公子を除いては、一度雨に打たれた服が乾いてよれよれになり、みすぼらしいという形容しか似合わない姿になっている。しかしそれも、何とか言い抜けられるだろう。査察の直前に逮捕劇があったことは、石垣も知っている。そもそも、査察などしている状況ではないのだ。

石垣は予定の十分前、二時五十分に失踪課に姿を見せた。淡いグレイのスーツに、糊の効いた真っ白なシャツ。少し光沢のあるシルバーのネクタイは、こういう場所よりも結婚式場に似合う感じがした。靴は、よく磨《みが》き上げられて艶を放つ黒のセミブローグ。刑事というよりは、幹部銀行員のようなイメージである。

「室長は？」私の顔を見るなり、石垣が目を細めて訊ねた。

「間もなく来ます」

「インフルエンザはどうしたんだ」

「回復しました」

「なるほど」

石垣が私の肘を摑んで、室長室に入った。何の躊躇いもなく真弓の席に腰を下ろし、椅子を左右に動かしてぎしぎし言わせる。

「発砲の件は？」いつもより低い声で切り出した。

「然るべく処理します」きたな、と私は身構えた。

「こちらには、事前に何の報告も入っていなかったんだが。所轄の連中も驚いている。かなり強硬な抗議を受けたぞ」

「時間がなかったんです」私は肩をすくめた。「それだけ緊急性を要する事案でした」

「電話一本もかけられないのは妙だな」石垣が身を乗り出し、二枚のフォトフレームの位置を直した。その隙間から私の顔を盗み見るようにする。「行方不明になっていた女子大生……鈴木美知さんだったか」

「ええ。無事保護しました」

「彼女が室長の娘だということは分かっていたのかね」

「判明したのは途中からです」

「娘が行方不明で室長はインフルエンザ……とんだことだな」

「ええ、災難でした」

「――という理屈で押し通せると、本気で思っているのか？」石垣が両手を組み、肘をデスクにおいて三角形を作った。握り合わせた拳を口に当て、顔の下半分を隠す。そうすれば表情を読まれない、と確信している様子だった。目が嬉しそうに笑っているのを、自分で気づいていないのだろうか。「三十秒で説明できるか」

「無理ですね」私は肩をすくめた。「美知さんは保護したばかりですし、彼女を拉致していた二人組に対する本格的な取り調べもこれからです。はっきりしているのは、今日の午前三時頃、新宿のファストフード店で、二人組が美知さんを拉致、その後解体予定のビルに監禁した、という事実だけです」

「途中が抜けているじゃないか」石垣が鼻を鳴らした。「行方不明の届け出は、月曜日に出されている。その間、いったい何があったんだ」

「それは、これから調べてみないと分かりません」美知の言葉を全面的に信じるとすれば「あちこち逃げ回っていた」だ。この証言の裏を取るのは相当困難である。本人が自分の行動を全部記憶している保証はないし、彼女がある時間、ある場所にいたという目撃者を探し出せるかどうかも分からない。

「それと、発砲の件だ」

「緊急避難です。犯人が人質の頭に銃を突きつけている状態でしたから。あれ以外に手はありませんでした」

「特殊班の出動を要請するのが筋だろう」

「時間に余裕があればやっていました。発砲は私の判断です」躊躇せず撃て——自分の言葉を思い出す。森田以外の人間に対しては、あんな命令は下さなかったかもしれない。

「判断ミスだな」石垣が目を細める。「物事には然るべき手続きがある。高城、お前、まだ頭が回っていないんじゃないか」

「手続きばかりに縛られていたら、今頃人質は死んでいたかもしれませんよ。まさに緊急避難的な措置《そち》だったんです」

「君は、独りよがりのところがある」自分の言葉に納得したように、石垣がうなずく。「よくないことだ。管理職として、独断専行は致命的だぞ。報告、連絡、相談を徹底してもらわないと困る」

「それは時と場合によります。原則だけに従っていては、柔軟な捜査はできません」

「管理職は、第一に原則を考えねばならない。君は、管理職としてのノウハウを身につけるべき時期に、ほとんど仕事をしていなかった」嘲《あざけ》るような笑みが浮かんだ。「警察は身内に甘い組織だからそれでも許されたかもしれないが、全員が君の処遇に納得していると思うなよ。さっさと蹴り出すべきだという声も多かったんだ。事実私は、君を三方面分室のナンバーツーに据える人事には反対した。役に立つわけがないと思ったからな。それを強引に押し切ったのが――」

「阿比留室長ですね」

　そもそも私を失踪課に引っ張ってきたのは真弓なのだ。どうやら彼女は致命的なミスを犯したようだな、と私は皮肉に思った。同時に、自分はやはり、とうに刑事でなくなっていたのだろうと思う。今回の判断が正しかったのかどうか……そもそも、もっと早い段階で美知を救出することができたのではないか。それができなかったのは、刑事としての資質がないからとは言えまいか。

「発砲については、然るべく処理します」私は棒読みで台詞を繰り返した。「とにかくあれは正当なものでした」

「この件には裏があるな？」石垣は普段に比べてやけに能弁になっていた。嬉しそう、とさえ言っていい。保身よりも、私をいたぶることに快感を見出している。「室長の娘さんが行方不明になって、最後は人質に取られた。しかも犯人は、あの中野新橋高校で爆弾事件を起こした二人組だ。どういう説明になるのか、非常に興味深い」

「遺漏なく報告します」

「最大の問題は」私の言葉を無視して、石垣が身を乗り出した。「行方不明者が拉致されたこと、それに発砲だ。その全てが、所轄から私に話が回ってきた、という事実なんだよ。どうして君から報告がこない？　あるいは阿比留室長から。筋が通らないな。まったく通らない」

「全員で出動していましたから。報告はこれからです」

「そういう理屈が通用しないことぐらい、分かるだろう。連絡はどこからでもできる。何のために携帯電話があるんだ？　専用の通信システムを持っていると思う？　こんなことでは、重大な判断をせざるを得ないな」

「何をですか」嫌な予感が胸の内で膨れ上がる。石垣は元々、私たちを——三方面分室を毛嫌いしている。上昇志向を隠さない真弓に対しては、自分の座を狙う者と見ているかもしれないし、時に規律無視で動く私に対しては、面倒な事後処理を押しつけてくる厄介者としか見ていないだろう。失踪課の責任者が理想と考える毎日——無難な運営——のために、思い切った大鉈《おおなた》を振るう可能性もある。人事、という切り札を使って。私と真弓を、どこか事件のない、暇な署に封じこめてしまえば、後は安心してのんびりできるというわけだ。

一瞬私は、自分が島嶼部の署で暇を持て余し、ひたすら爪掃除をしている様を想像した。しばらく前——失踪課に来る前だったら、それでもよかったと思う。酒さえあれば、どんなことにも耐えられた。だが今の私には仕事が必要だった。自分を現実社会につなぎ止めておく鎖としての仕事が。仕事さえあれば正気を保てる。

「それを今、言う必要はない」強い口調で石垣が断言した。無難な日々を望んでいる男の芯にある官僚的な頑迷さを、私ははっきりと感じていた。「どうなんだ？　今ここで分かっている範囲でいい、筋が通る説明ができるのか？」

「はっきりした調べを終えるまでは、報告したくありません」

「拒否か」石垣の唇が薄く横に伸びた。

「違います。いい加減なことを言いたくないだけです」

「現状がいい加減だということは認めるわけだな」

揚げ足取りめ。私は拳を握り締めて掌に親指の爪を食いこませ、掌の中に怒りを封じこめようとした。喧嘩をしても何にもならない。余計な一言は自滅を呼ぶだろう。ここは頭を下げて一歩引き、この男を納得させる説明を考えるべきだ。言い合いをしていれば、いつか石垣の挑発に乗り、彼が望むような結果につながってしまうかもしれない。

「常々、分室が三つもあるのは多過ぎると考えているんだが、君はどう思う?」石垣が突然話題を変えた。「現状、二十三区を二つに分けているわけだが、実際は、一つでカバーできるな。多摩地区は今まで通り、一つでいいだろう」

「うちを潰すつもりですか?」声が震えるのを意識する。

「再編、と言ってもらいたいな。こういうご時世だ、官庁の無駄はすぐに叩かれる。私は、組織の贅肉を削るにやぶさかでない。むしろ積極的に改編を進めて、スリムな、筋肉質な組織を作るように心がけるべきだと思う。それが管理職の役目なんでね」安っぽい政治家のような台詞だった。

「最初からそれが狙いですか」私は唇の右端をかすかに持ち上げた。

「何だと?」

「この件を、三方面分室を潰す材料に使うつもりなんですね? ろくに事情を聴かないまそんな話を持ち出すのは、先走りし過ぎだと思いますが」

「この件で口答えする権利は、君にはないと思うぞ。私がちゃんと納得するような説明ができれば別だが」

私はある意味、感心していた。この男の口癖は「変なことをしていないだろうな」であり、私は何度も同じ台詞を浴びせられた。典型的な事なかれ主義。それが今、自分から積極的に打って出ている。管理職の一番分かりやすい手柄が「コストの削減」であるのだが――石垣が自分から手柄を求めて動いているのを初めて見た。もしかしたら今までずっと、チャンスを窺っていたのかもしれない。

「どうなんだ」

石垣が身を乗り出した。綺麗に髭を剃った顔は自信に満ち、その目には残忍な光が宿っている。餌を追いつめる爬虫類の目つき。そして私は……説明する決心がついていない。まだ隠しておける？　いや、このままずっと、全てを隠しておくのは不可能だ。美知の失踪の件は既に事件化してしまったわけで、その後の成り行きは当然、石垣の耳にも入れざるを得ない。動機面――それが明らかになれば、真弓の行動も明らかになるだろう。そうなったらどうなる？　本来、即座に報告を上げるべきだった真弓の失踪、それに拳銃の持ち出しを私たちが隠していたと判断される。今すぐ事実関係を全て話すよりも、事態は悪化するだろう。

背筋を冷や汗が流れ出すのを感じた。今までの私は、自分のためだけに生きてきたと言っていい。警部の階級は、警察社会の中では立派な管理職だが、階級に伴う義務を完全に放棄してきた。娘がいなくなってから失踪課に異動するまでの七年間は自己憐憫《れんびん》のために費やし、失踪課に異動してきてからの時間は、鈍った勘を取り戻すためだけに使ってきた。今初めて、管理職としての決断を迫られている。愛美の顔が目に浮かんだ。醍醐も、法月も。舞と森田と公子の顔も。私の言葉一つで、彼らの運命は決まってしまう。室長失踪という事態を隠蔽し、身勝手な捜査で一人の女性を危機に陥れた。全員揃って左遷《させん》ならまだしも、「三方面分室を潰した奴ら」という烙印《らくいん》を押されてしまったら、この後警察という社会で生きていくのは難しくなる。

「どうする、高城？　三方面分室を潰すか？」

「この件は私が説明します」

いきなり、室長室に風が吹きこんだ。石垣が目を見開き、固まっている。私はゆっくり後ろを向いた。かっちりとしたグレイのスーツで決め、いつもより濃い化粧の真弓が立っていた。

「課長、どいていただけますか？　そこは私の席です」

何もわざわざ刺激するようなことを言わなくても……しかし真弓は足取りを緩めようとしなかった。狭い室長室だが、わずか四歩で自分のデスクの前に達し、背筋をぴんと伸ばして石垣を見下ろすようにする。長身の彼女がそうすると迫力たっぷりで、石垣は明らかにたじろいでいる様子だった。私はここまで毅然とした真弓を見たことがなかった。

石垣が、椅子から滑り落ちるようにして席を譲る。真弓はゆっくりとデスクの背後に回りこんで腰を下ろした。二つのフォトフレームの乱れに気づき、両方ともぱたりと伏せる。石垣は椅子を引いてきて、デスクを挟んで彼女と対峙した。

「この件は問題になるぞ」

「承知してます」真弓は石垣の顔を真っすぐ覗きこんでいた。視線を逸らせば負けだ、とでもいうように。「弁明のチャンスはあるんでしょうね」

「説明なら聞く。納得のいく説明なら、な」

「納得されるかどうかは、課長の受け止め方次第かと思いますが。私心なく聞いて下さい」

後ろから見ていると、石垣の耳が赤くなっているのがはっきりと分かる。どちらが先に爆発するか――仲裁役を務める自信は私にはなかった。醍醐でも呼ぶべきかもしれない。

「君は、娘さんのおかげで今の地位を手に入れた。今度は娘さんのためにそれを手放す覚悟があるんだな」

石垣がとうとう言ってしまった。私は下半身から力が抜けるのを感じた。結局真弓と美知の関係、それに二人の間にある事件について、幹部連中は皆知っていたのだろう。表立っては語れないタブーだったのではないか、と私は推測していた。だが直に疑問をぶつけられても、真弓はびくともしなかった。むしろ胸を張り、低い、落ち着いた声で反論する。

「査察の方はいいんですか？　もう時間ですが」

「構わない。この件も緊急に、査察の一事項になった。三方面分室の不良行為について、だ」

「今、何とおっしゃいました？」真弓の声が一段低くなる。

「不良行為」

「私の部下に、そんなことをする人間は一人もいません」

石垣の肩がぴくりと動いた。この脅しも、最終的な処分には何の関係もないだろう。だがこの瞬間だけでも石垣を恐怖に陥れることはできた。真弓に対しては積もり積もった文句が百も二百もあるのだが、この時だけは喝采を贈りたい気分だった。

## 20

査察は五時過ぎに終了した。石垣は私たちのくたびれた服装にひとしきり文句をつけたが、誰も真面目に取り合おうとはしなかった。姿が消えた直後、法月が「負け惜しみだな」と皮肉な感想を漏らす。真弓が、石垣の叩きつける質問に全て答えてしまったのだ。

もちろん、石垣がこれで三方面分室へちょっかいを出してくるのをやめるとは思えなかったが。

石垣が去った後、私たちは事件の後始末に忙殺された。美知への事情聴取は七時過ぎに終え、一度山梨の実家へ帰らせることにした。自宅は荒らされたままだから戻る気になれないだろうし、しばらくは休養も必要だろう。私は醍醐に、彼女を車で送るように命じた。美知は遠慮したが、無理矢理車に押しこんで送り出す。疲れとショックが癒えて——相変わらず、ショックを受けているようには見えなかったが——東京に戻ったら、また事情を聴くことになるだろう。

美知は一度も真弓と話をしようとしなかった。顔を合わせるチャンスはあったのだが、明らかに互いに避けていた。

私は二人を引き合わせる努力を放棄した。

中川と菊池に対する取り調べは、私と愛美、法月と舞がそれぞれコンビで行った。森田は、発砲に関する報告書に専念させる。以前にもその銃の腕前で私を助けてくれたことがあったから、この手の報告書は二度目だ。こちらについては心配することはないだろう。あの状況は、緊急避難と判断されて当然だ。

一段落したのは九時前。私は即座に解散を指示した。今夜ばかりは誰も逆らわない。一つの事件が終わった時に特有の充実感とだるさが、眠気を引き寄せたようだった。一人だけ、舞が予想外の反応を示す。

「室長、どうして何も言わないんですか」普段の彼女からすると、意外なほど強く真面目な口調だった。

「言って欲しいのか？」

「こんなことになって、何の説明もないのは変じゃないですか。おかしいですよ」

「今はまだ話せないんだろう」どうして彼女を庇う必要があるのだろう、と思いながら私は言った。

「納得できません」

「納得できないのは俺も同じだ。でもいつか、室長が自分で話すだろう。それまで待とうよ」

「甘いですよ、高城さん」

捨て台詞を残して舞が去って行った。他のメンバーも、力を使い果たした様子で彼女に続く。愛美が後始末をするふりをして愚図愚図《ぐずぐず》と残っていたが、私はさっさと帰るように強く命じた。

「でも……」珍しく歯切れが悪い。

「俺はこれから、室長と話をする」真弓は室長室に籠って、溜まりに溜まった書類を処理している。しばらく前からちらちらと様子を窺っているのだが――ガラス張りなので中は丸見えなのだ——一度も書類から顔を上げなかった。

「一人より二人の方がよくないですか？　一対一で喧嘩になったら、後まで尾を引きますよ」

「そんなこと考えてたら、喧嘩はできない。俺に万が一のことがあったら、骨は拾ってくれ」

「お断りします」愛美がさらりと切り返したが、やはりこの場に留まりたい様子がありありと見えた。

「無理するな。疲れてるぞ」

「高城さんほどじゃありません」

「——電話するよ、今夜」

愛美が右の眉をすっと上げた。

「どんな結果になっても必ず伝える。それでいいだろう？　少しは休めよ」

「……分かりました」ようやく素直に愛美が頭を下げ、部屋を出て行った。

急に静かになった部屋で、私は自席に腰を下ろし、椅子を回して室長室を見やった。査察の前にはある種の爽快感を感じていたのだが、今は完全に消えうせている。真弓は部下に、何も説明しなかった。弁解しろとは言わない。謝罪など、こちらから願い下げだ。だがここまで事態が公になってしまった以上、何も言わずに済ませようとするのは卑怯《ひきょう》ではないだろうか。舞の苦情は正論である。

真弓は徹夜を覚悟しているかもしれないが、私は勝負を長引かせる気はなかった。意を決してドアをノックする。

「どうぞ」疲れを感じさせない、軽やかな声。後ろ手にドアを閉め、視線を上げようとしない真弓の頭の天辺を凝視する。この狭い部屋で話をしたら完全に行き詰まる、と思った。

「飯でもどうですか」

真弓がゆっくりと顔を上げる。予想もしていない誘いだったようだし、私自身、彼女は受けないだろうと予想していた。妙な話だが、異動してきてから一度も、二人きりで食事をしたことはないのだ。こんなタイミングで、こんな時間に……しかし真弓は「そうね」と軽い調子で言って、書類をまとめた。首を左、右と順に倒すと、髪がふわりと揺れて乱れた。

こんな時間に手早く食事が取れる所というと——私たちは閉店間際のラーメン屋、末永《すえなが》亭《てい》に足を運んだ。いつも元気一杯の若い店主、末永充《みつる》も、私たちの間に流れる微妙な空気に気づいたのか、今夜は話しかけてこない。客も少なくなった店内に、麺をすする音だけが響く。ここのラーメンはどれも私好みの味なのだが、今日ばかりは味わっている気持ちの余裕がなかった。

ここで一杯引っかけられたら、どれほど楽になるか。家で呑む「角」の喉越しを思い出しながら、私は塩ラーメンのスープをほとんど残してしまった。

狭いラーメン屋で話をするわけにもいかず、私たちは早々に店を出た。真弓も何か覚悟しているのだろう、渋谷中央署へ帰ろうとは言わなかった。結局、初めてデートする中学生のように、行く当てもなくぶらぶらと桜丘町《さくらがおかちょう》を歩いて行く。楽器店が建ち並ぶ一角を抜け、いつの間にか山手線の線路にぶつかるところまで来てしまった。ガード下では自販機が明るい光を放っている。私はビールを二本買って、一本を真弓に手渡した。ビールは好きではないのだが、少しはアルコールが入らないとやっていけない。

「奢りです」

「どうも」真弓は缶を顔の高さに掲げた。末永亭を出てから初めて交わす会話だと気づく。ぶらぶらと歩きながら楽器店が集中している狭い通りに戻り、二人ともガードレールに腰かけた。もちろん互いの顔が見えないよう、揃って歩道を向いて。真弓がビールを開け、一口啜って溜息を漏らす。私は左手の中で缶を転がしながら、右手で煙草を吸った。

「こんなところに座っていると、何だか変な感じね」真弓の声は静かで、感情の揺れを感じさせなかった。

「そうですね」この通りにはあまり飲食店がないので、歩く人もいない。数十メートル離れたところを国道二四六号線が走っている割には静かで、話をするには悪くない場所だった。

「言いたいことがあるんでしょう」

「ありますよ、いくらでも」

「順番にどうぞ」

私は煙草をガードレールに押しつけて消し、ビールを一口飲んだ。蒸し暑い六月の夜には相応しい飲み物のはずなのに、やけに刺々しく喉を刺すだけだった。

「五年前――中野新橋高校の事件の情報をあなたに教えたのは、美知さんですね?」私は一度言葉を切り、真弓の顔を覗きこんだ。

「どうぞ、続けて」真弓は目の前の、シャッターが下りた中華料理店を凝視していた。

「失礼な言い方をするかもしれません」

「あなたのそういう言い方には慣れてるわ」

「そうですか……五年前、あなたの家庭は崩壊し始めていた。原因を一つに絞るのは不可能でしょうけど、その一つに、あなたがあまりにも仕事にウエイトを置き過ぎたことがあるのは間違いない。夫婦の関係が冷め切っていくのは、年頃の娘さんにとっては辛いことだったでしょうね。もう少し子どもだったら、母親か父親、どちらかの味方につけばいい。子どもらしい直感で、どうすればいいか決められたと思います。成人していれば、親の争いに巻きこまれずに生きる術を身につけていたかもしれない。でも美知さんは、中途半端な年齢だった。あなたに振り向いて欲しかったんですよ。自分に注目してもらいたい。そうすれば、父親ともきちんと話すようになってくれるはずだ——彼女はそう信じていたんです」一気に喋って一息ついた。真弓は依然として、向かいの店のシャッターを見詰めている。ビール缶を握る手が筋張っていた。

私は、遼子の言葉を思い出していた。「真弓の目を自分に向けさせようと頑張った」。彼女は、親子が抱えた事情を完全に知っていたのだろう。あの時話してくれれば……いや、事件とは直接関係なかったのだ、と思い直す。

「親の注意を引きたい。そう考えて非行に走る子どももいます。でも美知さんは、別のアプローチを取った。あなたの手助けをすることで、注目してもらおうと思ったんです。親の役に立てば振り向いてもらえる——そう考えたんですね。まったく偶然ですが、そのタイミングであの事件が起きたんです」

「はっきり知っていたわけじゃなかったのよ、美知は」真弓が低い声で言った。「美知はあの二人——中川と菊池とは、奇妙に均衡を保った関係にあった。同級生からぼろぼろにされている中学からの知り合いに対して、同情心みたいなものも抱いていたんでしょうね。子どもらしい正義感もあったと思う。でも、二人のために何もできない自分に対して、もどかしさも感じていたはずよ」

「二人は、美知さんに対しては感謝に近いような気持ちを抱いていたようです。地獄で仏、みたいなものですよね。ところがあの二人は、とんでもない計画を立てていた。手製の爆弾で教室を吹っ飛ばし、同級生を傷つける——殺す。でも二人は、美知さんだけは巻きこまないようにしたんですね。おそらくは、友情のために」

「そう。『明日は学校に来ない方がいい』って、実行の前の日に忠告したのよ。二人にすれば、それが精一杯だったんでしょう。でもそれで、美知はぴんときたのよ。勘が鋭い子だから」

「それで何かあると思って、あなたに情報を提供した。二人がいじめられていることも含めて」

「私たちは早朝、二人の自宅を任意で調べたわ。部屋から、ほぼ完成した爆弾が出てきた時は、本当にぞっとした」真弓が自分の体を抱いた。恐怖を押し殺すのに、誰の助けも必要としない——いかにも真弓らしかった。

「結果としてあなたは、大きな事件を仕上げた。あなたのキャリアにとっては分岐点になる事件でしたね。それを手土産に、捜査一課に異動になったんだから」

「女性が管理職として捜査一課にいるのは難しいことよ。それはあなたにも分かるでしょう？」

「警察は基本的に男社会ですからね」私は肩をすくめた。「でもどうしてそこまで一課にこだわるんですか？　室長なら、どこへ行っても力を発揮できるでしょう」

「それこそ、刑事の本能みたいなものね。刑事をやるなら捜査一課——今時そんな考えは古いかもしれないけど」

「古いでしょうね。絶滅寸前の考えだ。あんなきつい仕事、好んでやる若い奴はいませんよ」

「私は若くないから」真弓が疲れた笑みを零した。「そう、私は希望通り、捜査一課へ異動した——家族を犠牲にしてね」

「あなたは、母親として美知さんの話を信じたんじゃないんですか」

私の質問に、真弓は無言を貫いた。

「美知さんは、学校ではある種の裏切り者扱いされるようになった。彼女の情報提供で事件は未然に防がれましたけど、高校生はそう単純には考えませんからね。同級生を裏切ったという烙印を押されたんです。美知さんも、いきなり二人が逮捕されるとは思っていませんでした。ショックだったでしょうね。自分には、事前に一言あって然るべきだったと思ったんじゃないかな……そしてあなたは、家族を、娘さんを利用して栄転したという評判を立てられた」

「それは評判じゃなくて、事実」

「そうやって自分を追いこんでも、状況は何も変わりませんよ」

「その話は後でしましょう。続けて」

「美知さんは、壊れかけたんだと思います。母親のためと思って、決心してやったことを友だちからは否定される……自分の行動を、自分でも正当化できなくなったんでしょうね。ご主人と美知さんが山梨に引っ越したのは、この一件のほとぼりを冷ますためですか?」

「そういうこと。主人が新しい人生を歩き出そうとしていた時期にも重なったから」

「陶芸、ですね」

「そう」

「その後あなたたちは、東京と山梨に離れてずっと別居している。家族はばらばらになったと言っていいでしょう。それでもあなたは離婚しない。出世のためですね? 警察官の離婚はマイナスにこそなれ、プラスにはなりませんからね」

「そうね」あっさりと認める。

「でも、実質的には離婚しているようなものだ。今回の一件は、上も知ることになるでしょうね」

「覚悟はしてるわ」

「覚悟しているなら、これからは仕事ではなく、少しは家族のことを考えたらどうなんですか」

真弓がゆっくりと首を巡らせ、私の顔を見た。怒りの炎が目に宿っている。

「何も警察を辞めろとは言っていません。俺にはそんなことを言う権利もありませんしね。でも、家族のことについては言えますよ」友人として、という言葉を呑みこんだ。彼女の方では「大きなお世話だ」と思うだろう。「もう一度、家族と向き合ったらどうですか。家庭と仕事を両立している刑事はたくさんいますよ。醍醐なんか、いい例じゃないですか。四人も子どもがいるのに、きちんと仕事をしている」多少子育てに疲れている様子だが、それは逆に、あの男が仕事と家庭の両方に手を抜いていない証拠である。

「醍醐君は醍醐君。とにかく、美知は私を許していないわよ」

「許してもらうまで……理解し合えるまで話し合ったらどうですか。休みを取って山梨に行ったらいいでしょう。有休、溜まってるはずですよね」

「そういう問題じゃないわ」真弓が顔を背けた。

「じゃあ、どういう問題なんですか」私は次第に苛立ちを抑えきれなくなっていた。「あなたは家族の問題から逃げて、自分の得意な分野——仕事に逃げこんでいただけじゃないですか。一番母親が必要な時期に、娘さんの側にいてあげなかったでしょう」

「だったらあなたはどうなるの」真弓がいきなり逆襲に出た。低い声が、彼女の本気度を窺わせる。

「俺は……」私は缶ビールをきつく握り締めた。「いてやりたくても、娘の行方は分からなかった。今も分からない。あなたとは事情が違う」

「娘さんのことじゃないわ。もう一人の家族、奥さんはどうなるの？　奥さんと、きちんと話し合った？　あなたはただ酒浸りになって、自分の世界に閉じこもっていただけでしょう。それだったら、はっきり言って私以下のレベルだわ。そういうあなたに、説教じみたことは言われたくない」

私たちは無言で睨み合った。友好的とは言えないが、これまで上司と部下の関係としては比較的上手くやってきたはずなのに、今や完全に大きな亀裂が入ってしまったと意識する。おそらく、修復不可能な亀裂が。

「あなたは俺を、そんな風に見ていたんだ」

「私だけじゃないと思うけど」訣別の言葉のように、真弓の台詞は鋭かった。「皆そう思ってる……それでも誰もあなたを責めなかったし、馘にもしなかった。それが警察という組織の甘さね。もちろん、いつかは立ち直ると信じていた人間もいたんだけど」

あなたもそうなのか、と質問が出かけた。だがそれを口にしたら負けのような気がする。拾い上げてもらった――たとえ事実であっても、そんな意識を持ってしまったら、彼女とは正面から遣り合えない。

「あなたと一緒にして欲しくない」

「そうね、それは私も同じ」

「あなたは……家族を愛してるんですよ」

「くだらないこと、言わないで」真弓が吐き捨てる。

「あなたこそ、くだらない否定はしないで下さい。あやふやな情報を囁かれただけで、拳銃を持ち出して娘さんを探すほどの無茶をしたんですよ。その後四日間、美知さんに何回電話をかけましたか？　中川たちの偽情報に振り回されて、どれだけ走り回ったんですか？　あいつらは、あなたに無駄足を踏ませることで、精神的に追い詰めようとしていたんですよ」それでも何とか踏みこたえていた真弓の精神力には脱帽せざるを得ない。「一人で美知さんを取り戻そうとすれば、あなたが何より大事にしている出世に響くのは承知の上で。それこそ、娘さんを愛している何よりの証拠でしょう」

「私は」真弓が天を仰いだ。「取り返しのつかないことをしてしまったんだと思う。あの時……自分の手柄のために娘を利用したんだから。その後何のフォローもしなかったんだから、あの子が傷つくのは当たり前よね。許してもらえるとは思っていない」

「でも、母親として何とかしたかった」

「その件についてはノーコメント。これ以上家族の話を続けると、私たちの関係は取り返しのつかないものになるわよ」

「もう引き返せない段階まで来てますよ。あなたは我々に、何の説明もしなかった。仲間を、部下を信用してなかったんですね」舞の怒りを思い出しながら言った。

「当然でしょう？　私の個人的な問題なのよ？　皆をこんなことに巻きこむわけにはいかないわ」

「我々は、多くの人を騙《だま》しながら動いていました。全部、あなたのキャリアを傷つけないための配慮です。危険は承知の上で……誰も文句は言わなかった。罰を受ける覚悟もできています。だからこそ今日、あなたは皆に事情をきちんと話すべきだったんだ」

「謝るべきだったっていうの？」

「そんなことは言っていない。でも、説明ぐらいはあって然るべきでしょう」

「知れば、あなたたちをまた余計なことに巻きこむのよ。それはできない」

「そういう考え方ですか……俺は納得できませんね」

「納得する、しないはあなたの自由よ。でも私も、このまま無責任に逃げ回るつもりはないわ。そこまで図々しくないから」

俺が知っているあなたとは違う。皮肉が頭に浮かんだが、口にしないだけの良識はあった。既に私たちの関係には亀裂が入っているのだ。これ以上広く、深くする必要はあるまい。

真弓がジャケットのポケットから一枚の封筒を取り出した。乏しい灯りの下でも「辞職願」の文字は読める。

「分かる？」真弓は顔の前で封筒をひらひらと振った。「私はもう、警察における全てをなくしたのよ。キャリアも、信用も。だから最後ぐらい、自分で綺麗に決着をつけたいわね」

私は無言で手を伸ばし、封筒を奪い取った。真弓が一瞬顔をしかめたが、取り返す意味などないと気づいたようで、黙って両手を膝に置く。

「単なるコピーよ」

「分かってます」私は封筒を両手で引き裂いた。空しい手応えだった。「はっきり言えば、あなたにはこんなものを提出する権利も資格もない」

「処分されて、放り出されるのが当然だと？」

「違います。警察は身内に甘い組織なんでしょう？　そう言ったのはあなただ。逃げ道はいくらでもあるはずですよ。そういう細い道を探して、駆け抜ければいいじゃないですか」

「あなたが庇ってくれるとは思ってなかったけど……自分の身も守らなくちゃいけないものね」

「そうじゃないんだ！」私は思わず声を張り上げた。「あなたはまだ、家族を失っていないんですよ。離れて暮らして、互いに憎み合っていると、あなたが勝手に考えているだけだ。今なら何とかなります。俺のようになったら手遅れなんですよ？　憎むにしても愛するにしても、相手がいないとどうしようもないでしょう」

「そんなことを言われても、私は同情もしないし、感動もしないわよ。だいたい、あなたの言っていることはありきたりだわ」

「そういうありきたりの言葉に対して、あなたはどんな反応を示すんですか。ありきたりの反応だったら、俺はあなたを軽蔑する」

真弓が私を睨みつけた。私はその視線から逃れるように、ガードレールから離れた。この言い合いはいつまで経っても終わらないだろう。しかも何も生み出さないのは明らかだった。

人は生《なま》の感情をぶつけ合って初めて、心を開いた関係を築けるという。

そんなことは嘘だ。私と真弓は今夜、これまでにないほど露骨な言葉の応酬《おうしゅう》を続け、互いの胸の内を曝《さら》け出し合った。その結果残ったのは空しさだけである。おそらく真弓は家族と和解することはないだろうし、綾奈が戻って来ることもない。真弓と話したが故に、私はその事実と直面せざるを得なくなった。刑事の勘と経験で、行方不明になった七歳の娘が戻って来る可能性が極めて低いことぐらいは分かっていた。だが今、私の胸を埋め尽くしているのは確信である。

綾奈はいない。どこか、冷たい土の下で骨になっている。

こんなことを意識させた真弓を許せるかどうか、自信がなかった。明日から普通の顔で仕事の話ができるかどうかも。

石垣課長、あんたの狙いは期せずして叶ったんじゃないですか。三方面分室は崩壊しますよ。少なくとも私と真弓は、これまでと同じ関係を保っていけない。それは間違いなく、失踪課全体に悪い影響を与えるだろう。

時間をかけて築き上げてきた関係を崩壊させるには、小石一つ分の小さな躓《つまず》きがあればいい。

「石垣が、やいのやいの騒いでいるようだな」

「一日に何回も電話がかかってきますよ」私は珍しく日本酒を呑んでいた。呑めば激しい二日酔いに苦しめられるのは分かっているのだが……二日酔いで自分を罰したい気分だった。

先日の気取った料亭とは打って変わって、有楽町《ゆうらくちょう》のガード下の居酒屋。店外に大量の提灯をオブジェのように飾り、ざわついた気さくな街の雰囲気を、さらに賑やかに盛り上げている。店内は当然のように喫煙可。私は盛んに煙を噴き上げながら、ぼんやりと酔いが回るに任せた。光村の前で醜態《しゅうたい》は見せられないのだが、ぴしりと背筋を伸ばして真面目に話し続ける気にもなれない。

新しい煙草に火を点け、顔を背けて煙を吐き出す。光村は両手を組んで、その上に陰鬱《いんうつ》な顔を乗せていた。今日はずっと表情が冴えない。彼も三方面分室の窮状《きゅうじょう》は分かっているのだ。

「電話か……室長じゃなくてお前さんにか?」

「ええ。俺を取りこもうとしてるんですよ。妙に愛想がいいんで、気持ちが悪い」

「それで、どうしてるんだ?」

「適当にあしらってます」

光村が乾いた笑い声を上げたが、眼差しは真面目なままだった。

「衝突したんだろう、阿比留と」

「ええ」

「致命的か?」

「血の雨は降りませんでしたけどね……関係修復は難しいと思います。分室の中もぎすぎすしてますよ」

「仕方ないな、全部が明るみに出てしまっては、阿比留も今までと同じというわけにはいかないだろうし」

「コウドウさん、室長と娘さんの一件はご存じだったんですか」

「まあ、曖昧に……きちんと報告が上がってくるようなことじゃなかったからな」

「警視庁の中では、結構有名な話だったんじゃないんですか」

「そんなことはない。あまりにもシビアな問題だから、知っている人間は極めて限られている。事実は実質、隠蔽されていたといっていい」

あり得ない。警察官は噂が大好きだ。特に人の私生活、それに人事に係わることは。もしかしたら今回の美知の一件に関しては、私よりも早く筋書きを読んだ人間がいたかもしれない。親子の関係を知っていれば、何が起きているか想像するのは、さほど難しくなかったのではないか。

「阿比留はどうしてる？」

「坦々としてますよ。ほとんど一日中、部屋にいます」得意の外交も封印しているようだ。

「泣きつく相手もいるはずだがな」

「それは、潔しとしないいんじゃないですか。こういう時に助けてもらうために、庁内政治をしていたわけじゃないと思います」

「プラスの目的のためには利用するが、こういう場合に使うのは勿体無い、か」光村が猪口《ちょく》を口元に運んだ。すっと一息で呑み干すのが、嫌になるほど様になっている。「阿比留らしいな」

「俺はあの人のことを何も分かってなかったのかもしれない」

「簡単に分かる訳がない」光村が深くうなずいた。「あれは、そう簡単な人間じゃないぞ。それを言えば誰でもそうだが」

「でしょうね……どうなるんですか、室長は」

このところ失踪課に居座り続けてる真弓が外へ出るのは、本庁から呼ばれた時だけだ――査問。

「結論はまだ出ていない」

「石垣課長は、三方面分室を潰して、失踪課を二方面体制に改編したいようですね」

「あいつらしいな」

光村が肩をすくめ、猪口を酒で満たした。私は空になった自分の猪口をしばらく見詰めていたが、顔を上げて壁のメニューにウィスキーの水割りがあるのを見つけ、ダブルで注文した。嫌な話をしているのだから、酒ぐらいは自分の好きな物を呑んでもいいだろう。酒が早速運ばれてきたウィスキーを呷った。いつもの「角」よりまろやかで香りが甘い。酒が並ぶカウンターを見ると、ウィスキーはシーバスリーガルだった。どうして居酒屋にこんな高い酒を……不味《まず》いわけがないのだが、値段のことを考えると味を感じる余裕はなくなった。

「だが、それは無理だろうな」妙にはっきりした口調で光村が言った。

「どうしてですか」

「お前さんが三方面分室に行ってから、失踪課の仕事が増えてる」

「事件の神様には好かれているようですね」

「そうじゃなくて、お前さんが仕事を増やしてるんだよ」光村がにやりと笑った。「それがお前さんの才能なんだろうけどな。人が見落としたことを見つけてしまう。悪いことじゃないと思うよ。少なくとも今の失踪課は、刑事部のアリバイ作りのための組織じゃない」

行方不明の人を探すために、専門の部署を置いて一生懸命担当させています——対外的にそんな言い訳をするための組織が失踪課だ、と内外から揶揄されている。

「実績のある部署を縮小する理由はない。何でもかんでも緊縮のご時世とはいえ、必要なものは残さなくちゃいかん」

「そうですか。でも、我々がこのまま失踪課で仕事を続けられるかどうかは分かりませんよね」

「どうして」光村が猪口越しに私を見た。

「それは——」今さらまた、罪を口にしなければならないのか。石垣や監察官室の事情聴取を受け、同じ嘘をつき続けるのには辟易していた。

「何を心配してるんだ？」

「銃ですよ、銃」私は声を潜めて言った。「室長は勝手に銃を持ち出したんですから——」

「お前さんも案外間抜けだな」光村が鼻を鳴らした。

「何がですか」むっとしながら訊ねる。

「考えてみろ。銃の管理者は誰だ？　所属長だろうが」

「しかし、今回の件は——」

「例外ではない」急に光村が真顔になった。既にお銚子は三本目になっているが、酔いは一切感じられなかった。「所属長の判断で銃を持ち出した。この件に関しては、手続き上は何ら問題がないんだ。そんなことにも気づかなかったのか？」

光村の指摘を、唇を嚙んで受け止めるしかなかった。厳密に言えば銃の管理者は課長である石垣なのだが、出先である分室の場合は、分室長がそれを代行する——私が勝手に銃を持ち出したら間違いなく問題になるのだが、真弓の行為は非難されるものではない。もしも発砲していれば、また状況は違っていただろうが。

「しかし、そのまま四日も行方が分からなかったんですよ」

「声がでかい」光村が分厚い唇に人差し指を当てた。「阿比留が石垣に何を言ったかは知らんが、公式文書には一行も載ってないんだぞ。だいたい、インフルエンザで休んでいるって言ったのはお前さんじゃないか」

「コウドウさん……」

「情けない声を出すな」光村がぴしりと活を入れた。「いいか、こういう時は開き直って、自分で決めたシナリオを守れ。しっかり磨き上げて、一分の隙もないように仕上げるんだ。たとえ嘘だろうが、百万回続けて言っていれば真実になる。阿比留もそれで査問を乗り切るつもりだろうな」

「それでいいんですか」

「今回だけは、な」光村が素早くうなずいた。「俺は、お前たちに賭けた。石垣だけじゃなくて、失踪課を再編しようとする動きがあるのは間違いないが、俺がいる限り、そうはさせない」

　彼の立場なら、それぐらいのことはできるだろう。何しろ刑事部のナンバーツーなのだ。だがこれで私は、彼に対して払いきれないほどの債務を負うことになる。あと数年で、定年で警視庁を去る彼に、何らかの形で恩を返すのは難しいだろう。

「失踪課は刑事部に——警視庁に必要な組織なんだ。それも今のままの体制でな。俺が何とかするから、後のことは心配するな。お前さんは今まで通り、仕事に専念してくれればいい」

「室長に関しては、本当に何のお咎めもなしなんですか」

「最終的に決まったわけじゃないが、流れはそういう方向に向かってる」

「実質的に離婚しているのも分かってしまいましたね」

「ああ……」光村が髪を掻き上げた。「警察とはいえ、プライバシーの問題にはそんなに突っこむことはできない。それに書類上はあくまで、阿比留は離婚していないわけだから」

「実態は違います。これは、彼女にとっては大きなマイナスですよね」

「否定はできない。だがな、それはお前さんが心配しても仕方ないことだ。あの夫婦の仲を取り持つのは、お前さんの仕事じゃないよ。お前さんだけじゃない、誰でも同じだ。阿比留にすれば新しい流れを読んで、それに身を任せるしかないだろうな。今回の件で、それぐらいの覚悟はできたはずだ」

覚悟——真弓の辞表。彼女の気持ちは、あの辞表を書いた時点で一度は折れたのだ。あれほど固執していた、警察という組織の中での上昇を諦めようとした。これからの彼女は、決して今までと同じというわけにはいかないだろう。その変化を、私は注意深く見守っていくしかない。光村の言う通りで、あの家族の絆を取り戻させよう、などという思いは、独りよがりで傲慢《ごうまん》な考えに過ぎなかった。自分の家族の問題すら解決できなかった私に、他人の家族の問題に首を突っこむ資格はない——それを気づかせたのは真弓であり、先日のガードレール上のやり取りは、今思い出しても不快である。

他人の家族を見て、自分の問題を思い知らされるとは。投げたブーメランがそのまま返ってきて、顔面を直撃したようなものである。この痛みは続くだろう、という予感があった。私は失踪課に来て、自分なりにいいペースで仕事をしてきたつもりである。しかし今は、急ブレーキをかけたが間に合わず、壁に激突してしまった気分だった。

「何とか頑張ってくれ。阿比留にも挽回のチャンスはある。仲良くやってくれよ」

「そうですね」

調子を合わせたが、私は自分が偽善者だと強く意識せざるを得なかった。そんなことは絶対に無理だと分かっている。もはや私たちの関係は以前と同じようにはいかない——一つの事件が、複数の刑事の人生を変えてしまう。その恐ろしさを、私は無言で嚙み締めていた。

周りの喧騒《けんそう》が届かず、私たちの周囲は奇妙な沈黙に覆われていた。それに耐え切れず、私は水割りを呷った。いつものストレートとは違い、薄められている分アルコールの衝撃は薄いはずなのに、私はこれほど苦い酒を呑んだことはないと、はっきり意識していた。

この作品はフィクションで、実在する個人、団体等とは一切関係ありません。
本書は書き下ろしです。

DTP　ハンズ・ミケ

中公文庫

# 裂《れっ》壊《かい》

## ——警《けい》視《し》庁《ちょう》失《しっ》踪《そう》課《か》・高《たか》城《しろ》賢《けん》吾《ご》

2010年6月25日　初版発行

著　者　堂《どう》場《ば》瞬一《しゅんいち》

発行者　浅海　保

発行所　中央公論新社

〒104-8320　東京都中央区京橋2-8-7
電話　販売 03-3563-1431　編集 03-3563-3692
URL http://www.chuko.co.jp/

印　刷　三晃印刷

製　本　小泉製本


Published by CHUOKORON-SHINSHA, INC.
Printed in Japan　ISBN978-4-12-205325-0 C1193

# 中公文庫既刊より

各書目の下段の数字はISBNコードです。978－4－12が省略してあります。

と-25-7
標《しるべ》なき道　堂場瞬一
「勝ち方を知らない」ランナー・青山に男が提案したのは、ドーピング。新薬を巡り、三人の思惑が錯綜する――レースに全てを懸けた男たちの青春ミステリー。〈解説〉井家上隆幸
204764-8

と-25-10
焔《ほのお》 The Flame　堂場瞬一
大リーグを目指す無冠の強打者と、背後で暗躍する代理人。ペナントレース最終盤の二週間を追う、緊迫の野球サスペンス。〈解説〉芝山幹郎
204911-6

と-25-14
神の領域 検事・城戸南　堂場瞬一
横浜地検の本部係検事・城戸南は、ある殺人事件の真相を追ううちに、陸上競技界全体を蔽う巨大な闇に直面する。あの「鳴沢了」も一目置いた検事の事件簿。
205057-0

と-25-18
約束の河　堂場瞬一
法律事務所長・北見は、ドラッグ依存症の入院療養から戻ったその日、幼馴染みの作家が謎の死を遂げたことを知る。記憶が欠落した二ヵ月前に何が起きたのか。
205223-9

ほ-17-1
ジウⅠ 警視庁特殊犯捜査係　誉田哲也
都内で人質籠城事件が発生、警視庁の捜査一課特殊犯捜査係〈SIT〉も出動するが、それは巨大な事件の序章に過ぎなかった！　警察小説に新たなる二人のヒロイン誕生!!
205082-2

ほ-17-2
ジウⅡ 警視庁特殊急襲部隊　誉田哲也
誘拐事件は解決したかに見えたが、依然として黒幕・ジウの正体は摑めない。捜査本部で事件を追う美咲。一方、特進をはたした基子の前には謎の男が！　シリーズ第二弾
205106-5

ほ-17-3
ジウⅢ 新世界秩序　誉田哲也
〈新世界秩序〉を唱えるミヤジと象徴の如く佇むジウ。彼らの狙いは何なのか？　ジウを追う美咲と東は、想像を絶する基子の姿を目撃し……!?　シリーズ完結篇。
205118-8

# 堂場瞬一 好評既刊

①雪虫　②破弾
③熱欲　④孤狼
⑤帰郷　⑥讐雨
⑦血烙　⑧被匿
⑨疑装　⑩久遠（上・下）

# 刑事・鳴《なる》沢《さわ》了《りょう》 シリーズ

刑事に生まれた男・鳴沢了が、
現代の闇に対峙する――
気鋭が放つ新警察小説

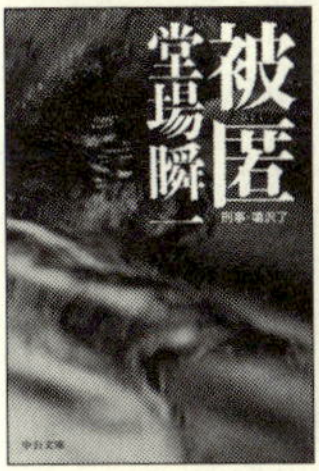

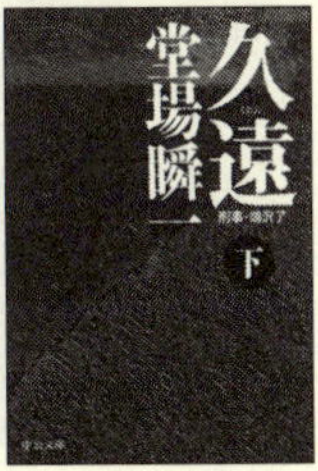